DOMINIK

AUF DEM WEG ZUM HORIZONT

TEIL 2

ROMAN

Erste Auflage 2025

© Copyright by Werner Dähnhardt

Verlag: BoD · Books on Demand GmbH,
In de Tarpen 42, 22848 Norderstedt, bod@bod.de
Druck: Libri Plureos GmbH, Friedensallee 273,
22763 Hamburg
ISBN: 978-3-7693-3993-2

*Auf jeden Optimisten
der ein Licht am Ende des Tunnels sieht,
kommt ein Pessimist der es ausbläst.*

Inhaltverzeichnis

Prolog

Wie so oft in den letzten Wochen sitze ich in meinem Klosterzimmer und lasse Stille und Ruhe auf mich wirken. Eine vertraute Melodie steigt in meinem Inneren auf. Vielleicht ist es die Umgebung, die mich dazu bewegt zuzulassen.

Roy Black singt von den drei Stufen – Liebe, Glaube und Hoffnung –, die uns ins Glück und schließlich in den Himmel führen sollen. Wer sie erklommen hat, so heißt es, wird alles verstehen.

Während ich dem Lied lausche und über die Bedeutung der Worte nachdenke, regt sich in mir eine leise Ahnung.

Könnte es nicht mehr als nur drei Stufen geben?

Aus den Tiefen meines Bewusstseins formt sich ein Gedanke. Es könnten sieben Stufen sein, die uns zur höchsten Erkenntnis oder zum vollkommenen Frieden führen.

Aber welche könnten diese weiteren vier Stufen sein?

Jeder von uns hat im Leben eigene Erfahrungen gemacht und seinen ganz persönlichen Weg gefunden. Manche dieser Wege gehen wir mit Begleitung, andere allein.

Liebe ist einer dieser zentralen Wege, ein universeller Grundstein.

Glaube, der uns in schwierigen Zeiten Halt gibt, ist ein weiterer.

Hoffnung schließlich schenkt uns in Momenten der Verzweiflung die Kraft, weiterzugehen.

Zusammen bilden die Stufen bereits einen kraftvollen Pfad.

Warum also zusätzliche Stufen?

Welche Qualitäten müssten sie besitzen?

Ich glaube, zwischen Liebe und Glaube liegt die Stufe des Zuhörens – das offene Ohr und Herz für den anderen, aber auch für uns selbst.

Zwischen den Stufen Glauben und Hoffnung erkenne ich die Stufe des Vertrauens. Vertrauen festigt den Glauben und schafft die Grundlage dafür, dass Hoffnung gedeihen kann.

Eine weitere Stufe – schwer auf diesem Pfad genau zu ver-
orten – ist die Begegnung mit uns selbst. Wir sind Suchende,
auf einer nie endenden Suche nach Sinn, Erkenntnis und einem tieferen Verständnis des Lebens.
Und die letzte Stufe?
Sie bleibt mir im Ungewissen.
Vielleicht ist es die Stufe der Akzeptanz, des inneren Friedens oder des Loslassens. Sie könnte uns auf eine Ebene
bringen, auf der sich Wahrheit offenbart und die letzten Fragen beantwortet werden.
Vielleicht kann mein Leben als Suchender, mein Streben
nach innerer Wahrheit und Spiritualität, einen Hinweis darauf geben, wie diese letzte Stufe erreicht werden könnte.
Dort, so hoffe ich, werden wir auf die großen Fragen nach
dem Wieso, Weshalb und Warum endlich Antworten erhalten.
Vielleicht finden wir die Wahrheit.
Oder vielleicht findet die Wahrheit uns.

1

Zeitenwende

Die größten Hindernisse im Leben sind oft eine tief verwurzelte Trägheit, die Stimmen der Randfiguren auf der Lebensbühne und die direkten Mitspieler, die einem einreden:
»Es ist gut, so wie es ist. Sei zufrieden und bescheide dich.«
Fremdbestimmt – dieses Wort kommt mir in diesem Zusammenhang in den Sinn.
Umschreibt es den Zustand meines Lebens?
Ziemlich wahrscheinlich. Wenn ich ehrlich bin, haben meine Eltern und Freunde bisher bestimmt, was gut für mich ist und wie ich leben soll. Doch ich habe erkannt, dass es an der Zeit ist, herauszufinden, wer ich wirklich bin. Ein guter Freund gab mir dazu den Ratschlag, ein Mantra in meinen Alltag einzubauen. Sein Vorschlag lautete:
»Mein altes Leben ist vorüber, ich lasse mein neues Leben zu.«
Doch nach wenigen Tagen fühlte sich dieses Mantra nicht authentisch an. Stattdessen wählte ich einen Satz, der besser zu mir passt:
»Ich zweifle an dem, was zu sein scheint, also denke ich.«
Ein weiterer Tipp meines Freundes war, eine Liste anzulegen, auf der ich festhalte, was ich loslassen möchte.
Anfangs ignorierte ich diesen Vorschlag, doch Gedanken an das Überflüssige in meinem Leben ließen mich nicht los. Schließlich setzte ich mich hin und schrieb:
1. Ich bin der Größte – Loslassen.
2. Ich weiß Bescheid – Loslassen.
3. Ich will geliebt werden – Loslassen.

4. Ich bin wichtig – Loslassen.
5. Ich fange morgen damit an – Loslassen.
6. Ich bin reich – Loslassen.

Diese Liste brachte mich zum Nachdenken.

Werde ich wirklich loslassen können?

Trotz meiner Zweifel begann ich, mich bewusst von Ballast zu befreien. Mit jedem Stück Vergangenheit, das ich ablegte, fühlte ich mich freier. Meine innere Haltung wurde aufrechter, und der Wunsch, diesen Weg weiterzugehen, wuchs.

Je mehr ich mich von alten Mustern löste, desto klarer wurde mir, wie viele Mauern mich begrenzt hatten. Mauern aus Gewohnheiten, Glaubenssätzen und Erwartungen. Die Sehnsucht, zu erfahren, was sich dahinter verbirgt, verlieh mir Kraft. Doch mein übereiltes Vorgehen hatte seinen Preis: Leere entstand in mir, die ich anfangs kaum ertrug.

Viele meiner sogenannten Freunde wandten sich ab. Sie konnten meinen Wandel nicht verstehen.

»Warum willst du dein vermeintlich perfektes Leben ändern?«, fragten sie.

Ihre Welt schien unantastbar, voller Sicherheit. Ich aber suchte nach einer authentischen Wirklichkeit.

Nur wenige blieben an meiner Seite. Boris und Sandra, zwei Freunde, die meinen Weg von Anfang an begleitet hatten, wurden zu wertvollen Verbündeten. Mit ihnen tauschte ich mich aus, philosophierte über das Leben und gewann neue Erkenntnisse.

»Verlust ist nur Verwandlung«, sagte Marc Aurel, und ich begann, diese Wahrheit zu leben.

Es ging nicht mehr darum, möglichst viel zu haben oder vielen Menschen zu gefallen. Stattdessen lernte ich, mich auf Qualität statt Quantität zu konzentrieren.

Der Prozess des Loslassens offenbarte mir, dass die Welt, die ich zuvor akzeptiert hatte, sehr klein war. Mit jedem Hindernis, das ich überwand, wurde mein Blick klarer.

Ich erkannte, dass Konsum und der Glaube an Reichtum mir weder Glück noch Zufriedenheit gebracht hatten.

Meine Suche führte mich schließlich in die Stille. Dort, wo keine äußeren Ablenkungen mehr waren, fand ich Antworten. Ich begann, meiner inneren Stimme zu vertrauen. Jede Mauer, die fiel, zeigte mir eine neue Seite des Lebens.

Der Weg, den ich eingeschlagen habe, ist noch nicht zu Ende. Doch ich spüre, dass er mich zu einem Leben führt, das authentischer ist als alles, was ich zuvor gekannt habe. Verlust bedeutet nicht das Ende, er ist eine Einladung zur Transformation.

Heute geht es mir nicht mehr darum, den Erwartungen anderer zu entsprechen. Stattdessen folge ich meinem eigenen Rhythmus. Und obwohl Zweifel ein ständiger Begleiter bleiben wird, weiß ich: Dieser Weg ist der richtige.

Wochen vergingen

Eines Tages, als wir uns in einer endlosen Diskussion verloren hatten, meinte jemand in der Runde:

»Wir müssen endlich einen Schritt weitergehen.«

Auf meine Frage, wie dieser Schritt aussehen könnte, antwortete er:

»Von der Theorie zur Praxis.«

Sandra ergriff das Wort:

»Intellektuelles Wissen allein bringt uns wirklich nicht weiter. Wir müssen hinaus in die Welt.«

Nach einigem hin und her stimmten wir zu. Es war an der Zeit, aus unserem virtuellen Kreis auszubrechen. Wir vereinbarten, dass jeder beim nächsten Treffen einen Vorschlag einbringen sollte, wie wir den weiteren Weg gestalten könnten.

Einige Tage später trafen wir uns auf der schattigen Terrasse bei Boris. Zwei Behälter mit kühlem Weißwein standen bereit, und die sommerliche Wärme mischte sich mit einer freudigen Spannung. Jeder hatte Ideen mitgebracht, die unsere Diskussion beflügelten.

Mein Vorschlag war, die heiligen Stätten des Christentums zu besuchen, um eine tiefere Verbindung zur Geschichte unserer Kultur zu finden. Boris fand das inspirierend, schlug jedoch vor, das Römische Reich, vor dem Christentum zu erforschen. Ein Reich, dessen Vergangenheit unsere Gegenwart beeinflusst hat.

Sandra brachte eine andere Perspektive ein:

»Der Osten hat sich Jahrhundertelang mit der geistigen Welt beschäftigt. Vielleicht können wir dort etwas finden, das uns weiterbringt.«

Jennifer hingegen blieb bodenständig:

»Warum beginnen wir nicht, bevor wir uns auf den Weg begeben, mit täglicher Meditation? Wir könnten uns so besser auf uns tieferes Selbst konzentrieren.«

Nach einer hitzigen Debatte entschieden wir uns für Jennifers Vorschlag. Meditation schien eine Praxis zu sein, die uns im Moment, allen zugutekommen könnte.

Doch es zeigte sich schnell, dass Meditation nicht nur eine befreiende Erfahrung war. Sandra, die oft heiter und gelassen war, verfiel in eine tiefe Melancholie.

Durch die Meditation erkannte sie inneren Abgründe, die sie in eine Dunkelheit zogen, aus der sie allein nicht mehr herausfand. Sie brach die Meditation ab. Es dauerte Wochen und viele Gespräche, bis sie wieder festen Boden unter den Füßen hatte. Dennoch blieb ein Schatten, der sich gelegentlich über sie legte.

Eines Nachts eskalierte eine Diskussion in unserer Gruppe. Die Atmosphäre war geladen, die Worte wurden schärfer, und ein Streit schien unvermeidlich.

Dann meinte jemand:

»Hört auf! Anstatt uns hier zu streiten, sollten wir endlich aufstehen und hinaus in die Welt gehen.«

Ein anderer fügte hinzu:

»Meditation mag gut sein, aber sie ist nicht alles. Wir müssen unser Wissen mit der Wirklichkeit da draußen konfrontieren. Sonst bleiben wir in einer Blase.«

Die Worte schienen im Raum zu hängen. Es war, als würden wir alle die Wahrheit darin spüren. Jeder versuchte sie für sich zu entdecken. Schließlich brach ich das Schweigen: »Es reicht nicht, nur zu wollen. Wir müssen wagen, hinauszugehen und das Wissen suchen, das da draußen auf uns wartet.«

Am nächsten Morgen begann unsere neue Phase.

Außer Sandra, hielten wir an der Meditation fest, aber sie war nicht länger unser einziger Fokus. Stattdessen suchten wir gezielt nach Erfahrungen in unserer unmittelbaren Umgebung, die uns herausforderten und unsere Perspektiven erweiterten.

Mit jedem Schritt wurde uns klarer, dass Wissen nicht nur in Büchern oder in stillen Momenten zu finden ist. Es entstehen, wenn wir uns der Welt stellen Konflikte, Freuden und Widersprüche, die es zu meistern galt.

Unsere Diskussionen gewannen eine neue Tiefe. Die Einsicht, dass Theorie und Praxis Hand in Hand gehen müssen, brachte uns nicht nur einander näher, sondern führte uns auch auf einen Weg, der sich lebendig und sinnvoll anfühlte.

Irgendwann im Frühling.

Zu viert lagen wir, einen Halbkreis bildend, auf der Terrasse. Da alle schwiegen schaute ich hinauf in den azurblauen Himmel. Zwei weiße Wolken trieben im warmen Frühlingswind dahin, berührten sich und trifteten wieder auseinander. Der leichte Wind streichelte sanft meine Haut. Die vier waren die schon genannten Jennifer, Sandra, Boris und ich. Der Lockruf einer Taube aus der Ferne, störte mit lautem Ton den

13

Frieden meines Gartens. Dieser die Stille auflösende Laut bewirkte, dass ich mich aus meinem Gedankengespinst befreite. Nicht wissend wohin es führen würde, gab ich einigen Fragen ihre Freiheit.

»Ist euch eigentlich klar, dass heute der Rest unseres Lebens beginnt? Ist euch außerdem bewusst, wie oft wir im Leben eine Chance bekommen um uns zu verbessern? Sollten wir uns nicht aufmachen und endlich die Welt erforschen?«

Jennifer richtete sich ein stückweit auf und schaute zu mir herüber. Eine Augenbraue stieg über ihren blau strahlenden Augen nach oben.

Sie sieht mich direkt an.

Lächelnd.

»Du meinst, wir sollten unser Wissen, welches wir bisher größtenteils aus Büchern und durch die Erfahrungen Dritter erlangt haben, endlich in persönlich gelebtes Leben umsetzen und irgendwo neue Welten entdecken?«

Jennifer griff die letzte Frage auf und eröffnete eine Debatte, in der jeder von uns seine Gedanken beisteuerte. Wie der Zufall es wollte oder vielleicht auch kein Zufall, hatte ich vor nicht allzu langer Zeit in einem Buch gelesen, in dem ich aufgefordert wurde eine bestimmte Welt zu erforschen. Angeregt durch einige interessante Vorschläge die das Buch enthielt, hatte ich mich genauer informiert.

»Ich glaube da gibt es ein Ziel, welches für uns alle in Frage kommen könnte.«

»Tatsächlich«, ließ sich Boris mit leisem Sarkasmus hören.

»Wer auch sonst«, meldete sich Sandra genauso wenig überrascht.

»Und kannst du uns etwas über dieses Ziel sagen«, Jennifers Stimme klang fordernd und unterschwellig genervt.

»Wenn ihr es echt wollt«, antwortete ich nach kurzem Zögern, »kann ich euch davon erzählen und keine Angst ich komme ohne Umwege zum Punkt. Eventuell können wir dort finden, was wir schon so lange suchen.«

Um mich zu überzeugen, ob ich ihre Aufmerksamkeit hatte schaute ich in die Runde und sah interessierte Gesichter.

»Also gut! Die Erzählung, die im Buch der Mythen steht, handelt von einem Suchenden, der wie wir einen Ort finden wollte, der ihm Erleuchtung versprach. Auf einer seiner Reisen erfuhr er von einem ungewöhnlichen Ort. Es soll weitab von der Zivilisation eine Stadt geben, dessen Bewohner Magier, Zauberer und Priester und Teil vieler Religionen waren. Viele Jahrhunderte lebten sie friedlich zusammen. Sie entwickelten Fähigkeiten, Menschen und Materie zu beeinflussen und zu verändern. Also, dieser Sucher überlegte nicht lange, er handelte. Er glaubte fest daran, dass dieser Ort existiert. In der Folgezeit bereiste er alle vier Lande, wie es damals hieß. Seine Wege führten ihn in den Süden, den Westen, den Norden und den Osten. Schließlich hatte er genügend Informationen gesammelt, die ausreichend Hinweise beinhalteten, um die Lage der gesuchten Stadt festzulegen. Schnell packte er alle Utensilien von denen er meinte, dass er sie brauchte und begab sich auf den Weg. Tatsächlich fand er dort, was er suchte«, bei diesem Gedanken musste ich lächeln, »vielleicht kommt daher der Spruch; du findest, was du suchst.«

Allgemeine Heiterkeit, die die Anspannung lösen sollte, breitete sich im Garten aus. Dann wurde es wieder still und alle schauten mich an.

»Nun, ich will nicht zu sehr ins Detail gehen. Dieser Mann fand«, aus dem Augenwinkel heraus sah ich die aufsteigende Augenbraue meiner geliebten Frau, die besagte ich sollte endlich zum Schluss kommen.

Natürlich hatte sie keinen Erfolg ich führte meine Gedanken weiter aus.

»Am Rand der Welt, fand er seine Bestimmung und das Ende seiner Suche. Doch von da an wird die Erzählung undurchsichtig, nimmt einen spirituellen Verlauf. Vielleicht noch eines, der Ort muss von Spiritualität durchdrungen gewesen sein. ach, noch ein letztes. Dort soll es ein Tor geben, welches einem Eingeweihten ermöglicht das Wesen seiner Seele zu erkennen.«

Kaum hatte ich das Wort Seele ausgesprochen, richtete sich Boris abrupt auf und verließ seine bisherige relaxte Haltung. »Seele, was soll das sein? Eine Seele gibt es nicht wirklich«, unterbrach mich Boris ärgerlich, »ich erinnere mich ungern an diverse Sekten von denen ich in letzter Zeit gelesen habe. Sie reden von Seelen, von Besessenheit und anderem Unsinn und versprechen, wenn die Seele geheilt ist kann jeder seinen Glauben finden. Doch wenn es jemand, also ich, genauer wissen will, wird er im Ungewissen gelassen. Es gibt keine stichhaltigen Gründe eine Seele für real zu halten. Diese verdammten Sekten wollen doch nur an das Geld verzweifelt Suchender herankommen.«

»Bitte Boris, darf ich dich an die Gurus erinnern«, reagierte Jennifer als erste auf den Einwand von Boris, »diese sind doch in der Regel an dem ganzheitlichen Menschen interessiert. Bedeutet ganzheitlich denn nicht, dass es außer einem Körper, eine Seele geben könnte?«

»Eigentlich klingt das stichhaltig Boris «, trat Sandra an die Seite Jennifers.

»Schön Sandra,« er lächelt sie an, »auch wenn du auf östlichen Gurus hinweist«, Boris schien nicht geneigt zu sein so schnell seinen Standpunkt aufzugeben, »von denen handeln einige sicher im guten Glauben. Sie glauben zu wissen, was der normale Mensch nicht weiß. Meiner Meinung nach gibt es viele Sektenführer die sich in der Sonne der Macht suhlen und auch gern mal den einen oder anderen, zweiten oder dritten Rolls-Royce in ihre Garage stellen. Während sie ihren Anhängern Energie und Geld rauben, leben sie ein Leben in Unmoral,« Boris wurde mit jedem Wort ruhiger, »vielleicht bin ich aber einem Vorurteil aufgesessen und es gibt auch die ehrlichen Sektenführer die ihrem Gewissen folgen.«

»Keine Frage, Boris, wenn bestimmte Menschen die Möglichkeit bekommen, ihre Lehren zu verbreiten, nutzen sie diese oft ohne Rücksicht auf Moral und Ethik. Doch bedeutet das, dass es keine Seele gibt? Da bin ich mir nicht sicher«, versuchte Jennifer, Boris von seinem Standpunkt abzubringen.

»Ich denke, wir sollten den Ort, von dem Dominik erfahren hat, selbst aufsuchen und aus erster Hand herausfinden, welche Bedeutung er für uns haben könnte. Deshalb lasst uns lieber darüber sprechen, wie, ob und wann wir diese Reise in diese Stadt antreten. Dominik hat meine Neugier jedenfalls geweckt.«

»Vielleicht entdecken wir an diesem mystischen Ort etwas Unerwartetes«, versuchte auch Sandra, die Diskussion in eine andere Richtung zu lenken, »ein Blick hinter den Vorhang der täglichen Täuschung ist in dieser Stadt vielleicht möglich. Lassen wir uns überraschen, was wir entdecken, und begeben uns auf den Weg.«

»Ich stimme Jennifer zu. Sammeln wir erst einmal weitere Informationen und entscheiden dann«, griff ich dankbar ihren und Sandras Vorschlag auf.

»Bevor wir allerdings beginnen, noch eine Frage: Ist es nicht so, dass wir, wenn wir an die Seele glauben, auch an ein Leben nach dem Tod glauben müssten? Schließlich«, fügte Boris mit einem herausfordernden Blick in meine Richtung hinzu, »soll die Seele ja unsterblich sein.«

»Boris, du siehst, wir müssen noch viel lernen und erfahren«, entgegnete ich leise, »Seele, Leben nach dem Tod, lasst uns etwas darüber erfahren, indem wir hinaus in die Welt gehen, zuhören und lernen.«

Jennifer lehnte sich zurück und signalisierte, dass es für den Moment genug sei.

»Es gibt viel zu tun, also lassen wir es angehen«, versuchte Sandra, einen Schlusspunkt zu setzen.

Bevor wir in die Gartenstühle zurücksanken, verabredeten wir uns für das kommende Wochenende. Danach ließen wir die Stimmung im Garten auf uns wirken und hingen unseren eigenen Gedanken nach. Die Atmosphäre entspannte sich, und möglicherweise dachten meine Freunde, wie ich, an das Abenteuer einer Reise ins Unbekannte. Bevor wir uns am späten Abend verabschiedeten, schlug ich vor, dass sich jeder auf eine längere Reise einstellen sollte.

Zu meiner Überraschung hatte bis dahin noch niemand gefragt, wo sich diese Stadt eigentlich befinden würde. Boris und Sandra verabschiedeten sich mit einem

»Na dann, bis zum nächsten Sonntag.«

Während ich ihnen nachwinkte, fragte ich mich insgeheim: Was wird uns wohl erwarten, wenn wir dieses Abenteuer tatsächlich wagen?

>>>>>

Im Laufe der Woche schickte ich eine E-Mail an Sandra und Boris, in der ich ihre Aufgaben präzisierte und das Reiseziel bekannt gab. Währenddessen kümmerten sich Jennifer und ich um andere Vorbereitungen.

Am folgenden Sonntag, es war ein sonniger Tag, trafen wir uns bei mir, um die Ergebnisse unserer Recherchen auszutauschen. Nach einer kurzen Aufwärmrunde richteten wir unsere Aufmerksamkeit auf Boris, der uns seine Reisepläne vorstellte.

Er hatte, seiner Meinung nach, die bestmögliche Route im Internet recherchiert und diese auf einer Karte markiert, die unser Ziel zeigte. Mehrere Kopien der Strecke, ausgedruckt auf A3-Blättern, lagen auf dem Tisch. Jeder von uns nahm sich sorgfältig ein Blatt und studierte die darauf eingezeichnete Route. Während Boris die Gründe für seine Auswahl erklärte, diskutierten wir anschließend über alternative Wege zum Ziel. Nach einigen Stunden einigten wir uns schließlich auf den Vorschlag von Boris.

Sandra hatte sich parallel zu ihrem Mann um das Equipment gekümmert. Es würde eine lange Reise werden, und wir würden Folgendes benötigen: einen Autobus, eine vollständige Campingausrüstung, Ersatzteile für Notfälle und weitere nützliche Gegenstände. Jennifer übernahm die Verantwortung für unsere Verpflegung und legte besonderen Wert darauf, gesunde und lang haltbare Nahrungsmittel auszuwählen.

Meine Aufgabe, die ich mir selbst gestellt hatte, bestand unter anderem darin, für die "geistige Nahrung" zu sorgen. Das bedeutete, Informationen über die Eigenarten der Landbewohner, besondere historische Stätten und die dort gesprochenen Sprachen zu sammeln. Boris hatte dies irgendwie vorausgeahnt und vorsorglich nach guten Übersetzungsprogrammen gesucht.

Zusätzlich hatte ich einige Fragen zusammengestellt und ausgedruckt, auf die wir während unserer Reise Antworten finden sollten. Hier eine kleine Auswahl:

Was ist der Sinn des Lebens?

Woher kommen wir?

Wohin gehen wir?

Müssen wir jemandem über unsere Taten Rechenschaft ablegen?

Wie entstand das Leben?

Gibt es eine Seele?

Wenn ja, welchen Einfluss hat die Seele auf unser Handeln?

Was erwartet uns am Ziel?

Gibt es ein Leben nach dem Tod?

Kurz vor Mitternacht lehnten wir uns zurück, und ich holte eine letzte Flasche Wein aus dem Keller. Mir war klar, dass wir das Adrenalin abbauen mussten, das in den letzten Stunden in uns aufgestiegen war. Nach einigen Gläsern begannen wir entspannt, über andere Themen zu plaudern. Schließlich konnte ich nicht widerstehen und griff auf den vor mir liegenden Fragenkatalog zurück.

»Keine Angst, Freunde, ich starte keine erneute Diskussionsrunde. Ich möchte nur, dass sich jeder, bevor wir uns trennen, eine Frage aussucht, die ihn besonders bewegt.«

Nach einigem Zögern wählten meine Frau und meine Freunde jeweils eine Frage aus. Auch ich entschied mich schließlich für eine Frage, die mich später noch lange beschäftigen sollte:

Gibt es ein Leben nach dem Tod?

Eine weitere Stunde verging, und die Müdigkeit wurde bei jedem von uns unübersehbar. Da unsere Gespräche immer längere Pausen benötigten, verabschiedeten wir uns schließlich in die Nacht.

In den folgenden Tagen vertiefte ich mich in zahlreiche Jenseitsberichte. Während dieser Beschäftigung konnte ich nicht vermeiden, den Eindruck zu gewinnen, dass die meisten Geschichten, Zeugenaussagen und Erinnerungen äußerst vage waren. Vieles davon konnte einer genaueren Überprüfung nicht standhalten. Doch es gab einen kleinen Rest, der sich meiner kritischen Betrachtung nicht entziehen konnte und mein Interesse weckte.

Immer häufiger fragte ich mich:

Woher stammen diese unterschiedlichen Erfahrungen?

Gab es in meinem Leben einen Faktor, den ich bisher übersehen hatte?

In diesem Zusammenhang drängte sich mir das Wort "Schicksal" auf.

Wie wirkt Schicksal auf jeden Einzelnen?

Ist es eine relevante Größe oder nur ein Wort ohne tiefere Bedeutung?

Und wenn es tatsächlich existiert, begleitet es uns wohlwollend oder unbarmherzig?

Unschlüssig, es war schon spät, suchte ich meinen Meditationsraum auf und versuchte, Klarheit in meine Gedanken zu bringen. Danach legte ich mich schlafen.

Dies nenne ich Gleichgewicht.
Mein Verlust ist der Gewinn des Anderen.
Mein Gewinn ist der Verlust des Anderen.

2

Erfundene Wirklichkeit

Aus Dunkelheit wird Licht
Das Flackern von gelbem und orangem Licht bricht sich an marmornen Wänden. Langsam gewöhne ich mich an den Anblick, doch als ich meinen Kopf drehe, erstarrt mein Atem. Unter mir erstreckt sich ein Meer aus lodernden Flammen. Panik steigt in mir auf, schleicht sich durch jede Faser meines Körpers.
Was soll ich tun?
Was kann ich tun?
Kaum formen sich diese Gedanken, spüre ich eine unsichtbare Macht, die mich fest umklammert. Sie zieht mich nach unten, und ich merke, wie mein Körper unaufhaltsam in die Tiefe gedrückt wird. Diesmal jedoch nicht auf harten, steinigen Boden. Die Flammenzungen erreichen mich. Sie lecken an meiner Haut, umspielen sie wie ein tanzender Feind.
Plötzlich wird mir bewusst, ich bin nackt.
Warum?
Die Frage hallt in meinem Geist wider, doch ich finde keine Antwort. Dort, wo mein Wissen sein sollte, ist nur Leere, ein bodenloses Vakuum.
Was ist nur los mit mir?
Wo bin ich?
Ein beunruhigender Gedanke formt sich.
Bin ich in der Hölle?
Ich weiß es nicht. Doch wenn ich ehrlich bin, habe ich bis zu diesem Moment weder an den Himmel noch an die Hölle geglaubt. Jetzt jedoch ...

Jetzt sehe ich es vor mir. Nur wenige Meter unter mir tobt ein Höllenfeuer. Die Flammen scheinen lebendig, als ob sie sich nach mir ausstrecken, mich verschlingen wollen.

Soll ich das akzeptieren?

Hölle – ja oder nein?

Habe ich nicht mein bisheriges Leben lang gezweifelt und mich gefragt, ob es einen Teufel gibt?

War es nicht der Zweifel, der mich veranlasste, mich auf die Suche nach einer Antwort zu begeben?

Ein stetig anschwellendes Pochen in meinen Schläfen lässt die Fragen verstummen. Da ist nur noch Leere in mir. Ich fühle, spüre, sehe, höre und rieche nichts.

Ist dies die Vorstufe, bevor ich in die Hölle komme?

Während ich mich ermahne, Gelassenheit zu bewahren, verändert sich meine Umgebung. Erstaunt stelle ich fest, dass die nach Nahrung verlangenden Flammen verschwunden sind.

Wohin?

Und die bessere Frage: Wie ist das möglich?

Schließlich fallen mir einige Irrlichter auf.

Sind sie die Reste des Flammensees?

Irgendetwas veranlasst mich, die Lichter zu beobachten. Nach kurzer Zeit kommt es mir so vor, als würden sie nicht den weltlichen Gesetzen gehorchen. Einige steigen nach oben, halten ohne sichtbaren Grund inne. Andere schweben weitläufig um mich herum, als würden sie mich analysieren. Einzelne versinken in die Tiefe, verschwinden in der Dunkelheit.

Fasziniert schaue ich dem Spiel zu. Je länger ich zuschaue, desto mehr fühle ich die Harmonie zwischen mir und den Flammen.

Feuer ist eines der vier Elemente der Magie, kommt mir in den Sinn.

Bin ich irgendwie verantwortlich für das Feuer?

Spiegelt das Feuer meinen Zustand wider?

22

Als ich anfange, über die Kraft der Elemente nachzudenken, lüftet sich ein Schleier, der mein Bewusstsein bisher vernebelt hat. Ich höre einen Namen, und Erinnerungen erwachen.

Dominik!

Dies ist mein Name!

Dominik!

Ruft da jemand nach mir?

Während ich darüber nachdenke, verflüchtigt sich der bisherige Schleier völlig, und ich weiß, ich befinde mich weder in der Hölle noch im Himmel. Ich stehe auf einem kalten, harten Steinboden, umgeben von einem Meer Irrlichter, die links und rechts von mir den Weg weisen. Ihr Leuchten erfüllt den höhlenartigen Raum bis in die entferntesten Winkel. Weshalb und warum hat mich mein Schicksal in diese Höhle geworfen, frage ich mich bei diesem Anblick.

Zweifel?

Der Zweifel, der mich mein Leben lang begleitet hat. Während ich mich umschaue, entdecke ich einen Sessel mit einer hohen, lederbezogenen Rückenlehne. Er wirkt auf mich wie ein Thronsitz. Keine Ahnung warum, ich fühle mich zu ihm hingezogen. Die goldenen, geschwungenen Beine und der goldene Rahmen der Rückenlehne verleihen dem Sessel etwas Majestätisches. Ein riesiges Geweih, ein Zwölfender, thront über dem Sessel und verleiht ihm etwas Kriegerisches. Ein wohliger Schauer läuft über meinen Rücken, als ich ihn betrachte, und ich spüre die Magie, die dem Thronsitz innewohnt. Frierend und nackt treibt mich die Kälte dazu, mich in den Sessel zu setzen, um Wärme zu finden. Der Sitz des Sessels, die Armlehnen und die Rückenlehne sind alle mit rotem Samt überzogen und spenden mir Wärme. Sobald ich den Sessel berühre, umfängt mich ein Gefühl von Geborgenheit und Freiheit. Ich gebe mich diesem Moment hin und sinke tiefer in die weiche Sitzfläche. Rundum wohlfühlend, schließe ich die Augen und träume mich auf eine Insel. Als alles Überflüssige von mir abgefallen ist und ich tief entspannt bin, öffne ich die Augen wieder, um festzustellen, dass sich der Raum verändert hat. Irritiert blicke ich mich um und erkenne schnell den Grund: Die Irrlichter haben sich bis zu den Höhlenwänden zurückgezogen. Erst jetzt wird mir die Dimension der Höhle bewusst. Während ich beeindruckt die gesamte Größe des Raumes aufnehme, werden Erinnerungen wach. Ein Puzzleteil nach dem anderen kristallisiert sich in meinem Bewusstsein, und mir wird klar: Der Grund meines Hierseins ist die Suche nach wichtigen Informationen.

Wer bin ich, und wer werde ich sein, wenn ich mich aus dieser Lage befreien kann?

Während ich angestrengt darüber nachdenke, welches meine nächsten Schritte sein sollen, erkenne ich eine Einbuchtung in der Seitenwand der Höhle. Nicht ohne ein gewisses Bedauern streiche ich über die Lehnen des Throns, spüre den samtigen Stoff vielleicht ein letztes Mal, und verlasse den inzwischen aufgewärmten Sessel. Kaum stehe ich auf meinen Beinen, spüre ich meine Muskeln und Sehnen. Es fällt mir nicht leicht, mich der Einbuchtung zu nähern, die meine Neugier geweckt hat.

Endlich angekommen, stelle ich fest, dass es ein Durchgang in einen weiteren Raum ist. Statt Flammen sehe ich Stalagmiten und Stalaktiten, die in einem noch größeren Raum verteilt sind. Ihr strahlendes Weiß spiegelt sich in einem kristallklaren See wider. Der kalkweiße Boden verleiht der Grotte etwas Märchenhaftes. Die in Jahrtausenden gewachsenen Tropfsteine geben dem domartigen Gewölbe eine religiöse Schwingung, und ich werde an eine Kathedrale erinnert, von der ich glaube, sie schon einmal in einem anderen Universum gesehen zu haben.

Obwohl fasziniert, drängt sich mir erneut die Frage auf, wie ich hierhergekommen bin. Allerdings halte ich mich nicht lange mit dieser Frage auf, so intensiv wirkt die Umgebung auf mich. Irgendwo hatte ich gelesen, dass solche Höhlen in grauer Vorzeit für religiöse Zeremonien und Rituale genutzt wurden. Das Wort "Rituale" löst unerwartete Gefühle in mir aus.

Welche Kraft haben Rituale?

Würde ein Ritual mir in dieser Situation nützen?

Wahrscheinlich nicht. Anstatt über Rituale nachzudenken, sollte ich mich besser dem Hier und Jetzt zuwenden. Nur im Jetzt kann ich herausfinden, **was** ich tun muss, um den nächsten Schritt zu erkennen. Während ich noch unsicher bin, ob ich den weiten Raum betreten soll, verspüre ich eine sanfte Brise. Der Wind trägt einen Hauch Wärme mit sich, berührt mich und eine Ahnung von Zuversicht durchströmt meinen Körper. Beim Berühren eines der weißen, von der Decke hängenden Stalaktiten fühle ich mich in die Vergangenheit hineingezogen. Die Schwingungen des Tropfsteins in mich aufnehmend, merke ich, wie er lang vergessene Zeiten ein- und ausatmet. Interessant, doch dies ist kein wirklich brauchbarer Hinweis darauf, warum ich hier bin. Also, versuche ich es mit meinem Geruchssinn und konzentriere mich auf die Gerüche der Umgebung. Ein schwacher, fremdartiger Geruch liegt in der Luft. Er ist irgendwie anders, und es fällt mir schwer, ihn einzuordnen. Mir wird klar; mit meinen fünf Sinnen komme ich nicht weiter. Suchend schaue ich mich um. In der Mitte der Höhle entdecke ich einen aus dem Felsen gehauenen Block. Mein spontaner Gedanke ist, dass es sich um einen Altar handelt. Aus meiner Perspektive erkenne ich seltsame Zeichen und Symbole auf der sonst glatten Seitenwand. Aus einem mir nicht bewussten Grund möchte ich sie näher betrachten. Schwerfällig gehe ich vorsichtig auf den rechteckigen Steinwürfel zu. Je näher ich ihm komme, desto deutlicher erkenne ich, dass sich neben den Symbolen auf der Oberfläche auch reliefartige Figuren befinden. Diese sind meisterhaft, beinahe lebensecht, aus dem Felsenblock herausgearbeitet. Als ich schließlich vor dem Felsblock stehe, erkenne ich drei Dinge.

Die Oberfläche des Altars ist glattpoliert, eine Rinne verläuft an den Rändern rundherum, und die Figuren sind menschenähnliche Wesen. Die Arbeit des Künstlers verleiht dem Felsenaltar etwas Dunkles, Schweres. Fasziniert von den Gestalten lasse ich sie auf mich wirken. Je länger ich versuche, die Figuren zu analysieren, desto deutlicher wird mir, dass keine Menschen dargestellt sind, sondern Dämonen. An den Ecken des Altars hat der Künstler, vielleicht um den Betrachter zu beeindrucken, jeweils einen Gargoyle aus dem Marmorstein gemeißelt. Solche Gargoyles sind oft mit Friedhöfen und dem Tod verbunden, wie ich weiß. Auch religiöse Stätten, Kirchen und Klöster werden manchmal von ihnen bewacht. Dieses Wissen beunruhigt mich allerdings.

Was bewachen sie?

Trotz meines Respekts und meiner unterschwelligen Ängste kann ich nicht verhindern, dass ich einen Gargoyle berühre. Als ich meine linke Hand auf seine steinerne Schulter lege, läuft mir ein Schauer über den Rücken. Der Marmor fühlt sich überraschend warm und lebendig an. Für einen Augenblick glaube ich, dass der Monsterkörper sich bewegt. Erschrocken weiche ich einen Schritt zurück. Kaum glaube ich, mich in Sicherheit gebracht zu haben, wird mein Arm umklammert.

Eine Hand? Eine Klaue?

Es fühlt sich kalt, rau und bedrohlich an. Verzweifelt reiße ich mich los und trete hastig zurück, weg vom Altar und den Dämonen. Einem inneren Impuls folgend, wende ich mich um und will fliehen. Doch schon im Ansatz verschwindet diese Idee genauso schnell, wie sie aufgetaucht ist. Mir wird klar: Ich habe keine Ahnung, wohin ich fliehen soll. Also verharre ich und atme tief ein und aus. Langsam finde ich mein Gleichgewicht wieder.

Urplötzlich fällt mir ein Schatten an der drei Meter entfernten Wand auf.

In dem Moment, als ich versuche, den Schatten zu analysieren, löst er sich von der Wand, nähert sich mir, wird größer und bleibt beeindruckend einen Meter vor meinen Füßen stehen. Kurz hält er inne und wendet sich dann von mir ab. Als er schließlich zwei Meter entfernt ist, kann ich mich entspannen und frage mich, wie sich ein Schatten ohne dazugehörigen Körper bewegen kann.

Wie ist das möglich?

Der zweidimensionale Schatten schwebt weiter über den felsigen Boden, überquert den kristallklaren See, dessen Oberfläche sich zu kräuseln beginnt. Auf der anderen Seite angekommen, steigt er, dunkler werdend, eine Höhlenwand hinauf. Während ich noch versuche zu verstehen, was geschieht, verharrt er in einer Höhe von fünf Metern.

Um mich von dem Unerklärlichen abzulenken, schaue ich, leicht erregt von den Geschehnissen, auf den See. Ein schwer einzuordnendes Gefühl sagt mir, dass gleich etwas aus dem See auftauchen wird. Doch die Oberfläche des Sees bleibt ruhig. Trotzdem spricht jede Faser meines Körpers davon, dass der Schatten etwas Bedrohliches ausgelöst hat.

Während ich versuche, nicht in Panik zu geraten, wandern meine Augen suchend über das Schattenwesen. Es sieht jetzt dunkler aus und hebt sich kaum noch vom Hintergrund ab. Während ich überlege, ob der Schatten in die Wand verschwinden will, geschieht das Gegenteil. Er beginnt, sich von der Felswand zu lösen. Konturen entstehen, die bedrohlich auf mich wirken.

Schließlich verharrt der Schatten, fast dreidimensional, einen Meter vor der Wand. In diesem Moment fällt es mir schwer, zu unterscheiden, was Traum und was Wirklichkeit ist.

Der Eindruck des Unwirklichen verstärkt sich, als das Dunkelwesen sich auf mich zubewegt. Nachdem es den See schwebend überquert hat, bewegt es sich an mir vorbei, so als wäre ich nicht vorhanden. Ein kalter Hauch streift meine nackte Haut. Kaum ist es an mir vorüber, verwandelt sich der

Hauch in einen heftigen Wind, der die Flammen der im Raum verteilten Irrlichter anfacht. Das Gewölbe wird heller und die schmale Gestalt gewinnt an Dreidimensionalität. Eine bodenlange schwarze Kutte umhüllt den Körper, die einen scharfen Kontrast zum weißen Kalkboden bildet. Das Licht der im Wind flackernden Flammen gibt den unter einer Kapuze verborgenen Schädel frei. Kaum berührt das Licht den Kopf, dreht er sich in meine Richtung. Entsetzt blicke ich in zwei Augenhöhlen, die feuerrot leuchten und mich anstarren. In meinem Kopf entstehen seltsame Bilder. Bevor diese sich in meinem Verstand manifestieren können, wendet sich die Gestalt von mir ab, als wäre ich nicht von Bedeutung.

Ohne Eile geht sie auf eine kaum sichtbare Nische zu und verweilt dort eine kurze Zeit. Es kommt mir vor, als spreche sie mit jemandem. Schließlich entsteht eine bedrohliche Stille. Wie in Zeitlupe dreht die schwarze Gestalt den Kopf zu mir und schaut mich mit ihren glutroten Augen prüfend an.

Um meine schlagartig labil gewordene Gefühlswelt zu stabilisieren, konzentriere ich mich auf sein Gesicht. Es ist von pergamentartiger Haut überzogen, die so dünn ist, dass die Knochen hindurchscheinen. Während ich versuche, den Anblick zu verarbeiten, bewegt sich die unwirkliche Gestalt in Richtung Altar. Als sie mir zu nahekommt, weiche ich erschrocken zur Seite.

Schließlich erreicht der Mann den Altar. In diesem Moment wirkt er mit seiner Kutte wie ein Priester. Wenige Meter von mir entfernt, lässt er sich auf die Knie sinken. Wieder höre ich ihn murmeln. Es klingt wie ein Gebet. Schließlich erhebt er sich und wechselt die Seite des Altars. Dort bleibt er stehen und wirft mit einer heftigen Bewegung seine Kapuze zurück.

Er neigt den Kopf nach hinten und blickt zur Decke hinauf. Kurz verweilt er in dieser Haltung, dann folgen seine Arme.

Will er eine Verbindung zum Himmel herstellen?

Mir bleibt jedoch keine Zeit, über sein Verhalten nachzudenken, denn links und rechts des Altars lösen sich aus dem Dunkeln zwei riesige schwarze Dobermänner. Hoch aufgerichtet stehen sie neben dem Altar, die Ohren nach vorne gerichtet. Ich habe den Eindruck, dass sie aufmerksam in den Raum lauschen, bereit, jeden Eindringling in seine Schranken zu weisen. Synchron drehen sie ihre Köpfe in meine Richtung.

Einen Moment lang glaube ich, sie schätzen ab, ob ich eine Bedrohung darstelle. Schließlich blicken sie wieder nach vorne. Kaum habe ich mich beruhigt, tauchen an den Wänden links und rechts Schatten auf. Sie fließen hin und her und vollführen seltsame Bewegungen.

Eine absurde Frage drängt mir auf;

Will etwas aus einer anderen Dimension in unsere Welt hinüberwechseln?

Die religiös anmutenden Worte des Priesters, die er fast unhörbar vor sich hinmurmelt, dringen an meine Ohren, erst leise, dann immer fordernder. Die Schatten an den Wänden verharren, als folgten sie einem Befehl, an ihren jeweiligen Positionen. Ein zufriedenes Lächeln huscht über das Gesicht des Priesters. Langsam senken sich seine Arme und bleiben waagerecht.

Plötzlich erscheint ein Kelch auf der Altaroberfläche, der mich an einen Messkelch erinnert. Daneben materialisiert sich eine Waage aus dem Nichts. Flammen spiegeln sich auf der Oberfläche des Kelchs, der zweifellos aus Gold besteht, während die Waage aus einem weniger wertvollen Metall zu sein scheint.

Während ich versuche, das Geschehen zu deuten, beginnt der Priester mit gedämpfter Stimme, mir unbekannte Formeln zu flüstern. Eine gefühlte Ewigkeit später verstummt er. Fasziniert beobachte ich weiter. Der Priester greift nach dem Kelch, hebt ihn hoch und hält ihn über die Waagschale auf der rechten Seite. Er neigt den Kelch, und Sand rieselt in die Schale, die langsam nach unten sinkt, bis sie den Boden erreicht. Zufrieden wechselt er den Kelch in seine linke Hand. Leise dringen erneut Beschwörungsformeln an mein Ohr. Langsam kippt er den Kelch zur Seite, und eine dickflüssige Flüssigkeit fließt in die linke Waagschale.

Ohne Zweifel rot wie Blut.

Die rechte Schale beginnt sich zu heben. Als die Waage allmählich ihr Gleichgewicht findet, stoppt der Priester den Vorgang, verstummt und stellt den Kelch zurück auf den Altar. Für einen Augenblick zögert er, dann schüttet er vorsichtig den Inhalt beider Schalen zurück in den Kelch. Mit einer schnellen, kreisenden Bewegung verschwindet seine Hand im Nichts. Kurz darauf taucht sie wieder auf, diesmal mit einer Flamme auf der Handfläche. Behutsam lässt er die Flamme in den Kelch fallen. Er nimmt ihn in beide Hände, führt ihn an den Mund, verharrt kurz und bläst hinein. Anschließend stellt er den Kelch zurück, und ich höre deutlich, wie der Inhalt zu brodeln beginnt. Nebel steigt über dem Kelch auf.

Was hat der Priester vor, frage ich mich.

Praktiziert er alchemistische Magie?

Will er aus den Elementen Wasser, Erde, Feuer und Luft etwas Neues erschaffen?

Bevor ich darüber nachdenken kann, ertönt ein Ton. Zuerst leise, dann immer lauter, bis er den gesamten Felsendom erfüllt. Mein erster Eindruck ist, dass der Ursprung des Tones aus dem Inneren des Altars kommt. Der Ton schwillt an, wird intensiver und trennt auf seltsame Weise mein Bewusstsein von meinem Körper. Ich werde eins mit der Schwingung. Ohne mein Zutun fühle ich mich leicht und bewege mich im Rhythmus des auf- und abschwellenden Tones.

Meine Reise ist nicht unangenehm.

Dennoch möchte ich verhindern, wieder mal in unbekannte Regionen getragen zu werden.

Vergeblich!

Irgendwann verklingt der Ton. Falls die Schwingung mich an ein Ziel bringen sollte, scheint es erreicht zu sein. Obwohl ich kaum etwas wahrnehme, erfüllt mich ein Gefühl tiefer Vertrautheit. Langsam öffne ich die Augen und erkunde meine Umgebung.

Wie erwartet hat sich alles verändert. Kein Felsendom, kein geheimnisvoller Priester, keine Dobermänner. Nichts von dem, was vor wenigen Augenblicken noch meine Welt ausmachte, ist geblieben.

Im Gegenteil; Ruhe und Frieden umgeben mich. Vor mir erscheint ein in sich gekehrter Mann im Lotussitz.

Sein Anblick bringt mich aus dem Gleichgewicht, denn er kommt mir seltsam vertraut vor. Im nächsten Moment wird mir klar, dass ich mich in meinem Meditationsraum befinde und der Mann im Lotussitz bin ich.

Wie ist das möglich?

War das, was ich gerade erlebt habe, eine Vision meiner Zukunft?

Wie oft habe ich nach meinen Meditationssitzungen über die fragmentarischen Botschaften nachgedacht?

Manchmal habe ich geglaubt, dass ich mich während der Meditation in eine andere Zeit bewege.

Vielleicht in meine Zukunft!?

Vielleicht in die Zukunft eines anderen.

Während ich die verschwundenen Szenen in Gedanken wieder und wieder durchspiele, erfasst mich Unruhe, mein Herz beginnt schneller zu schlagen.

Meditation ist ...
Hören von Musik, die wir in uns tragen.
Für einen wunderbaren Moment,
können wir Eins mit der Klangwelt werden.

3

Jennifer

Erleichtert lehne ich mich zurück.
Wieder habe ich ein schwieriges Stück meiner Vergangenheit erzählt – zweifellos ein bedeutender Teil meines Lebens. Um sicherzugehen, dass die Geschichte an dieser Stelle stimmig ist, lese ich das letzte Kapitel noch einmal. Kaum habe ich das Gelesene verarbeitet, spüre ich tief in mir; es ist an der Zeit, auch einmal über die schönen Seiten meines Lebens zu sprechen.
Über das Positivste, Schönste und Wertvollste, das mir jemals widerfahren ist – die Begegnung mit Jennifer.
Jennifer wurde zum zentralen Teil meiner Suche, vielleicht sogar zu dem wichtigsten überhaupt. Ohne sie wären mir viele Dinge fremd geblieben, insbesondere die Liebe. Durch Jennifer habe ich verstanden, dass die Liebe über allem steht. Ohne die Liebe ist jede philosophische Betrachtung des Lebens unvollständig.
Jennifer hat mir nicht nur die wahre Liebe gezeigt, sondern diese Liebe wurde ein fester Bestandteil meines Lebens.
Durch sie habe ich erkannt, dass wir alle Teile eines großen Ganzen sind. Jennifer war es, die mich auf meinem Weg des Fragens und Suchens nach dem Warum, dem Wieso und dem Weshalb stets begleitet und unterstützt hat. Sie gab mir Kraft und Mut, selbst dann nicht aufzugeben, wenn meine Zweifel überwältigend wurden.

Wenn ich nicht glauben wollte, dass es mehr gibt als das, was unsere fünf Sinne erfassen können, brachte sie mich zurück auf den Boden der Tatsachen.

Sie lenkte meinen Blick auf den sechsten Sinn, den Sinn, der jenseits des Greifbaren liegt.

Schon lange vor unserer Begegnung hatte Jennifer ihre eigene Suche nach dem Göttlichen, nach dem Spirituellen und dem Sinn des Lebens begonnen. Ich hingegen war in den ersten dreißig Jahren meines Lebens wenig der Sinnfrage zugeneigt. Erst um meinen dreißigsten Geburtstag änderte sich etwas in mir, darüber werde ich später noch erzählen. Kurz bevor ich Jennifer kennenlernte, begann ich, zunächst zögerlich, nach dem Sinn des Lebens zu suchen.

Etwa ein Jahr nach Beginn meiner inneren Reise begegnete ich Jennifer. Während ich Antworten vor allem in Büchern und intellektuellen Gesprächen suchte, wusste sie, dass die Natur selbst den eigentlichen Sinn des Lebens offenbart und ihm eine greifbare Substanz verleiht. Wir führten viele Gespräche über den Sinn des Lebens – mal kontrovers, mal im Einklang, doch stets respektvoll.

Einmal diskutierten wir über Musik. Unterschiedliche Meinungen prallten aufeinander, doch am Ende waren wir uns einig. Musik ist eine kraftvolle Quelle des Lebens. Wer sich ihr öffnet, kann sich mit höheren Mächten verbinden.

Es gibt eine Eigenschaft, um die ich Jennifer stets beneidet habe. Im Herzen war und ist sie vollkommen entspannt, in völliger Harmonie mit sich selbst und der Welt. Sie verkörpert die Liebe. Sie lebt die Liebe. Das kann ich von mir leider nicht behaupten. Ich kenne Zorn und Enttäuschung, und mir fehlt das bedingungslose Vertrauen in das Gute. Nicht immer wird alles gut, und nicht immer siegt das Bessere.

Obwohl sie bis heute mein Vorbild ist und ich ihrem Umgang mit der Welt nacheifere, bleibt ein Restzweifel.

Trotz ihres Glaubens an eine höhere Macht und meiner tiefen

Liebe zu ihr konnte ich meine eigenen Zweifel nie vollständig ablegen. Doch ich erzähle diese Geschichte aus der Sicht eines Zweiflers, auch wenn Jennifer diesen Zweifel deutlich gemildert hat. Sie glaubt ohne Wenn und Aber an eine höhere Macht, an einen allumfassenden Schöpfer, an Gott.

Trotz der vielen positiven Erfahrungen, die ich durch Jennifer erleben durfte, und obwohl sie mir ihre Weltanschauung vorlebte, konnte und wollte ich meine Zweifel nie ganz ablegen.

Es gibt Menschen die behaupten,
es ist sinnlos --- nach dem Weg zu fragen.
Dieselben Menschen verirren sich
allerdings allzu oft in ihrer eigenen Welt.

4

Wendepunkt
dreißigster Geburtstag

Gerne würde ich mehr vom Leben mit Jennifer erzählen.
Doch dies würde den Rahmen des Buches sprengen. Es ist an der Zeit von meinem dreißigsten Geburtstag zu berichten. An diesem Tag nahm ich mir vor, meiner Suche nach dem Sinn mehr Tiefe zu verleihen. Es gab zuvor bereits einige Stationen in meinem Leben, an denen ich die Chance gehabt hätte, zu erwachen, mich aus alten Mustern zu befreien. Immer wieder öffneten sich Türen, die ich jedoch kaum beachtete, hinter denen sich neue Wege verbargen. An diesen Weggabelungen, die mir die Gelegenheit boten, mein Leben zu hinterfragen, blieb ich unaufmerksam und verharrte im Lebensplan, den meine Eltern für mich vorgesehen hatten. Auch noch später, wenn ich mit Jennifer an solchen Kreuzungen stand, ignorierte ich ihre stillen Hinweise

Da fällt mir eine Begegnung mit einem Klosterbruder ein. Er sagte zu mir, während wir über meinen Lebensweg sprachen: »Im Leben gibt es weder Anfang noch Ende. Alles ist miteinander verwoben, wie ein Flickenteppich!«

Jennifer war Teil dieses Flickenteppichs. Unauffällig vielleicht, aber sie bildete das festigende Muster, das alles zusammenhielt. Wie recht der Klosterbruder doch hatte!

Ein Glockenschlag reißt mich aus meiner Reise in die Vergangenheit.

Der Klang der Klosterglocke ruft zur Abendmahlzeit. Seit einigen Wochen bin ich nun hier, und wenn ich ehrlich bin, und Ehrlichkeit ist mir in meinem Vorhaben von größter Bedeutung, habe ich noch nicht viel von meiner Geschichte niedergeschrieben.

Bei diesem Gedanken wird mir bewusst, wie oft ich bereits auf den Ruf der Glocke gewartet habe, den Glockenschlag, der mich zum Abendessen einlud. Er war stets eine willkommene Gelegenheit, meine Arbeit ohne schlechtes Gewissen zu unterbrechen. Also begebe ich mich auf den Weg in den Speisesaal, denn ich verspüre deutlich Hunger. Den eigentlichen Weg, das Schreiben meiner Lebensgeschichte, werde ich wohl erst einmal verschieben. Ich frage mich, ob Jennifer an meiner Stelle genauso gehandelt hätte. Wahrscheinlich hätte sie mein Vorgehen aus Liebe zu mir still akzeptiert.

Wenig später sitze ich mit den Mönchen an einem großen Esstisch und warte auf den Abt. Wenige Minuten später trifft er ein und setzt sich neben mich.

Das Abendessen ist einfach und gut. Während ich über meinen nächsten Schritt nachdenke, lädt mich der Abt ein, ihm nach dem Essen in die Bibliothek zu folgen.

In der Bibliothek angekommen, umfängt mich der feine Duft alter Bücher. Die Atmosphäre hat etwas Zeitloses, als könnte ich die Echos vergangener Gedanken spüren. Der Abt geht zu einem Schrank, öffnet ihn und holt eine Weinflasche, sowie zwei Gläser hervor. Während er nach einem Korkenzieher greift, habe ich Zeit, nachzudenken. Jennifer hätte sich hier wohlgefühlt, denke ich. Sie war ein Bücherwurm, fand in der Stille solcher Räume Wissen, ließ es auf sich wirken und nahm es in sich auf.

Der Abt öffnet die Weinflasche und schenkt unsere Kristallgläser ein. Nachdem wir das erste Glas geleert und ein wenig Smalltalk ausgetauscht haben, wenden wir uns einem tiefergehenden Gespräch zu.

Der neunte Glockenschlag der Klosteruhr verhallt. Schweigend sitzen Abt Benedikt und ich bei einem Glas Wein zusammen. Den ganzen Tag habe ich an meiner Lebensgeschichte gearbeitet. Nun genieße ich die Stille in der Kirchenbibliothek.

Schließlich entscheide ich mich, die Stille zu durchbrechen. Ich will endlich den Gedanken ansprechen, der mich den ganzen Tag begleitet.

»Gestern sprachen wir über Jesus als Suchenden«, sage ich, während ich mich nach vorne beuge, »im Laufe des Gesprächs nanntest du ihn Gottes Sohn. Dies hat mich irritiert. Denn ich weiß im Judentum wird er nicht als Gottes Sohn gesehen, sondern als ein weiterer Prophet – wie Johannes der Täufer. Deshalb frage ich mich:

Sind Gott und sein Sohn abhängig vom Glauben der Menschen?

Wir sagen oft: Das glaube ich nicht. Doch darum geht es mir nicht. Mich interessiert:

Was bedeutet Glauben im religiösen Sinne?«

»Dominik, ich dachte mir schon, dass du irgendwann die Glaubensfrage stellen würdest. Du bist nun schon eine Weile bei uns und erlebst das religiöse Leben hautnah. Da tauchen solche Fragen zwangsläufig auf. Zunächst möchte ich darauf hinweisen, dass das Wort Glaube aus dem Griechischen stammt und Vertrauen bedeutet.«

»Tatsächlich finde ich das Klosterleben hier außergewöhnlich. Es herrscht hier eine wunderbare Atmosphäre. Deshalb möchte ich nun die Frage stellen, die mich schon mein ganzes Leben begleitet:

Was ist Glauben im religiösen Sinn?«

Ein Lächeln zeichnet sich im Gesicht von Benedikt ab. Obwohl es mich irritiert spreche ich weiter.

»Lass mich einige eigene Gedanken ausführen. Für mich ist Glaube, den die Kirche predigt, ein unmögliches Konstrukt. Die jeweilige Kirchen- oder Glaubenslehre richtet sich oft nach dem Wind, passt sich an die Gegebenheiten an. Zum Beispiel wird Gott als strenger, strafender Gott dargestellt, während Jesus das Gegenteil verkörpert: Er steht für Liebe und Frieden. Wieso sind Gott und sein Sohn so unterschiedlich?«

Mit jedem Wort, verliere ich ein wenig meine Mitte. Um gelassener zu werden greife ich nach dem Weinglas. Benedikt folgt mir. Er setzt sein Glas ab und sein Gesicht sieht zufrieden aus.

»Bevor wir auf das Thema Glauben endgültig eingehen, Dominik, möchte ich, dass du ein paar Fragen zulässt. Ist es nicht so, dass der Glaube Menschen helfen kann, einen Sinn im Leben zu finden? Wird es nicht immer schwieriger sich zu orientieren, in einer zunehmend komplexeren Welt? Können religiöse Überzeugungen, Lebensphilosophien oder spirituelle Praktiken Menschen nicht helfen, ihre Identität und ihren Lebenszweck zu definieren?«

Der Abt verstummt und ich denke über seine Fragen nach.

»Benedikt mir ist bewusst, dass der Glaube eng mit kulturellen Traditionen und Bräuchen verknüpft ist. Für viele Menschen sind religiöse oder spirituelle Praktiken wichtig, um zu erleben, dass sie zu einer Gemeinschaft gehören. Rituale, die von Kirchen und Religionen vorgegeben werden, helfen außerdem, dem Leben einen Sinn zu geben«, ich atme tief ein, »wir leben leichter mit Regeln, Werten und Halt. Religion sowie der Glaube können dies bieten. Doch werden wir dadurch nicht fremdbestimmt? Was ist mit den Menschen, die mit dem Glauben an einen Gott nichts anfangen können? Glaubst du nicht auch, dass es immer mehr werden, die sich von der Kirche abwenden? Menschen, die sich einem imaginären Gott nicht unterwerfen wollen. Vielleicht, weil sie gelernt haben, dass sie mit eigenen Regeln gut zurechtkommen. Sie wollen ihren eigenen Plan. Sie wollen ihr Leben selbst bestimmen. Nicht Glaube, sondern Wissen ist ihr Credo. Sie wollen selbstbestimmt leben.«

Ich benötige eine Pause, weshalb ich nach der Weinflasche greife, mein leeres Glas auffülle, und einen langen Schluck trinke. Nach einer längeren Pause ergreift der Abt das Wort.

»Natürlich gibt es Menschen«, Benedikt sieht mir in die Augen, als suche er etwas Bestimmtes, »die ihr Leben selbst bestimmen wollen und glauben zu wissen, wie sie es gestalten können. Und dennoch kommt für viele von ihnen irgendwann der Moment, in dem sie spüren, dass es etwas gibt, dass höher, größer ist als sie selbst. Denn auch wenn sie glauben, alles unter Kontrolle zu haben, gerät ihr Leben manchmal aus dem Gleichgewicht. Die meisten verstehen den Zusammenhang zwischen Ursache und Wirkung ihres Handelns nicht. In solchen Momenten suchen sie nach Hilfe. Vielleicht führt sie eine solche Situation zum Glauben Glaube lässt niemanden allein. Sinnfragen gewinnen an Bedeutung.«

Der Abt greift mit einem Lächeln, das Unerschütterlichkeit ausdrückt, nach seinem Weinglas und nimmt einen wohlbedachten Schluck, bevor er weiterspricht.

»Die Bibel und der Glaube, den wir aus ihr gewinnen können, ist eine Möglichkeit, das Unbegreifliche zu begreifen.«

»Anhand der Bibel einen Glauben zu finden«, unterbreche ich, »ist eine Möglichkeit! Doch welche Bibel? Jede Glaubensrichtung auf unserem Planeten gibt, hat ja seine eigene. Lass mich nur die Hauptströmungen erwähnen: das Christentum, den Islam, den Hinduismus, das Judentum und den Buddhismus. Jede hat seine eigene Erklärung, wie das Leben auf die Welt kam. Und, um dem Ganzen die Krone aufzusetzen, dürfen wir die unzähligen Naturreligionen nicht vergessen. Im Grunde ist der Glaube eine Flucht vor den Dingen, die wir nicht verstehen.«

»Bitte, Dominik, lass mich den Gedanken zu Ende führen. In Zeiten, in denen Wissenschaft und Rationalität immer weniger eindeutige Antworten liefern, sind religiöse oder vielleicht auch esoterische Erklärungen wichtig. Da wirst du mir sicher zustimmen.«

Der Abt lehnt sich zurück und wartet auf eine Reaktion. Lange muss er nicht warten.

»Eigentlich bedeutet Glauben für mich, nicht wissen. Müssen Gläubige deshalb vertrauen, dass die Lehre wahr ist, der sie angehören wollen? Wenn Zweifel ihr Handeln durchdringt, wem sollen sie dann anvertrauen? Sich selbst, einer Vaterfigur oder irgendwelchen Anführern?«

»Nun, jeder muss das selbst entscheiden wem«, antwortet Benedikt, »doch wer Leere in sich spürt –und das sind sicherlich viele – wird sich auf einen Weg begeben und nach dem Grund suchen oder nach einer Möglichkeit, diese Leere zu füllen. Auf diesem Weg könnte er einen eigenen Zugang zum Glauben entdecken. Dabei können sowohl Logik, als auch Vertrauen helfen.«

Meine Stirn bekommt Falten, des Nachdenkens.

»Tatsächlich! Inwieweit kann Logik in diesem Zusammenhang eine Rolle spielen?«

»Warum nicht! Es gibt viele große Denker und selbstlose Menschen im Glauben, deren Leben zunächst auf der Logik beruhte und dann zum Glauben fanden.«

»Benedikt, darf ich dich unterbrechen?«, ohne eine Antwort abzuwarten sage ich, »bist du dir sicher, dass die Logik nicht weiter Mittelpunkt ihres Lebens war und der Glaube erst eine gewisse Qualität bekam, als ihnen die Antworten ausgingen?«

»Du fragst nach dem Ei und der Henne«, der Abt lacht. »Einstein war zuerst durch und durch Logiker, bevor er sagte: ‚Gott würfelt nicht.‘ Ein weiteres Beispiel ist Blaise Pascal. Er war Mathematiker, Physiker, Literat und schließlich christlicher Philosoph – alles basierend auf Logik. Nebenbei bemerkt, setzte er sich mit der Logik des Würfelspiels auseinander. Es steht außer Frage, die christliche Philosophie funktioniert nicht ohne Logik, und Logik ist kein Widerspruch zum Glauben. Ich könnte noch viele weitere Beispiele aufzählen.«

»Das mag sein, doch deine Beispiele legen nahe, dass es besser ist, wenn der Glaube an zweiter Stelle steht und die Logik an erster Stelle. Worin besteht die Logik, an einen Gott zu glauben, der stets auf der Seite der jeweiligen Religionen steht? Wo ist die Logik in heiligen Kriegen?«

Der Abt greift nach seinem Glas, hält es in der Hand und fragt mit ruhiger Stimme:

»Was ist mit dem gesunden Menschenverstand? Sollten wir auf ihn hören, wenn wir zweifeln? Und wenn wir handeln, sollten wir vorher abwägen?«

»Keine Frage, der gesunde Menschenverstand hilft im Leben. Ich denke dieser Menschenverstand ist Vermittler zwischen Logik und Gott. Diese können sich zweifellos gegenseitig befruchten«, ich richte mich auf, »Benedikt, du kannst nicht bestreiten, dass der Glaube viel Unheil über die Menschen gebracht hat.«

»Das will ich auch nicht bestreiten. Doch in den meisten Fällen wurde der Glaube missverstanden. Ein Blick über den Tellerrand kann nicht schaden. Wie in den östlichen Religionen gelehrt wird, ist alles eine Auseinandersetzung zwischen Yin und Yang. Es geht um Gleichgewicht.«

Nach dem Weinglas greifend, nehme ich einen langen Schluck, sortiere meine Gedanken und lächele.

»Du wolltest wohl sagen, eine Auseinandersetzung zwischen Gott und dem Teufel.«

»Genau!« Benedikt lacht entspannt.

Ein Glockenschlag dringt durch das offene Fenster und erinnert daran, dass es bereits 1 Uhr ist.

»Dominik, die Zeit ist wie im Flug vergangen. Ich glaube«, der Abt betont das letzte Wort, »es wird Zeit, dass wir weniger akademisch über den Glauben sprechen und das Thema auf eine persönlichere Ebene heben.«

»Natürlich, Benedikt. Ein Standortwechsel kann einer Diskussion nur guttun. Warum also nicht.«

41

Der Abt stellt die Frage, die ihn schon den ganzen Abend beschäftigt.

»Kannst du dir eine Welt ohne Glauben vorstellen?«

Um etwas Zeit zu gewinnen hebe ich mein Weinglas, halte es gegen das Kerzenlicht und bewundere das kräftige Rot des Weins.

Während ich über die Frage nachdenke, betrachte ich die harmonische Maserung des Holzes, die mich irgendwie an ein Fraktal erinnert.

»Gib mir ein bisschen Zeit. Darüber muss ich nachdenken.«

Während ich das Für und Wider abwäge, komme ich zu dem Schluss, dass ich keine endgültige Antwort geben kann. Trotzdem entscheide ich mich zu antworten.

»Eines kann ich nicht bestreiten; der Glaube besitzt eine innere Kraft. Doch für mich gibt es keine klare Antwort, wenn es um die Kirche geht. Doch bin ich überzeugt, dass eine ausgewogene Sicht auf den Glauben wichtig ist. Auch wenn jede Lehre vom Eigennutz beeinflusst scheint. Deshalb sollten wir nicht alles glauben, was uns erzählt wird. Außerdem, wie oft sagen wir ‚Das glaube ich nicht‘? Allerdings hat diese Aussage nichts mit dem wahren Glauben zu tun«, kurz hole ich Luft, »jede Begegnung mit dem jeweiligen Glaubenskontext erweckt Zweifel in mir. Allein die Vielfalt der Religionen ist verwirrend. Jede Religion hat ihren eigenen Ansatz, um ihrem Glauben eine besondere Stellung zu geben. Trotzdem kann ich mir irgendwie eine Welt ohne Glauben nicht vorstellen. Der Glaube gibt uns die Möglichkeit, die Tiefen des Lebens zu verstehen und zu überstehen.«

Ich schaue meinem Gegenüber in die Augen und warte auf eine Reaktion. Doch Benedikt schweigt, offenbar vertieft in Gedanken. In der entstandenen Pause schießen mir weitere Gedanken durch den Kopf.

»Im Moment kommt mir ein anderer Gedanke. Alle glauben an das Schicksal, an Kismet – ich selbst kann es nicht leugnen, obwohl es genauso abstrakt ist wie Gott. Erklärungen zu finden für das, was uns geschieht ist wichtig. Der Glaube an das Schicksal gibt uns eine Art Seelenfrieden. Aber nun zu dir; kannst du mir sagen, wie du zum Glauben gefunden hast?«

Benedikt lächelt und sieht Dominik an. Der Abt muss nicht lange nachdenken und antwortet.

»Bevor ich auf deine Frage antworte, eine Gegenfrage; gibt es für dich einen Unterschied zwischen Religion und Kirche?«

»Nicht wirklich!«

»Ich sehe das etwas anders. Die Kirche ist ein Machtgebilde, und Religion schenkt uns Freiheit. Mir wurde der Glaube an Gott und Jesus von meinen Eltern nahegebracht, im Sinne der Kirche. Der Glaube wird von einer Generation zur nächsten weitergegeben. Es wird erwartet, dass bei der Weitergabe des Staffelstabs keine Zweifel entstehen. Wenn doch, dann gilt, was die Kirche sagt; ist Gesetz.«

Der Abt lehnt sich mit einem Seufzer zurück.

Stille.

»Wenn dies funktionieren würde«, fährt Benedikt lächelnd fort, »gäbe es in unserem Kulturkreis nur Gläubige. Doch tatsächlich ist der Zweifel stärker als irgendwelche Vorgaben und Vorstellungen unserer Vorfahren. Jede Generation spürt in sich, dass es ihre Aufgabe ist, die Welt zu hinterfragen.«

»Ich stimme dir zu. Doch wie ist es nun mit deinem Glauben? Inzwischen hast du dich bestimmt von den Ansichten deiner Eltern befreit.«

»Dominik, ja ich habe meinen Weg gefunden. Ohne Scheuklappen, wie ich glaube. Ich war bereit, anderen Religionen ohne Vorurteile zu begegnen und sie zu studieren. Dabei wurde mir eines ohne Zweifel deutlich: Es gibt einen Gott. Gott ist allgegenwärtig. Schließlich habe ich abgewogen und wusste, Jesus ist der Gott, dem ich folgen will. An ihn glaube ich aus vollem Herzen.«

»Wieso Jesus und nicht Gott?«

Benedikt ist erstaunt, diese Frage zu hören. Er lehnt sich zurück und schließt die Augen.

»Vielleicht sollte ich es in deinem Weltbild ausdrücken«, sagt der Abt leise, »Jesus ist die Reinkarnation von Gott.«

Diesmal lehnt sich Dominik zurück und schließt die Augen. Nach einer kurzen Zeit der Stille antwortet er:

»Erstaunliche Interpretation«, erwidere ich nachdenklich, »so habe ich darüber noch nie nachgedacht. Gott ist also gestorben und wurde als Jesus wiedergeboren. Das erklärt einiges.«

»Und was?«

»Die Vorstellung, dass Gott und Jesus eins sind. Schade, dass dies nicht allgemeine Lehre ist. Möglicherweise würden weniger Menschen Abstand von der Kirche nehmen wollen. Auch für mich steht Jesus für Liebe, während Gott eher streitbar ist. Wäre er Mensch, würde man ihn zweifellos als Rechthaber und Diktator bezeichnen.«

»Gott hatte einen Plan, und diesen will er gegen alle Widerstände durchsetzen«, sagt der Abt, dessen Stimme sich vor Inbrunst um eine Oktave hebt.

Der Schein der Kerzen flackert im Dunkeln des Raumes und wirft tanzende Schatten an die alten Steinwände.

Zwei Gedanken drängen sich in den Vordergrund meines Denkens, unvermeidlich und schwer.

»Was glaubst du, wie viele sogenannte Christen einen echten Glaubenstest bestehen würden? Und wie viele von ihnen würden ohne Zögern ihre Seele verkaufen, wenn nur das richtige Angebot auf dem Tisch läge?«

Der Abt legt eine Hand auf die Tischkante, seine Finger trommeln leise, als wolle er den Ernst seiner Antwort unterstreichen.

»Interessante Fragen«, antwortet er schließlich, seine Stimme ruhig, aber voll unüberhörbarer Schärfe, »offensichtlich willst du darauf hinaus, dass der wahre Glaube heutzutage zur Seltenheit geworden ist. Die Gesellschaft akzeptiert den Unglauben immer mehr, als wäre es die neue Normalität. Und der Gedanke, eine Seele – dieses kaum greifbare, unsichtbare Etwas – zu verkaufen, gleicht einem absurden Handel. Einem Dilemma, denn bei ehrlicher Selbstbefragung keimt in uns doch der Verdacht, irgendwo tief in uns könnte sich tatsächlich ein göttlicher Funke, etwas Heiliges, verstecken.«

Ein kühler Windhauch durchzieht den Raum, so leise und sanft, dass er wie das Flüstern einer verlorenen Zeit wirkt. Die Glocke der Klosterkapelle erfüllt ihre Pflicht, das dumpfe Tönen durchdringt die Stille und erinnert die beiden Männer daran, dass es drei Uhr ist.

»Es ist spät«, bemerke ich, als wäre mir eben erst klar geworden, wie weit die Nacht schon vorangeschritten ist.

»Nicht mehr lange bis zum Morgengebet«, erwidert der Abt mit einem leisen Seufzen, während er einen letzten Blick auf das flackernde Kerzenlicht wirft.

Fast synchron leeren sie ihre Weingläser. Bevor Benedikt sein Glas abstellt, spricht er nachdenklich, seine Stimme tief und warm:

»Bevor wir uns zur Ruhe begeben, lass mich noch eines sagen. Glauben beginnt im Herzen, ja, aber er kann sowohl zerstören als auch retten. Der Glaube kann Leben ruinieren, aber er kann es auch erlösen, wenn er wahrhaftig ist.«

Ein Moment des Schweigens folgt, schwer und voller unausgesprochener Gedanken, die zwischen den beiden Männern in der Dunkelheit hängenbleiben.

Ohne weitere Worte begeben wir uns in unsere Kemenaten.

Am nächsten Morgen sitze ich vor meiner Schreibmaschine und lasse das Gespräch mit dem Abt Revue passieren. Beeindruckt von der Gelassenheit, mit der er auf meine Provokation reagiert hat, lehne ich mich zurück und blicke gedankenverloren aus dem Fenster. Schließlich richte ich meine Aufmerksamkeit wieder auf meine Aufgabe.

Noch unsicher, wie ich fortfahren will, starre ich auf das weiße Blatt in der Walze. Ich überlege, welcher Satz als erster das leere Blatt „entjungfern" könnte. Zögernd beuge ich mich vor und lasse meine Gedanken unzensiert fließen, während ich die Tasten betätige.

Das Ergebnis:

Es gibt zwei Dinge, die im Leben von Bedeutung sind, Loslassen und Vertrauen. Dies habe ich im Laufe meines Lebens gelernt. Doch schon während ich die Worte lese, frage ich mich, ob ich nicht anders beginnen sollte.

Vielleicht so?

Frage: Gibt es ein Wort, das den Sinn des Lebens beschreibt?

Antwort: Ich denke, nein!

Viele von uns glauben, dass der Sinn des Lebens offensichtlich wird, wenn wir wissen, woher wir kommen und wohin wir gehen. Doch der Sinn, den ich für mich erkannt habe, liegt in der Entfaltung. Nur so kann ich die Stufen der Erkenntnis erklimmen und den Schleier des Verborgenen lüften.

Stopp!

Will ich nicht meinen Lebensweg schildern?

Ist der Grund meines Hierseins nicht, andere an meinem vielleicht etwas verrückten Weg teilhaben zu lassen?

Bin ich nicht deswegen ins Kloster gegangen?

Konzentriere dich.

Mein Name ist Dominik. Ich wurde im Jahr des Herrn 19xx geboren und werde nach dem Jahr 20xx sterben.

Woher ich das weiß?

Dazu später.

Im Moment sitze ich, noch recht lebendig, in der kühlen Kemenate des Klosters. Stille umgibt mich, und ich blicke gedankenverloren aus dem Fenster zum sternenklaren Himmel,

46

der mir helfen soll, meine Gedanken zu ordnen. Fernab jeder Zivilisation ist der Himmel hier besonders klar und tief. Fast wie ein Spiegel, der die Klarheit meiner Gedanken reflektiert. Dieser Anblick schärft meine Sinne und lässt mich wertfrei auf mein Leben blicken.

Mir wird bewusst, wie oft sich mein Leben in einer einzigen Nacht verändert hat. Durch Träume, manchmal auch durch Visionen. Der bedeutendste Wendepunkt meines Lebens ereignete sich in der Nacht meines dreißigsten Geburtstags.

Für die meisten hat der dreißigste Geburtstag keine besondere Bedeutung, doch für mich war genau dieser Geburtstag ein Moment des Innehaltens, ein Anlass, um über Vergangenheit und Zukunft nachzudenken.

Tage vor meiner Feier begann ich bereits, mein bisheriges Leben zu reflektieren. Meine Eltern, besonders meine Mutter, hatten mir jeden Wunsch erfüllt. Ich lebte behütet, ohne große Herausforderungen, und obwohl ich oft weit gereist war, schien es mir in meinem Leben an Tiefe zu fehlen. Der Gedanke, dass ich mein Leben bisher ohne wirkliche Reflexion gelebt hatte, brachte mein Weltbild ins Wanken. Die aufmunternden Worte meiner Freunde reichten nicht aus, um dieses nagende Gefühl zu besänftigen. Tief in mir wuchs die Ahnung, dass etwas in meinem Leben nicht stimmte.

Trotz der vielen Erfahrungen, die ich gemacht hatte, wurde mir klar, dass mir echte Erinnerungen, Spuren des Erlebten fehlten. Ich war zwar überall gewesen, doch nichts davon hatte wirklich Bedeutung in meinem Inneren hinterlassen.

Das Gefühl der Leere, der Ahnungslosigkeit, drängte mich, meinen Weg neu zu überdenken.

Hatte mein Leben nicht deshalb so leichtfüßig gewirkt, weil ich alles, was ich wollte, ohne Anstrengung bekam?

Auf meinem Weg nach diesem entscheidenden Geburtstag fragte ich mich mehr als einmal, wie mein Leben verlaufen wäre, hätte sich dieser Tag einfach an die vorherigen gereiht und ich mein Handeln nicht hinterfragt. Natürlich gibt es immer wieder Chancen, innezuhalten und über das Leben nachzudenken. Doch wer diese Chance nicht verpassen will, braucht entweder

Achtsamkeit oder einen besonderen Tag, dem auch die Gesellschaft eine besondere Bedeutung beimisst.

Nur so nebenbei; Achtsamkeit ist eine von acht Stufen auf dem Weg der Suche. In jener Nacht bekam ich meine Chance, obwohl ich damals keine Ahnung von Achtsamkeit hatte.

Ich glaube alles begann damit, dass ich in einer Ecke stand und während eines Glases Whisky frustriert meine Gäste beobachtete. Irgendjemand lästerte über Menschen, die den Weg nach einem höheren Sinn suchen.

Seltsam, warum sprach da einer über den Sinn des Lebens?

Ein Weg, da waren sie sich offensichtlich einig, konnte nur Wunschdenken sein. Obwohl es sonst nicht meine Art ist, blieb ich stumm.

Irgendwo in mir regte sich der Gedanke: Rede nur, wenn das, was du sagen willst, besser ist als dein Schweigen.

Im Moment wusste ich zwar nicht, wie ich den Sinn des Lebens benennen sollte, also schwieg ich.

Trotzdem fragte ich mich in diesem Augenblick, gab es diesen Weg, der dem Leben Sinn gab?

Waren diese Menschen, über die gelästert wurde, und den wahren Sinn finden wollten, vielleicht auf einem sinnvollen Weg?

Konnten sie bei erfolgreicher Suche, ihrem Leben Qualität geben?

In letzter Zeit hatte ich, ohne zu wissen weshalb, immer wieder von solchen Menschen gehört, sie jedoch schnell Sekten zugeordnet. Das Wort "Sekte" besaß auch für mich einen negativen Beigeschmack, deshalb verschwendete ich keine Gedanken an solche Gruppen. Doch in dieser Nacht wurde eine unbekannte Saite in mir angeschlagen. Der entstehende Ton führte mich in selten besuchte Winkel meines Bewusstseins.

Folgende Fragen manifestierten sich und klammerten sich in meinem Verstand fest.

Wie sah eigentlich dein bisheriger Weg aus?

Hast du Potenzial nach oben?

Kannst du deinem Leben Qualität geben?

Nach vielem Hin und Her in meinem Kopf wurde mir deutlich, dass ich in einer Komfortzone lebte. Mir wurde bewusst, dass ich mich, ohne zu hinterfragen, in ihr eingerichtet hatte und dass ich diese Zone nicht wirklich verlassen wollte. Mein bisheriges Credo lautete: Alles ist gut.

Geschätzte Leserin, geschätzter Leser, halte doch für einen Moment inne. Wie du wahrscheinlich schon vermutest, verlangt diese Biografie einiges von dir ab. Wird ein Stein, unabhängig von seiner Beschaffenheit, in einen See geworfen, entstehen Wellen und Kreise. Nach kurzer Zeit beruhigt sich die Oberfläche des Sees wieder, doch der Stein verbleibt im Wasser.

Kleiner Tipp: Ersetze "See" mit "Seele".

In den Tiefen meines Verstandes ahnte oder, besser gesagt, befürchtete ich, dass mein Leben aus den gewohnten Bahnen geraten und Chaos mein Begleiter sein würde, wenn ich die Komfortzone verlasse. Scheitern war bis jetzt ein unbekanntes Wort für mich. Es kam in meinem Wortschatz nicht wirklich vor. Meine Risiken waren immer überschaubar.

Keine Experimente, war mein Motto. Ich war erfolgreich, zumindest glaubte ich das, und mein Umfeld bestärkte mich in diesem Glauben. Natürlich wusste ich, dass neue Wege zu gehen bedeuten würde, Unbekanntem zu begegnen.

Stolpersteine würden sich mir in den Weg legen. Doch ich war bereit, dieses Risiko einzugehen.

Schließlich war das Ergebnis meiner Grübeleien:

Ich will die Möglichkeit, einen Weg, der meinem Leben Qualität geben würde, nicht weiter verdrängen.

Meinem Leben einen Sinn zu geben, erschien mir plötzlich mehr als verlockend. Irgendwo hatte ich einmal gelesen:

"Der Sinn des Lebens ist es nicht, ein erfolgreicher Mensch zu sein, sondern ein wertvoller."

Neue Erfahrungen, neue Wege könnten es mir ermöglichen, wertvoll statt erfolgreich zu sein.

Trotz meiner Bereitschaft, mein Leben zu ändern, zögerte ich. Aus Erfahrung wusste ich, dass es nicht einfach ist, gewohnte Pfade zu verlassen. Gewohnheiten abzulegen funktioniert nicht, ohne sie gegen anderes zu tauschen. Wollen ohne gleichzeitige Achtsamkeit ist nutzlos. Dies war mir am Anfang meines neuen Weges, den ich gehen wollte, nicht bewusst. Tatsächlich wäre ich schon zu Beginn meiner Neufindung gescheitert, hätte mein Schicksal nicht eingegriffen. Immer öfter hörte ich in dieser Zeit eine innere Stimme, die mir zuflüsterte:

Was wäre, wenn ...

Tage nach meinem dreißigsten Geburtstag begann ich also, philosophische und esoterische Bücher zu kaufen.

Später folgten auch empfohlene Sachbücher, die mir Ursachen und die Entstehung des Lebens näherbrachten, sowie Bücher über Lebensberatung.

In einem Buch las ich.

Um etwas in uns zu ändern, müssen wir zuerst wollen, dann wagen, um schließlich Wissen zu erlangen.

Die Aufforderung "wollen, wagen, wissen" begleitet seitdem mein Leben.

Vielleicht sollte ich, bevor es zu meinem Neubeginn kam und ich den eigentlichen Pfad betrat, Details aus meinem Leben berichten, welches ich aufgeben wollte.

Ich wurde mit einem goldenen Löffel im Mund in der Stadt S. geboren. Sorgen waren mir von Anfang an fremd, weshalb ich ein Leben führte, ohne existenzielle Fragen stellen zu müssen. In meiner Umgebung gab es keine Impulse, etwas infrage zu stellen, tiefer nachzudenken oder mein Handeln zu reflektieren.

Im Mittelpunkt meiner bisherigen Weltanschauung stand der Materialismus. Präziser gesagt, ich vertraute nur meinen Sinnen. Nur was ich sehen, riechen, fühlen, schmecken und hören konnte, war real. Für alles andere waren Träumer und Menschen zuständig, die mit ihrem Leben nicht zurechtkamen.

Mein Freundeskreis war, wie ich glaubte, vielschichtig, gebildet und mit seinem Leben im Reinen. Im Grunde wurden wir alle unter denselben Bedingungen sozialisiert und hatten ähnliche Erfahrungen.

Meine Eltern, Gott habe sie selig, räumten mir alle möglichen Stolpersteine aus dem Weg, die mich hätten aufwecken können, noch bevor ich ihnen überhaupt begegnete. Eingebettet in dieses sorgenfreie Leben, hätte ich theoretisch bis zum Tod so weitermachen können. Doch dann kam dieser besondere Tag: mein dreißigster Geburtstag!

Ein Tag, der mich schon Wochen vorher in Unruhe versetzte. Vielleicht versteht das jeder, der schon einmal einen runden Geburtstag gefeiert hat. Die Zahl „dreißig" war für mich jedoch mehr als nur eine Zahl. Sie wurde zum Anlass – nicht nur, weil von mir erwartet wurde, ein großes Fest zu veranstalten. Nein, ich nahm mir vor, eine Feier zu geben, die unvergessen bleiben sollte.

Wofür war mein Reichtum sonst gut, wenn nicht für solche Anlässe?

Zeit, Geld, Erfolg, das alles war für mich selbstverständlich geworden, und doch fehlte mir die Bedeutung dahinter. Dass dies mein letztes großes Fest sein würde, war mir zu diesem Zeitpunkt jedoch nicht bewusst.

Wie nicht anders zu erwarten, entwickelte sich die Party zu einer oberflächlichen Angelegenheit. Meine Erfahrungen wurden nur bestätigt: Die Gäste wollten tanzen, trinken, lachen und Spaß haben. Auch wenn ich mich innerlich schon von diesem Lebensstil zu entfernen begann, nahm ich meine Gäste, wie es von mir erwartet wurde, lächelnd und fröhlich in Empfang.

Die aufkommende Unruhe schob ich in eine Ecke meines Geistes und beruhigte mich selbst mit den Worten:

Warum an morgen denken, wenn wir heute leben?

Spät am Abend zog ich mich ein wenig zurück und beobachtete die Feiernden aus der Distanz. Die stillen Momente der Distanz verstärkten meine Selbstreflexion, und die Frage nach dem Sinn des Ganzen wurde immer drängender. Ein Drittel meines Lebens war an mir vorbeigezogen, und ich begann zu fragen:

Wollte ich wirklich, dass diese Menschen, dieser Lebensstil, weiterhin bestimmen, wie der Rest meines Lebens verläuft?

Die Antwort war klar:

Nein!

Nach dieser Antwort nahm ich mir fest vor, dass mein Leben von nun an bewusster und selbstbestimmter verlaufen sollte. Die Party ging weiter, als wäre nichts mit mir geschehen.

Die gesammelten Eindrücke dieses Abends schienen sich in meinem Geist, in einem „internen Mülleimer" anzusammeln. Je weiter der Abend fortschritt, desto größer wurde der Abstand, den ich zu meinen Gästen empfand. Ja, ich hatte sie eingeladen, und ja, viele von ihnen kannte ich seit Jahren, aber dennoch fühlte ich eine tiefe, nicht zu leugnende Entfremdung. Es überkam mich ein Gefühl, das mir bisher nie so bewusst geworden war; ein Gefühl der Leere und der Oberflächlichkeit, das nun schmerzlich offensichtlich wurde. Normalerweise stand ich gerne im Mittelpunkt jeder Party, gab passende oder unpassende Kommentare ab und genoss es, andere zu unterhalten. Doch an diesem Abend hatte sich etwas Grundlegendes verändert. Es war, als hätte ich zum ersten Mal erkannt, dass diese Art von „Vergnügen" nicht länger mein wahres Ich widerspiegelte.

Eine Wende in meiner bisherigen Weltanschauung bahnte sich an. Die Frustration über das, was ich auf meiner Feier erlebte und hörte, wurde zum Anlass, mich von der äußeren Welt abzuwenden und nach innen zu schauen.

Dort angekommen, versuchte ich zum ersten Mal, meine Schwächen weder zu verleugnen noch zu verdrängen. Stattdessen wollte ich eine ehrliche Bilanz meiner scheinbar so sorgenfreien Welt ziehen.

Schon beim Rückblick auf die letzten Monate erkannte ich, dass das, was ich tat, klein und unbedeutend war. Es gab nichts Beständiges, nichts Reales. Es war ein Leben voller Ablenkungen, doch ohne echten Halt.

Trotz aufrichtiger Bemühungen fand ich in meiner Vergangenheit nichts von Bedeutung, von dem ich sagen konnte, es habe Substanz und sei daher wichtig. Im Grunde war mein bisheriges Leben nur ein Spiel, der berühmte Tanz auf dem Vulkan.

In dieser Nacht fragte ich mich ernsthaft und ohne Ausflüchte: Hatte ich in meinem Leben irgendetwas erreicht, auf das ich stolz sein konnte?

Ich bin, das wurde mir klar, trotz meiner dreißig Jahre auf diesem Planeten, eigentlich noch jung. Ich war reich, verwöhnt und leichtsinnig!

Zudem oberflächlich!

Meine Eltern hatten mir ein sorgenfreies Leben ermöglicht und taten alles, um mich glücklich zu sehen. Seit meiner Geburt lebte ich in einer von ihnen perfekt organisierten Welt. Natürlich gab es einige Versuche meinerseits, mich abzugrenzen, doch diese verliefen ins Leere. Meine Eltern ließen mir alles durchgehen.

In den letzten Jahren hatte ich nahezu alle bedeutenden Orte dieses chaotischen, labyrinthartigen, wunderbaren Planeten bereist. Auf meinen Reisen über die fünf Kontinente traf ich einige besondere und interessante Menschen, doch sie nahmen keinen ernsthaften Einfluss auf mein Leben. Ich blieb oberflächlich.

Auch wenn mir immer wieder Ungewöhnliches begegnete, blieb ich unbeeindruckt. Nichts konnte mein Bild von der Welt verändern.

Warum auch?

Hätte ich nicht, in diesem Fall mein Leben überdenken müssen?

Eines sollte ich noch erwähnen, auf meinen Reisen begegnete ich den sieben Todsünden.

Dem Neid, dem Hochmut, der Völlerei, dem Jähzorn, dem Geiz, der Faulheit und der Wollust. Als ich diese Sünden wahrnahm, ordnete ich sie als normale Schwächen der Menschen ein und konnte deshalb nicht viel damit anfangen. Allerdings ging mir eine Sünde, die seltsamerweise nicht zu diesen sieben Sünden gehört, besonders auf die Nerven.

Die Sünde der Gleichgültigkeit gegenüber Leiden, Zerstörung und Ungerechtigkeit.

Zum Glück (oder Pech) hatte ich von den Stoikern gelesen und konnte so stets die nötige Distanz wahren. Ich redete mir ein, all dies läge außerhalb meines Einflussbereiches und ginge mich deshalb nichts an. Doch eines bewirkten die Begegnungen mit den Sünden, von denen ich im obligatorischen Religionsunterricht erfahren hatte, dennoch, sie brachten mich für einige Zeit der religiösen Welt näher.

Meiner Mutter war es wichtig, mich während meiner Kindheit mit der Kirche in Berührung zu bringen. Dort hörte ich von den Todsünden und davon, dass die Kirche uns aufforderte, gegen diese Sünden anzukämpfen. Diese Erinnerungen an meine Kindheit beeinflussten meine jetzige Selbstreflexion.

Schon damals spürte ich in meinem Herzen, dass ich an mir arbeiten sollte.

Doch glücklicherweise hatte ich Freunde, die mich bei solchen Anwandlungen schnell zurück auf den "rechten Weg" brachten.

Selbstverständlich hatte ich, wie jeder andere auch, wenn ich von diesen Reisen in meine Heimat zurückkehrte, Phasen des Gutmenschentums. Großzügig spendete ich.

Doch bei ehrlicher Betrachtung war auch dieses Verhalten nur eigennützig motiviert.

Trotz diesem Ablasshandel, setzte ich mich mit diesen Sünden auseinander. Je länger ich darüber nachdachte, desto stärker gerieten die Grundfesten meines Lebensstils ins Wanken.

Wie viele dieser Todsünden trug ich wohl in mir?

Körperlich?

Geistig?

Da ich nie wirklich darüber nachgedacht hatte, wusste ich es nicht einzuschätzen.

An diesem Punkt meiner Überlegungen angekommen, gestand ich mir ein, dass ich ohne wirkliche Tiefe lebe. Mir wurde bewusst, dass ich ein materielles, aber letztlich unbedeutendes Leben führte.

In diesen Momenten, es war wie ein kurzes Aufleuchten in meinem Bewusstsein, fragte ich mich:

Will ich wirklich mein Leben ändern?

Unbedingt, solltest du das tun, hörte ich eine innere Stimme.

War das mein Gewissen?

Ich nahm mir vor, dass die Bilanz, die ich zu meinem vierzigsten Geburtstag ziehen würde, anders aussehen sollte.

In circa zehn Jahren also?

Bist du dir sicher?

Irritiert fragte ich mich, warum ich diese Stimme bisher kaum wahrgenommen hatte.

Hatte die Veränderung meiner Weltanschauung damit zu tun?

Lag es daran, dass ich darüber nachdachte, ob ich mein Leben wirklich so weiterführen sollte?

In diesem Zusammenhang fragte ich mich, ob die Stimme von nun an mir auf meinem Weg helfen würde.

Tief atmete ich durch. Während ich auf ein sinnvolles Ergebnis meines Nachdenkens wartete, keine Ahnung worauf genau, stürzte urplötzlich mit lautem Getöse eine Mauer in meinem Kopf ein.

Überrascht fragte ich mich, welche Bedeutung dieser Mauerfall für mich hatte. Sekunden später spürte ich, dass ich freier atmen konnte und mein Sichtfeld sich erweitert hatte, und in diesem Moment wusste ich, welche Aufgabe bisher dieser Mauer zugeordnet war.

Diese Wand schloss mich in meine kleine Welt ein und begrenzte meine Freiheit. Rasend schnell, einer tosenden Meereswelle gleich, überschwemmten die unterschiedlichsten Fragen mein Gedankenuniversum und drangen in alle möglichen Bereiche vor.

Hier eine kleine Auswahl:

Soll dies mein Leben gewesen sein?

Will ich wirklich die nächsten dreißig, vierzig Jahre so weiterleben?

Welche Bedeutung hat ein Leben ohne Spiritualität, ohne Wachstum?

Wo und wie werde ich den Weg finden?

Welches ist **die** eine Wahrheit?

Welchen Sinn haben Reisen?

Wie leben Menschen, die nicht mit dem goldenen Löffel auf die Welt gekommen sind?

Warum habe ich mich das nie gefragt?

Welchen Grund gibt es für sie, dem Glauben, dem Unbestimmten, eine Wichtigkeit in ihrem Leben beizumessen?

Sind Menschen mit Glauben privilegiert?

Lebe ich einen Irrtum?

Kann ich wirklich etwas ändern?

Wie soll mein Leben weitergehen?

Während die Fragen von einer Gehirnhälfte zur anderen schwankten, geriet ich in eine Art Trance. In dieser zunehmenden Entrückung sah ich mich als Treibgut auf seichten Gewässern dahintreiben und erkannte, wie unreflektiert ich den vorgegebenen Wegen meiner Vorväter gefolgt war.

Nachdem ich langsam aus meinem Trancezustand erwachte, blieben die Fragen und durchzogen erneut meinen Geist. Schließlich kam mir der Gedanke, ich müsse die Fülle der Fragen sortieren. Genügend Schubladen gab es ja in meinem Verstand. Um eine Frage nach der anderen zu verstauen, bewegte ich, es klingt lächerlich, meinen Kopf hin und her. Dabei konnte ich nicht verhindern, dass Bilder meiner vergangenen Reisen aus einzelnen Schubladen entkamen. Im Zeitraffer erlebte ich diese für mich damals wichtigen Reisen noch einmal. Schließlich wurde mir bewusst, dass meine Reisen immer auf dieselbe Weise abliefen.

Ich kam, sah mich um, fühlte mich gelangweilt und verließ den Ort ohne das Wesentliche zu erfahren.

In diesem Augenblick spürte ich Trauer in mir, denn ich erkannte, dass mich an keinem der unzähligen Orte, die ich bereist hatte, jemals das Gefühl ergriffen hatte tiefer zu schauen. So konnte ich nicht erkennen ob hier im Verborgenen mein Ziel ist, welches ich unbewusst suchte.

In der Nacht meines Geburtstages, überkam mich eine tief erschütternde Erkenntnis, die Menschen um mich herum, waren genauso oberflächlich und bedeutungslos wie ich.

Keiner von uns würde wertvolle Spuren hinterlassen.

Ich nahm einen längeren Schluck aus meinem Whiskeyglas, spürte die Wärme in meinem Magen und bemerkte, wie die negativen Gedanken allmählich verblassten. Mit jedem Moment fiel es mir leichter meine Umgebung zu akzeptieren.

Um mich abzulenken, stehe ich auf und wende mich meinen Gästen zu. Ein inneres Gefühl sagt mir, dass dies die letzte Feier dieser Art sein würde. Deshalb will ich die folgenden

Momente intensiver in mich aufnehmen. Doch bevor ich den nächsten Schritt tun kann, taucht plötzlich das Wort "einfältig" in meinem Kopf auf. Während ich darüber nachdenke, komme ich zu dem Schluss, dass nicht Einfalt, sondern Vielfalt meine Zukunft prägen sollte.

Ob dies der richtige Moment ist, meinen dreißigsten Geburtstag zu verlassen, weiß ich nicht. Doch eine Erinnerung drängt sich vehement auf und verlangt nach Aufmerksamkeit.

Sie einfach zu ignorieren, kommt nicht in Frage, wer weiß, ob ich sie sonst vergessen würde?

Vor einigen Tagen erwache ich und verweile noch eine Weile in meinem Alphazustand, jener halbwachen Phase, in der die Gedanken freier strömen. Bevor ich aufstehe, lasse ich meinen Gedanken freien Lauf. Es ist ein Moment der Klarheit, in dem ich zum ersten Mal die Leere in mir bewusst wahrnehme.

Wie lange begleitet sie mich wohl schon?

Bisher hatte ich sie mit Alltagsgedanken überdeckt:

Treffen mit Freunden, Einkaufslisten, was der Tag wohl bringen würde. Diese Strategie, die Leere einfach zu verdrängen, habe ich nie hinterfragt. Doch an diesem Morgen stelle ich mir zum ersten Mal ernsthaft die Frage:

Was will mir diese Leere eigentlich sagen?

Ich erinnere mich an eine Passage aus einem Buch, in der stand, dass wir beim Erwachen auf ein leeres, weißes Blatt blicken. Jeder Tag soll unbeschwert von der Vergangenheit beginnen, und wir sind verantwortlich dafür, wie wir dieses Blatt füllen.

Aber womit soll ich meines füllen? Was würde mir tatsächlich Freude oder Erfüllung bringen?

Ich finde keine Antwort, und so stehe ich einfach auf und lasse meine Zukunft geschehen.

Auf dem Weg ins Badezimmer meldet sich plötzlich mein Gewissen, wie eine innere Stimme, die mich daran erinnert: »Vergiss das Gestern und frage dich, was du über das wahre Leben weißt. Welche Wege und Gedanken hast du bislang ausgeklammert? Hast du dich jemals ernsthaft mit Religionen oder spirituellen Überzeugungen auseinandergesetzt?«

Religionen habe ich stets gemieden; sie erschienen mir fremd und suspekt. Doch in diesem Moment frage ich mich, ob ich mich wirklich mit den richtigen Einflüssen umgeben habe. Vielleicht spiele ich eine Rolle in meinem eigenen Leben, die nicht zu mir passt und mein inneres Wachstum blockiert?

Später, als ich meine Mitmenschen mit meinen Zweifeln konfrontiere, nehme ich oft zur Kenntnis, wie sie abwinken: »Genieß dein Leben, hör auf, so viel zu hinterfragen. Du warst doch immer zufrieden, oder?«

Meine Antwort bleibt vage, fast automatisch.

»Eigentlich schon.«

Ein paar Tage später treffe ich zufällig Paul in einem Straßencafé. Er erzählt mir von einer Reihe von Podiumsdiskussionen, die derzeit in der Stadt stattfinden, und lädt mich ein, ihn zu einer Veranstaltung zu begleiten. So verabreden wir uns für nächsten Mittwoch um acht Uhr abends in der Harmonie.

Der Abend ist eine Offenbarung. Die Podiumsteilnehmer stellen Fragen nach dem Warum, dem Weshalb und dem Wohin des Lebens, die mich mitten ins Herz treffen. Zum ersten Mal empfinde ich ein Echo auf meine eigenen Fragen. Nach dem Vortrag empfiehlt der Redner Literatur zur Vertiefung, und ich entscheide mich, noch am selben Abend in eine nahegelegene Buchhandlung zu gehen, um nach diesen Titeln zu fragen. Die Buchhändlerin, die sich mir als ehemalige Bibliothekarin vorstellt, kennt sich bestens mit esoterischer Literatur aus. Sie lächelt wissend und gibt mir einen Rat, der mir im Gedächtnis bleibt.

»Lesen Sie jedes Buch dreimal, um es wirklich zu verstehen. Einmal für den Kopf, einmal für das Herz, und einmal für die Seele.

Zuerst unvoreingenommen, dann laut und schließlich noch einmal im Stillen.«

Dieses Vorgehen veränderte meine Herangehensweise an Büchertexte grundlegend.

Von nun an widmete ich mich verstärkt der Lektüre über Esoterik, Grenzerfahrungen, Religionen und so erweiterte ich mein Wissen kontinuierlich. Dem Rat der Bibliothekarin folgend, las ich die Bücher zunächst ohne Bewertung, dann laut und schließlich im Stillen. Nach einer Weile begann ich, das Gelesene in die verschiedenen "Schubladen" meines Geistes einzuordnen, wo ich es für den richtigen Moment aufbewahrte. Ich wusste, dass ich erst dann fundierte Urteile fällen konnte, wenn ich genügend Fakten gesammelt hatte, um die Zusammenhänge wirklich zu verstehen.

In dieser Lebensphase fühlte ich mich wie ein Sammler. Je mehr Wissen ich anhäufte, desto größer wurde meine innere Unruhe. Trotz intensiver Suche nach einem klaren Weg wuchs nur meine Unsicherheit, ein schwer zu fassendes Gefühl von Leere inmitten der vielen Antworten, die ich mir erarbeitet hatte. Anstatt innezuhalten, hinterfragte ich zunehmend mein Vorgehen, doch es fühlte sich an, als würde mir etwas Grundlegendes fehlen. Dieses "Etwas" konnte ich noch nicht benennen.

Etwa ein halbes Jahr später, nachdem ich immer weiter Wissen angesammelt hatte, kam der Durchbruch:

Eine mentale Barriere fiel, und mein Horizont erweiterte sich spürbar. Ich begann, bewusster zuzuhören und ließ mich unvoreingenommen auf neue Gedanken ein. Eines Tages war ich überzeugt, endlich den Weg der vor mir liegt zu erkennen, und bereit, ihn zu gehen.

In meinem sechsunddreißigsten Lebensjahr unternahm ich eine Reise nach China. Dort begegnete ich zufällig, falls es den Zufall wirklich gibt, dem Mann, der mein erster Meister werden sollte. Sein Name war Xunci, benannt nach einem konfuzianischen Gelehrten.

Xunci lebte als buddhistischer Mönch und leitete ein kleines Kloster in der Nähe von Xi'an. Schon bei unserer ersten Begegnung beeindruckte mich seine außergewöhnliche Aura tief. In seiner Gegenwart fühlte ich mich wie ein Kind, klein und unbedeutend im Vergleich zu der Weisheit, die er ausstrahlte. Dieses Gefühl verstärkte sich, als ich erfuhr, dass er über 80 Jahre alt war. Die Jahre schienen spurlos an ihm vorübergegangen zu sein. Seine schlichte, stille Präsenz allein genügte, um meine Sicht auf das Leben und seinen Sinn grundlegend zu verändern. Ich verlängerte meinen Aufenthalt Monat für Monat, bis aus einer kurzen Begegnung ein ganzes Jahr wurde.

Xuncis Unterweisungen lehrten mich, die Welt um mich herum aus einer völlig neuen Perspektive zu betrachten. Meine Skepsis, die teils angeboren, teils durch mein Umfeld geprägt war, hielt lange stand, doch nach wenigen Begegnungen stellte er meine tiefsten Überzeugungen auf den Kopf.

Was ich bis dahin als Privileg und persönliche Errungenschaft gesehen hatte, erkannte ich nun als Hindernis auf meinem Weg zu einem wirklich authentischen Leben.

Vieles von dem, was er lehrte, erschloss sich mir nicht sofort, aber Schritt für Schritt erweiterte er meinen Horizont. Meine Welt wurde tiefer, reicher und farbiger. Nach vielen Stunden des Lernens und der Meditation führte er mich, warum, weiß ich bis heute nicht, in eine seltene, jahrhundertealte Meditationstechnik ein, die eine unglaubliche Tiefe erzeugte und mir die Empfindung gab, durch Zeit und Raum zu reisen. Diese Leere war anders als die unruhige Leere, die ich in meinem früheren Leben empfunden hatte.

Sie öffnete den Geist und schuf Raum für etwas Größeres.

Eine der zentralen Lektionen, die Xunci mir vermittelte, war, in kritischen Momenten Körper und Geist in Einklang zu bringen, eine Fähigkeit, die mich auf meinem weiteren Weg immer wieder begleiten und stärken sollte. Dieses Jahr in China veränderte mein Leben und gab ihm eine neue Richtung.

Doch lassen Sie mich zurückkehren zu meinem dreißigsten Geburtstag.

>>>>>

»Hey Dominik, was soll das? Warum sitzt du hier allein in der Ecke? Es ist doch deine Feier! Komm, lass uns feiern!«

Boris lautes Lachen reißt mich abrupt aus meinen Gedanken. Er steht grinsend und voller Erwartung vor mir, als hätte er genau damit gerechnet, mich abseits der Menge zu finden um mich hier aufzusammeln.

Ich lächle und nicke, beinahe entschuldigend. Er hat recht. Es gibt wirklich keinen Grund, mich von meinen Gästen zurückzuziehen. Boris kennt mich gut, und in seiner gewohnt entspannten Art legt er eine Hand auf meine Schulter und zieht mich hinein ins Jetzt.

»Was würde ich nur ohne dich tun?«, sage ich schmunzelnd, und ein leises Lächeln schleicht sich auf mein Gesicht, »komm, stürzen wir uns ins Getümmel und schauen, was die anderen treiben.«

Boris, lässig wie immer, hakt sich bei mir ein und führt mich entschlossen in Richtung Partyzentrum. Doch schon nach wenigen Schritten löse ich mich sanft aus seinem Griff und steuere stattdessen auf die Bar zu.

Ich lehne mich an den Tresen, atme tief durch und lasse meinen Blick über die Menge schweifen. Gesichter voller Leben beeindrucken mich. Musik, die im Raum pulsiert. Fasziniert von der Atmosphäre, die wie ein Fluss, alles und jeden mitreißt.

Boris, der mir nach wie vor dicht auf den Fersen ist, schlüpft hinter die Theke, greift routiniert nach zwei Gläsern und holt meinen besten Whisky aus dem Regal. Mit einem breiten Grinsen stellt er ein Glas vor mir ab.

»Ich weiß, das ist dein Bester«, sagt er augenzwinkernd.

Dankend nehme ich das Glas, atme den reichen Duft des Whiskys ein und nippe vorsichtig. Ein warmer Schauer zieht mir durch die Kehle, ja, das ist einer meiner besten Tropfen. Der Geschmack füllt meinen Geist, doch in dem Moment vernehme ich eine Stimme, die durch das Geräuschmeer dringt und meine Aufmerksamkeit fesselt, ohne dass ich sofort sagen könnte, warum. Mir wird bewusst, wem sie gehört. Mein Blick wandert durch den Raum, bis ich ihn finde: Ulrich.

Er steht bei der großen Sofaecke, gestikuliert lebhaft und hat sichtlich Spaß daran, die Runde zu unterhalten. Um ihn herum sitzen sechs oder sieben Freunde, die ihm aufmerksam zuhören. Vielleicht ist das der Moment, um mich ein wenig einzubringen und auch mal den Kopf frei zu bekommen. Ich werfe Boris einen Blick zu, der inzwischen sein Whiskyglas wie eine kleine Trophäe in den Händen wiegt und zufrieden an seinem Drink nippt.

»Hey Boris«, rufe ich über die Musik hinweg, »ich geh mal rüber zu Ulrich, okay?«

Bevor er reagieren kann, bin ich schon auf dem Weg.

»Mach das! Ich bleib hier und gönn mir noch ein bisschen von diesem exquisiten Tropfen«, ruft er mir nach.

Mit einem letzten Blick zurück strebe ich meinem Ziel zu. Etwas unbeholfen schiebe ich mich durch das Gewimmel und fühle die Energie der Feier, die mich zunehmend einnimmt.

Als ich mich schließlich neben Ulrich niederlasse, blickt er überrascht auf und lächelt breit, fast triumphierend. Die neugierigen und begeisterten Gesichter um ihn herum zeigen mir, dass ich genau hier sein sollte, genau im Zentrum dieser

lebhaften Runde. Die Atmosphäre zieht mich an, und für einen Moment ist es leicht, den Abend wirklich zu genießen.
Aus der Musikanlage klingt ein Song aus meiner alten Plattensammlung, jemand hat sie wohl entdeckt. Vielleicht zufällig. Der Blues erfüllt den Raum mit einer warmen, fast hypnotischen Präsenz. Die Melodie schwebt schwerelos und hüllt uns ein wie eine sanfte Umarmung. Der Rhythmus der Musik bringt Bewegung in meine Beine und ich muss in die provisorische Tanzfläche eintauchen. Eng umschlungen wiegen sich die Paare im Takt, vertieft in den Moment. Leise lächelnd entschließe ich mich, links auszuweichen, um ungestört an ihnen vorbeizukommen.
Die einschmeichelnden Klänge des Blues scheinen meine letzten, wirren Gedanken wegzuspülen. Die Perspektive, die ich gerade noch auf mein Leben hatte, wird weicher, rutscht in die hintersten Winkel meines Bewusstseins, bis sie kaum noch greifbar ist.Nach ein paar kleinen Umwegen erreiche ich die Rückseite der Sofalandschaft und lasse mich entspannt gegen das Rückenpolster sinken. Von hier aus habe ich alles im Blick:
Gläser in Händen meiner Gäste, lebhafte Gesten, Lachen, das durch den Raum schwebt.
Ich lasse meinen Blick durch die Gruppe schweifen, lausche den Gesprächsfetzen. Ich höre von Reisen, von alten Erinnerungen, und spüre, wie ich allmählich in die Leichtigkeit der Unterhaltung hineingezogen werde.
Kurz wird es still, und einige Gäste, bei denen ich kurz überlegen muss, woher ich sie kenne, bemerken mich und schenken mir ein kurzes, freundliches Nicken. Ein paar heben ihre Gläser wie zum stillen Gruß, bevor sie sich wieder ihren Gesprächen zuwenden. Es ist eine warme, stumme Geste, und ich fühle mich ganz selbstverständlich als Teil dieses Moments, bereit, mich in die Energie der Feier sinken zu lassen.
Es scheint, als sei alles wie immer. Meine Gäste nutzen die Party, um Spaß zu haben, Freude zu teilen, meinen Wein zu

genießen und meine Spirituosen zu vernichten. Doch seltsamerweise fühle ich mich irgendwie ausgegrenzt.

Kann sich die Welt von Moment zum anderen verändern?

Gehöre ich plötzlich nicht mehr dazu?

Ist dieser Geburtstag eine Zäsur?

Vielleicht!

Schließlich werde ich ja zum ersten Mal dreißig. Nutzlose Gedanken!

Obwohl ich mich bemühe, kann ich aus dem Wortgewirr nur Belangloses heraushören. Hier ein kleiner Einblick:

»Kennt ihr den schon? Kommt eine Blondine in einen Friseursalon und sagt...«

Lautstark versucht sich Günther mit einem Blondinenwitz in den Vordergrund zu spielen. Kurzfristig erreicht er sein Ziel. Die Geräuschkulisse wird dumpfer.

»Eine Blondine! Blondinen, geht's noch?«, meldet sich empört eine weibliche Stimme zu Wort. »Soll das ein Witz über Frauen werden? Wenn ja, warum eine Blondine? Es geht doch auch anders. Zum Beispiel war ich gestern schwimmen, und am Seeufer stand ein Schild. Darauf war zu lesen:

Theoretisch können manche Menschen schwimmen, weil sie hohl sind. In der Praxis gehen sie unter, weil sie nicht ganz dicht sind.«

Elvira, die direkt neben mir sitzt, ist anzusehen, wie echauffiert und verärgert sie ist. Auch die anderen blicken sie schweigend an. Keine zehn Sekunden später ergreift Susanne das Wort.

»Vergessen wir mal deinen Badeausflug, Elvira, und kommen zu einem anderen Thema. Darf ich eine Geschichte erzählen?«

Ihre Stimme klingt verärgert, doch ihr Grinsen auf dem Gesicht spricht eine andere Sprache.

»Also, ich kenne einen Ostfriesen, der einen Käseladen betritt, sich umschaut und fragt ...«

Auch sie kommt nicht weit.

65

»Was soll jetzt der Schwachsinn? Warum ein Ostfriesenwitz? Hat Elvira nicht gerade gemeint, keine Witze über Randgruppen«, unterbricht sie Frank, ohne abzuwarten, wie es weitergeht.

»Ach ja, sind nicht die Geschichten am besten, die von Pleiten, Pech und Pannen erzählen?«, mischt sich Peter ein.

Lange habe ich nichts von ihm gehört. Irgendwer muss ihm von der Party erzählt haben. Unter seinem weitoffenen Hemd ist braungebrannte Haut zu sehen, um seinen Hals hängen Goldketten. Unschwer zu erkennen, dass er jedem signalisieren will; ich bin wichtig und ein Mann von Welt. Genauso habe ich ihn in Erinnerung.

»Genau Peter, nun bin ich jetzt wohl dran«, sagt Mathias und grinst, während er sich nach vorne beugt, »also, es geht weder um Blondinen noch um Ostfriesen, sondern im Gegenteil; ein ausgeschlafener Schwabe betritt eine Bäckerei und betrachtet die übergewichtige Frau hinter dem Tresen ...«

»Kennt jemand einen Witz, der Qualität hat?«, kommt ein sarkastischer Einwand von Ulrich, der inzwischen auf einem Stuhl Platz genommen hat.

»Ja, keine Frage, ich«, meldet sich Stefanie lautstark zu Wort. »Lasst mich erzählen, was für eine komische Geschichte ich vor kurzem erlebt habe. Es war ähnlich wie bei Elvira. Ob das ein guter Witz ist, könnt ihr später entscheiden«, sie lächelt in die Runde, »wenn ich bis zum Ende komme. Sie betrifft, gleich vorweg, weder anwesende Personen noch Schwaben und schon gar keine Ostfriesen. Ich saß vor kurzem in einem Lokal.«

Stefanie verstummt. Es sieht aus, als warte sie ab, ob jemand sie unterbrechen will. Helmut, der sich bisher ruhig verhalten hat, fühlt sich offenbar herausgefordert. Er wartet nicht ab, bis Stefanie weitererzählt, sondern meldet sich unaufgefordert zu Wort.

»Da ihr alle keine Ahnung habt, wie es in der Welt der Komik zugeht, will ich euch aufklären«, sagt er und lässt eine

Kunstpause entstehen, um sicherzustellen, dass ihm zugehört wird, »lasst mich deshalb eine lustige oder traurige Episode erzählen, je nachdem welchen Standpunkt ihr einnimmt. Kommt eine Österreicherin zu Mozart und fragt ihn ...«

»Das ist nicht gentlemanlike, Helmut«, unterbricht ihn Stefanie, sichtlich verärgert, »man unterbricht eine Frau nicht!«

Das war's.

Urplötzlich entsteht ein starker Widerwille in meiner Magengegend. Es ist unmöglich misszuverstehen, niemand auf der Couchlandschaft wollte dem anderen zuhören.

Weshalb wollte ich einmal Teil dieser Menschen sein?

Die kafkaeske Szene wird immer unwirklicher für mich, und ich will einfach nur weg. Mit so viel Leichtigkeit des Seins konnte ich im Augenblick nichts anfangen.

Seltsam, woher kommt dieses Unbehagen? frage ich mich.

Während ich mich umschaue, entdecke ich in der Nähe der Terrassentür eine Gruppe, die Martin umstellt. Martin habe ich immer als eher nachdenklichen Typen in Erinnerung. Wortlos rutsche ich vom Polster und gehe auf die Gruppe zu. Die Hoffnung auf eine positive Ablenkung gebe ich nicht auf und geselle mich dazu.

Im Moment meines Eintreffens Klaus:

»Wisst ihr schon das Neueste? Habt ihr es gehört?« Er sieht sich mit herausforderndem Blick um, als wollte er sicherstellen, dass er die ungeteilte Aufmerksamkeit der Runde besitzt.

Ohne uns, ohne mich, lange im Ungewissen zu lassen, beginnt er mit breitem Grinsen, das für ihn offenbar Wichtigste des Abends zu verkünden:

»Als ich gerade mit Helmut auf der Toilette war, hat er sich ungewollt geoutet. Ihr werdet es mir nicht glauben. Er ist schwul, ein Homo«, sein Grinsen nimmt einen abfälligen Ausdruck an, der sich über sein ganzes Gesicht ausbreitet, »findet ihr das nicht auch einfach abartig...?«

Ich merke, wie ich innerlich auf Abstand gehe.

Wieder einmal wird mir bewusst, dass ich mich in Gesellschaft von Menschen befinde, die mir zunehmend fremd und oberflächlich erscheinen. Warum nur habe ich solche Menschen bisher respektiert?

Einige meiner Gäste tragen offensichtlich Vorurteile mit sich herum, die meilenweit von meinen Werten entfernt sind. Dass sie die Welt auf dieser Ebene wahrnehmen, stößt mir unerwartet heftig auf. Ärger breitet sich heiß in meiner Magengegend aus.

Mitten im Satz verstummt Klaus. Aus den Augenwinkeln bemerkt er, dass ich zur Runde gestoßen bin und er weiß genau, wie ich über solche Dinge denke. Mein Gesicht hat sich schlagartig verfinstert. Um einen offenen Streit zu vermeiden, entschließe ich mich, mich von der Gruppe abzuwenden.

An diesem Punkt beschließe ich, die Nacht meiner inneren Veränderung abzuschließen. Der Nebel, der mein bisheriges Leben verdeckt hat, hat sich in den letzten Stunden gelichtet, und die Welt meiner Täuschungen zeigt erste deutliche Risse. Noch sind es feine Risse, doch das wird sich bald ändern.

Kurz vor dem Morgengrauen schrecke ich aus unruhigem Schlaf hoch. Orientierungslos starre ich durch das offene Fenster in den milchigen Himmel. Die Sonne, kaum sichtbar hinter einer diffusen Schicht, verwandelt die feuchte Morgenluft in dichte Nebelschwaden. Langsam kehrt mein Bewusstsein aus dem Alpha-Zustand ins Hier und Jetzt zurück. Die Nachwirkungen der dreißig Jahrfeier fordern ihren Tribut. Es fühlt sich an, als würde jemand mit Nachdruck gegen meine Schläfen pochen.

Trotz meines Versuchs, die dumpfen Schläge zu ignorieren, fällt es schwer, an die Nacht zurückzudenken.

Wieder einmal wird mir klar, dass Rückschläge auf dem Weg unvermeidbar sind, selbst bei den besten Vorsätzen.

Das Pochen lässt nach, und während ich den gestrigen Tag Revue passieren lasse, erinnere ich mich an den Weg den ich einschlagen wollte, der war, ich muss mein Leben ändern. Gleichmäßig atmend frage ich mich, wie oft ich noch vom Kurs abkommen werde. Kaum gedacht, kommt auch schon die Antwort.

Das Leben ist nicht nur Loslassen und Zulassen, sondern auch Versuch und Irrtum. Kein Leben ist fehlerfrei.

Noch bevor ich das Warum Hinterfragen kann, wird es heller in meinem Verstand. Auf einer lilafarbenen Leinwand, formen sich orangefarbene Buchstaben und bilden den Satz.

Das Leben ist ein Fluss.

Ist das nicht ein Gemeinplatz?

Ich muss lächeln. Philosophen haben das Leben und die Zeit schon immer als Fluss beschrieben. Ich wäge die Bedeutung für mich ab, doch letztlich komme ich zu dem Ergebnis, für mich ist die Information überflüssig. Natürlich bewegt sich das Leben ständig. Die Zeit kennt nur eine Richtung. Eine unverrückbare Tatsache. Die Schrift verblasst allmählich. Gerade will ich mich neuem zuwenden, als sich ein neuer Text auf der Leinwand abbildet

Das Leben wird vorwärts gelebt und rückwärts verstanden. Logisch.

Zwei weitere Zitate folgen:

Die Größe unserer Seele zeigt sich in unseren Träumen.

Die Nähe zu unserer Seele zeigt sich in unserer Fantasie.

Früher hätte ich das alles als Unsinn abgetan.

Was soll eine Seele sein?

Nach meinem bisherigen Wissensstand gibt es keine. Wir funktionieren wie biologische Maschinen, und wenn uns die Energie ausgeht, werden wir zu Biomasse. Am Anfang steht die Geburt, am Ende der Tod.

Kein guter Ausgangspunkt für die Suche nach dem Warum.

Ich beginne, intensiver über die Zitate nachzudenken.

Ist das Leben ein Fluss und entspringt bei der Geburt einer Quelle?

Um schließlich ins Meer zu münden, wo wir *Eins* werden, indem wir uns mit allem verbinden?

Noch während ich über diese Logik sinniere, werde ich schläfrig. Meine Augen schließen sich, und in der Dunkelheit blitzen vage Szenen auf, die zunehmend klarer werden.

Ich sehe eine Gruppe von Menschen, die reglos auf einer grünen Wiese liegt, als würde sie schlafen. Verschiedene Gerüche steigen mir in die Nase, und ein leiser Singsang dringt an meine Ohren. Die Luft ist erfüllt von Erwartung und Hoffnung.

Im Licht der Sonne sehe ich plötzlich, wie sich etwas von den schlafenden Menschen löst. Dieses Etwas sieht aus wie Seifenblasen. Eine nach der anderen steigt in den Himmel.

Die Seifenblasen streben nach Höherem, kommt mir in den Sinn.

Jede einzelne Seifenblase, so glaube ich zu wissen, ist die Manifestation einer menschlichen Seele. Die rote Sonne, hoch am Horizont stehend, verleiht der Szene etwas Einzigartiges.

Fasziniert beobachte ich die Blasen auf ihrem Weg ins Unbekannte. Die hauchzarten, filigranen Seifenblasen bewegen sich, als würde sie jemand rufen, aufeinander zu, ohne sich zu verbinden.

Es wirkt, als sammelten sie sich, als warteten sie auf ein ganz bestimmtes Signal, um den nächsten Schritt zu gehen.

Die Schallwellen der Melodie werden kräftiger und deutlicher. Die Musik übt Druck auf die hauchdünnen, regenbogenfarbenen Blasen aus. Nach einiger Zeit geben diese ihren Widerstand auf und verbinden sich in ungeordneter Reihenfolge miteinander.

Sie werden zu einer Einheit und formen einen transparenten Fluss. Die vereinigten Seelen, davon will mich eine innere

Stimme überzeugen, streben in die Höhe, wollen ins Universum eintauchen. Erwartungsvoll verfolge ich die Szene, als sich einzelne Seelen wieder von den anderen lösen. Sie sinken tiefer und bewegen sich schließlich dem Horizont entgegen. Dort angekommen, entsteht ein strahlender Regenbogen. Während ich über den unerwarteten Anblick staune, scheint die Szene einzufrieren. Die Musik verklingt, und eine eindringliche Stille umgibt mich.

Gerade als ich denke, das war's, wird der Film im Zeitraffer zurückgespult. Dann scheint alles von vorne zu beginnen.

Wieder sehe ich Menschen auf der grünen Wiese liegen. Erneut steigen seifenblasenartige Gebilde auf. Doch diesmal ist etwas anders.

In den schillernden, regenbogenfarbenen Blasen entdecke ich Fische in unterschiedlichen Farben und Größen.

Soll das eine Metapher sein?

Haben Seele und Fisch etwas gemeinsam?

Während ich versuche, dieser Frage auf den Grund zu gehen, verschwinden die Bilder. Nur ein Echo bleibt zurück. In meinem Kopf flattern die Gedanken auf und nieder.

Wenn es eine Seele gäbe, und sie wäre ein Fisch, zum Beispiel ein Lachs, würde sie dann ihrer Quelle entgegen schwimmen?

Vielleicht um dort, den Sinn des Lebens zu erfahren?

Lange kann ich diese Fragen nicht festhalten. In meinem Bewusstsein taucht ein Spruch auf, den ich irgendwann vernommen habe und der jetzt passend erscheint.

Willst du zur Quelle, musst du gegen den Strom schwimmen.

In diesem Moment erwache ich.

Leicht irritiert denke ich über das Erfahrene nach. Mir wird in den tiefen meines Seins klar, dass ich bisher offenbar nur schlafgewandelt habe.

Dieser Traum oder diese Vision verdeutlicht mir erneut, wie wenig ich vom wahren Leben verstehe. Dies muss sich ändern. Es wird Zeit, meine Quelle aufzusuchen! Jetzt!

Es gibt Menschen die behaupten,
unser Dasein ergäbe keinen Sinn.
Dieselben Menschen, Feiern, Trauern
und fürchten den Tod.

5
Nicht immer finden wir,
was wir suchen

Noch eine Woche und die Reise ins Unbekannte kann beginnen. Alles ist vorbereitet.

Entspannt sitze ich allein im halbdunklen Wohnzimmer. Musik läuft im Hintergrund. In den Händen halte ich das schon angesprochene Buch, welches der Grund unserer Reise ist.

Der Lichtkegel meiner Stehlampe befreit das Buch in meiner Hand von der Dunkelheit. Ich habe das dreiundzwanzigste Kapitel aufgeschlagen, vielleicht das Wichtigste, und lese erneut darin. Bevor unsere Reise endgültig losgeht, will ich mir dieses Kapitel noch einmal ins Gedächtnis rufen. Ich fühle, es ist wichtig. Nach drei gelesenen Seiten schließe ich die Augen, und denke über das Gelesene nach. Während ich in eine vergangene Welt abdrifte, erreichen seltsame Signale über die Nervenenden meiner Hände, meinen Verstand.

Irritiert frage ich mich, worauf soll ich hingewiesen werden? Im ersten Augenblick bleibt diese Frage unbeantwortet. Ich halte das Buch nicht zum ersten Mal in meinen Händen, doch diesmal habe ich das starke Gefühl, dass es mir etwas mitteilen will.

Liegt es an meiner momentanen Aufbruchstimmung?

Um zu verstehen nehme ich mir Zeit.

Konzentriert richte ich meine Aufmerksamkeit auf die Zeichen meiner Hände will herausfinden, was an diesem Gefühl so irritierend ist.

Subtil spüre ich, dass es der Einband des Buches ist der unbekanntes aussendet. Da mir dies allerdings unwahrscheinlich erscheint, klappe ich das Buch sanft zu.

Leicht berühre ich mit meinen Fingerspitzen den Einband. Ein seltsames, abwehrendes Gefühl scheint in mich hinein zu fließen. So etwas habe ich noch nie beim Anfassen eines Buches gespürt. Nachdenklich erhöhe ich den Druck meiner Finger auf dem Einband. Obwohl ich das Buch schon lange besitze, fühlt sich der Einband plötzlich neu an. Zum ersten Mal lasse ich mir Zeit, ihn bewusst wahrzunehmen. Es ist, als würde ein Schalter in meinem Kopf umgelegt. Plötzlich ahne ich, dass sich die Buchhülle von allem bisher Bekannten unterscheidet.

Risse, Brüche und ungewöhnliche Erhebungen zeugen vom hohen Alter eines Leders. Die so unterschiedlichen Eindrücke wecken in mir längst vergessene Erinnerungen. Im Moment weiß ich nicht, woher sie kommen, doch dann steigt ein unglaublicher Gedanke in mir auf. Meine Arme überzieht eine Gänsehaut, und ein leichter Schauer rieselt über meinen Rücken. Die aufsteigende Ahnung erscheint mir unmöglich, und ich versuche, sie zu verdrängen.

Vergeblich.

Wer würde Menschenhaut für einen Buchumschlag verwenden?

Wie viele Bücher mit einem solchen Einband mag es wohl geben?

Während ich darüber nachdenke, spüre ich eine Schwingung, die mich innehalten und Abstand gewinnen lässt. Um meinen eigentlich absurden Verdacht zu verdrängen, drücke ich mich tiefer in den Sessel, suche Geborgenheit. Bedachtsam lege ich das Buch auf meine Oberschenkel.

Sofort verliere ich den Kontakt zur äußeren Hülle des Buches, und eine bisher nicht wahrgenommene Last fällt von meinen Schultern. Abwartend, was wohl als nächstes kommt, schaue ich aus dem Fenster.

Nichts!

Erstaunt nehme ich das Buch in die Hände. Nichts fühle ich. Langsam schlage ich Kapitel dreiundzwanzig auf.

Um meine nun stark erwachte Neugier zu stillen, beginne ich weiterzulesen. Mit veränderter Aufmerksamkeit lese ich die nächsten Seiten. Manches bleibt mir zwar immer noch fremd, doch vieles erscheint mir irgendwie vertrauter. Die Worte erschaffen Stück für Stück in meinem Kopf eine weite Landschaft, in die ich immer tiefer eintauche, bis ich *Eins* mit ihr werde.

Auf einem Hügel stehend, sehe ich über eine weite Ebene. Sie wirkt irgendwie farblos. Weit entfernt kann ich den Horizont erkennen. Neugierig erkunde ich die unüberschaubare Landschaft und frage mich nach dem Grund meines Hierseins.

Schließlich fällt mir ein schmaler Weg auf. Er lädt mich ein. Nach kurzem Zögern gehe ich den Hügel hinunter, betrete den Pfad und setze einen Fuß vor den anderen. Wohin mich der Weg führen wird, ist mir im Augenblick nicht wichtig.

Mir ist wichtig, dass ich den Horizont erreiche und herausfinde, was sich dahinter verbirgt. Mit jedem Schritt habe ich das Gefühl, auf einem Weg ohne Wiederkehr zu sein

Ich habe keine Ahnung, wie lange ich in Richtung Horizont gegangen bin, als plötzlich ein gewaltiges Tor vor mir auftaucht.

Was soll das, frage ich mich.

Nachdenklich, aus der Lethargie des endlos scheinenden Fußmarsches aufwachend, betrachte ich die purpurfarbene Tür im Tor. Goldene Beschläge fallen mir auf, und ich erkenne, dass das Tor Teil von hohen Mauern ist, die mir links und rechts jede Möglichkeit versperren, das Tor zu umgehen. Während ich überlege, was nun geschehen wird, öffnen sich lautlos die Torflügel.

Warmes, orangegelbes Licht umhüllt mich und durchflutet mein Bewusstsein.

Während ich versuche, dem Licht auszuweichen, verblasst dieses zögerlich. Der subtilen Einladung folgend trete ich über die Schwelle und nach einigen Schritten stehe ich in einer grünen Landschaft, die überwiegend aus Bäumen besteht.

Irritiert wende ich mich um und schaue zurück. Hinter mir sehe ich eine öde Steppenlandschaft wieder drehe ich mich um, und sehe auf eine blühende Natur. Zwei sehr unterschiedliche Welten, getrennt durch einen schmalen Grat.

Die Zukunft?

Die Vergangenheit?

Während ich nach einer logischen Erklärung suche, entdecke ich eine schnurgerade Straße in der Tiefebene, auf der ein sechs Meter großer Campingbus mit moderater Geschwindigkeit ins scheinbare Nirgendwo fährt. Plötzlich befinde ich mich in einem Campingbus.

Was bedeutet dies?

Meine Hände halten ein Lenkrad fest, und ich fahre dem Sonnenuntergang entgegen. Während ich noch versuche, das Geschehen einzuordnen, schreckt mich ein Knall auf. Erschrocken richte ich mich auf, öffne meine Augen und suche nach der Ursache. Ein flüchtiger Blick auf den Boden klärt mich auf.

Mein Buch ist mir aus der Hand geglitten und liegt aufgeschlagen auf dem Parkettboden. Ich bücke mich danach, hebe es auf. Dabei flattert ein Papierstück herab. Bevor es den Boden berührt, fange ich es auf.

Es ist Pergament, wie ich sofort spüre, ein sehr brüchiges Papier. Das Blatt ist zusammengefaltet. Unentschlossen betrachte ich es. Gespannt falte ich es auseinander und blicke verwundert auf eine Aquarellzeichnung.

Bei längerer Betrachtung erkenne ich eine Karte. Etwas an ihr erinnert mich an die Landschaft, die ich hinter der Torschwelle gesehen habe. Wälder und eine Steppenlandschaft sind mit feinen Pinselstrichen angedeutet.

Ein graufarbener Weg führt zu einer Bergkette und endet in einer Stadt, die durch stilisierte Häuser dargestellt wird.

An den Rändern der Karte entdecke ich verblasste Notizen und geheimnisvolle Symbole. Einige Zeichen erinnern mich an ein anderes Buch, das ich vor einiger Zeit über Magie gelesen habe. Besonders ins Auge fällt mir ein Name in altdeutscher Schrift. Ich vermute, dass dies der Name der Stadt ist. Während ich mich frage, warum mir die Karte erst jetzt in die Hände fällt, lehne ich mich zurück. Eines ist mir offensichtlich, dies Karte soll dem Finder den Weg weisen.

Könnten die Informationen am Rand mir helfen, diese Stadt zu finden?

Obwohl alles klar erscheint, frage ich mich.

Warum fällt mir das Blatt mit unserem Ziel erst jetzt in die Hände?

Die Reiseroute haben wir schließlich, dank Internet und Boris, schon gefunden.

Vielleicht jedoch nicht der eigentliche Weg?

Die kryptischen Hinweise am Rand des Blattes erzeugen in meinem Kopf ein Konglomerat von Möglichkeiten. Vorsichtig lege ich das zerbrechliche Pergamentblatt auf den Beistelltisch. Danach gebe ich meinen Gedanken die nötige Freiheit.

Nachdem ein Stück Zeit vergangen ist, spüre ich, dass sich irgendetwas verändert hat. Seitdem ich mich mit der Karte beschäftigt und versucht habe, die Randnotizen zu enträtseln, kommt es mir so vor, als lese ich den Text neu.

Die Karte oder die Berührung des Ledereinbandes, eines von beiden, hat etwas verändert. Ich weiß es jedoch nicht genau, aber meine Sicht auf die Erzählung hat sich verändert. Allmählich wird mir klar, dass es kein Zufall sein kann, dass dieses Buch mich in dieser Phase meines Suchens gefunden hat. Es scheint, als wäre es darauf ausgelegt, mir jetzt, in diesem Moment, eine neue Richtung zu weisen.

Je weiter ich in den Lesestoff eintauche, umso stärker entfacht sich in mir ein Feuer, das ich lange nicht mehr gefühlt habe.

Ein Enthusiasmus, der sich wie eine längst vergessene Leidenschaft ausbreitet, erfüllt mich. Ja, es ist an der Zeit, dass meine Freunde und ich die Reise zu dem beschriebenen Ort antreten, da wir sogar eine Karte vom Verfasser des Buches haben, die uns den Weg weisen könnte.

Mit jeder gelesenen Seite wächst das Gefühl, dass ich denselben Weg wie der Erzähler gehen möchte. Auch er war, genau wie ich, ein Suchender, der auf seiner Reise viele Orte der Welt erkundete, bevor er schließlich auf diese geheimnisvolle Stadt stieß. Mit jeder Zeile fühle ich intensiver, dass er mein Seelenverwandter ist. Ein Mensch, der meine Gedanken, meine Zweifel und meine Hoffnungen teilt. Obwohl er in einer anderen Zeit lebte, spüre ich eine tiefe Verbundenheit zu ihm. Als gebe es eine unsichtbare, zeitlose Verbindung zwischen uns.

Dann erreiche ich eine Stelle im Text, die alles bestätigt:

Sein Weg ist mein Weg.

Der Sucher erzählt von einem Tag, an dem er jemandem Besonderem begegnet, einer Gestalt, die ihn auf unerwartete Weise prägte. Diese Begegnung scheint von großer Bedeutung für seinen Weg zu sein, und seit ich die Beschreibung las, lässt mich die Erinnerung daran nicht mehr los.

Die Erzählung dieses Moments fesselte mich so sehr, dass ich glaube sie ist noch immer wichtig. Deshalb möchte ich den Tag rekonstruieren, so klar, als wäre es erst gestern gewesen, um ihn nie zu vergessen.

Ich schließe die Augen und versuche, mich zu konzentrieren.

>>>>>

Der Name des Suchers aus der Vergangenheit lautet Friedrich. Nach einem stundenlangen Fußmarsch kommt er an einem Feld vorbei. Zuerst ist es nur eine einzelne Eiche, die seine Aufmerksamkeit aus der Ferne erregt. Als er näherkommt, erkennt er im Schatten des Baumes einen jungen Burschen.

Vielleicht ein Wandergeselle, denkt Friedrich.

Das breit verzweigte Blätterdach der Eiche leuchtet hellgrün in der Sonne und lässt einige Strahlen bis zum Boden dringen. Das diffuse Licht erreicht den unter dem Baum sitzenden Mann und verleiht ihm eine rätselhafte Aura.

Überrascht und neugierig unterbricht Friedrich seine Wanderung und bleibt stehen. Nach kurzem Zögern betritt er die Wiese und geht auf den Burschen zu. Wenige Meter vor ihm bleibt er stehen und mustert den jungen Mann eingehend.

Sein erster Eindruck ist, dass dieser Jüngling mit sich und der Welt im Einklang ist.

Mit geschlossenen Augen lehnt er am Baumstamm. Unter dem kecken Hut aus silbergrauem Filz, geschmückt mit einer Feder, quillt lockiges, dunkelblondes Haar hervor.

Seine leicht abstehenden Ohren verhindern, dass der Hut tiefer rutschen kann. Sein Wams und seine Hose sind aus grober Wolle. Ein Lächeln liegt auf seinem Gesicht, während sich die Augen unter den geschlossenen Lidern leicht hin und her bewegen. Sein rundes Gesicht strahlt Zufriedenheit aus. Seine schmalen Hände liegen gefaltet auf einem angedeuteten Bauch, und seine großen, verschmutzten Füße sind ungeschützt.

Nachdem Friedrich die Szene auf sich wirken ließ, spricht er den jungen Mann leise an.

»Wohin führt dich dein Weg, Wanderer? Willst du wie ich die Welt kennenlernen? Wie wirst du genannt?«

Der Junge unter dem Baum öffnet seine grünblauen Augen und schaut aufmerksam zu Friedrich. Ein Lächeln breitet sich über sein Gesicht aus.

»Meine Eltern nennen mich Johannes, meine Freunde Wolfgang«, antwortet der junge Mann leise.

Friedrich hat das unbestimmte Gefühl, als hätte Johannes ihn erwartet.

»Warum verweilst du unter diesem Baum?«

Johannes richtet sich auf und sieht Friedrich direkt und interessiert an. Nichts deutet darauf hin, dass er erstaunt oder überrascht ist.

»Weil dies der Ort ist, an dem ich im Moment sein soll«, antwortet Johannes kryptisch.

»Aha, hat dieser Platz also eine besondere Bedeutung für dich?«

»Vielleicht, ich versuche es herauszufinden«, erwidert Johannes nachdenklich.

»Stellst du dir in stillen Stunden die Frage, warum du genau jetzt hier bist?«

Friedrich versucht, dem Gespräch eine gewisse Tiefe zu verleihen.

Ein längeres Schweigen entsteht zwischen den beiden Wanderern, als ob jeder in Gedanken versunken ist und die passenden Worte abwägt. Schließlich durchbricht Johannes die Stille.

»Um auf deine ursprüngliche Frage zurückzukommen: Ich bin oft in der Natur und versuche, Eins mit ihr zu werden.«

»Ein interessanter Gedanke, Eins mit der Natur«, erwidert Friedrich nachdenklich und scheint diesen Gedanken in sich nachklingen zu lassen.

Johannes schaut den jungen Mann ruhig an.

»Wie ist dein Name?«

»Oh, ich werde Friedrich genannt«, antwortet er und macht eine flüchtige Geste auf sich selbst, als ob der Name für ihn selbst nur eine Bezeichnung unter vielen wäre.

Ein weiteres Schweigen breitet sich aus, doch diesmal scheint es geladener, als ob beide Männer auf eine neue Ebene des Gesprächs übergehen wollen.

Schließlich ergreift Friedrich wieder das Wort und greift den Faden des Gesprächs auf:

»Ist es wirklich sinnvoll, hinaus in die Welt zu gehen«, fragt er nach kurzem Überlegen, »die Natur jenseits des Horizonts birgt genauso viel Unbekanntes für den Suchenden wie er hier finden kann. Das allein kann also nicht der Grund sein, warum wir auf der Suche nach der Wahrheit die Welt bereisen.«

Johannes nickt langsam, als ob er über Friedrichs Worte nachdenkt.

»Bist du auf der Suche nach einer bestimmten Wahrheit?«

Ein nachdenkliches Schweigen legt sich über die beiden, bis der entfernte Ruf eines Vogels die Stille durchbricht und die Aufmerksamkeit beider Männer für einen Moment zum Himmel lenkt.

»Nun, ich suche nach der alles erklärenden Wahrheit«, gesteht Friedrich, »nach jener Wahrheit, die mir den Sinn des Lebens offenbart. Bisher jedoch ist es eher so, dass ich, je mehr ich erfahre, desto ratloser werde. Zweifel begleiten mich auf meinem Weg.«

Er hält inne und spricht leiser weiter.

»Im Moment frage ich mich, ob wir nicht eine Lüge leben. Ob unser gesamtes Leben eine Täuschung ist.«

Johannes hebt den Blick, als er Friedrichs Worte vernimmt, und fragt leise:

»Welche Täuschung meinst du, Suchender?«

Friedrichs Augen schweifen gedankenverloren zum blauen Himmel hinauf, als ob er dort eine Antwort erahnen könnte. Ein Lächeln, fast wie eine Eingebung, breitet sich auf seinem Gesicht aus.

»Willst du nicht auch wissen«, fragt er schließlich und ignoriert dabei für einen Moment die eigene Frage, »warum die Welt so ist, wie sie ist? Und welchen Platz du im Weltgeschehen einnimmst?«

»Würde es deinem Dasein nicht eine höhere Qualität verleihen, wenn du den Sinn deines Lebens erkennen könntest? Würde dies nicht alles verändern?«

Johannes antwortet mit einem leisen Lächeln, als hätte er diese Fragen bereits oft gehört, aber nie in dieser Klarheit. »Vielleicht«, sagt er bedächtig, »ist es genau diese Frage, die uns zum Suchen antreibt, und uns gleichzeitig erkennen lässt, dass die Suche selbst ein Teil der Antwort sein könnte.« »Nun wie immer es sein mag, für den Augenblick habe ich das Gefühl, dass ich alles Nötige für mein Leben weiß«, sagt Johannes ernst, »das Gestern ist Geschichte, dass Morgen ein Geheimnis, und Heute ist das Leben.«

Friedrichs Gesicht spiegelt nun den Ernst seines Gegenübers wider. Er schaut über das Feld hinter dem Baum, sieht die Ähren und für einen Augenblick leuchten seine Augen auf. »Müssen wir nicht heute an das Morgen denken und deshalb jetzt säen, um später zu ernten? Du liegst hier an einen Baum gelehnt auf einer Wiese. Für einen Außenstehenden sieht es so aus, als wärst du sorglos und dein Vergnügen ist es, die Zeit an dir vorbeifließen zu lassen. Nun, du bist jung und unerfahren. Glaubst du nicht, dass du hinaus in die Welt gehen musst, um mehr über das Leben, das Woher und das Wohin zu erfahren?«

»Zurückgelehnt und die Welt betrachtend«, Johannes lächelt losgelöst, »genauso ist es. Im Hier und jetzt fühle ich mich eins mit dir. Dies gefällt mir. Ich denke daran, wie ich den Weg hierher gefunden habe. Wer weiß, vielleicht werde ich Morgen unbewusst gesuchte Geheimnisse erfahren und dann verstehen.«

Während er dies sagt, vertieft sich sein Lächeln. Für einen kurzen Augenblick glaubt Friedrich, Weisheit in den Worten zu erkennen.

Ohne Hektik richtet Johannes sich auf, greift zur Seite und pflückt eine der vielen Gänseblumen, die im Schatten des Baumes Platz gefunden haben. Dann lehnt er sich zurück, steckt den Stiel der Blume in den Mund und schließt die Augen. Friedrich hat das Gefühl, dass Johannes alles gesagt hat. Als er seinen Weg fortsetzt, deutet ein leichtes Kopfschütteln

darauf hin, dass er Fragen auf seinem weiteren Weg mit-
nimmt.

»Warum suchst du nach einem Sinn des Lebens? Lebe einfach.«

Die Worte Johannes erreichen Friedrichs Ohren nur
schwach, doch er hört sie.

Während er langsam der Mittagssonne entgegengeht, seinen
breitkrempigen Hut zum Schutz ins Gesicht zieht und über
den Zuruf nachdenkt, erinnert er sich an eine ähnliche Begegnung, die er vor wenigen Tagen hatte. Sie war ebenso ungewöhnlich verlaufen wie diese, nur fand sie in einem Wirtshaus statt. In gewisser Weise ähnelten sich aber beide Treffen.

War das wirklich Zufall?

Gab es überhaupt so etwas wie Zufall?

Vielleicht!

Nachdem er kurz vor dem Sonnenuntergang seine Wanderung beendet hat, kehrt er in ein Wirtshaus ein. Dort setzt er
sich in eine ruhige Ecke. Er will sich ausruhen, ein Glas
Wein genießen, über den Tag nachdenken und die wenigen
Gäste beobachten.

Er fühlt sich im Einklang mit seiner Umgebung, als sich
überraschend ein alter Mann zu ihm setzt.

Es wird eine lange Nacht, und bevor sie sich trennen, sagt
der alte Mann zum Abschied.

»Du lebst ruhiger, wenn du nicht alles sagst, was du weißt.
Glaube nicht alles, was du hörst, und lächle über den Rest.«

Während ich Friedrichs Reisebericht nochmals in meinem
Inneren ablaufen lasse, spüre ich, wie unterschiedliche Re-
aktionen in mir ausgelöst werden. Eine davon ist das Auftauchen einer langen Kette von Fragen, die ohne mein bewuss-
tes Zutun in meinem Kopf entstehen.

Jede Frage drängt auf eine sofortige Antwort, als könne mein Geist nicht ruhen, bis ich sie geklärt habe. Hier ist eine zufällige Auswahl:

Tragen wir alle wichtigen Antworten bereits in uns?

Wie wichtig ist es, anderen wirklich zuzuhören?

Können wir die Realität in unseren Träumen erkennen?

Geschieht etwas mit uns, während wir träumen?

Diese letzte Frage irritiert mich besonders.

Ist alles vielleicht ohne tiefere Bedeutung?

Träumen wir nur von einem möglichen Leben?

Wird die Wirklichkeit erst durch unsere Wahrnehmung real, oder existiert sie auch ohne uns?

Was ist mit unserem Selbst?

Existiert es wirklich?

Gibt es Lügen, die unser Verständnis der Welt prägen?

Wie weit bestimmt Täuschung unser Dasein?

Woran erkennen wir, was wirklich ist?

Die Fragen reihen sich endlos aneinander, wie Perlen auf einer Kette, und lassen sich nicht abstreifen. Doch irgendwann merke ich, wie ich müde werde und mein Geist allmählich zur Ruhe kommt. Die innere Unruhe ebbt ab, als ob mein Denken den Platz für etwas anderes freimachen würde.

Während ich langsam in die Nacht des Vergessens eintauche, heftet sich ein Gedanke hartnäckig an meine Fersen.

Dieser dreht sich um die geheimnisvolle Stadt der Magier, die ich aufsuchen muss. Ein wichtiger Teil in mir hofft, dass ich an diesem Ort Antworten finde. Ich will dort nicht nur erfahren, sondern wirklich verstehen.

Schließlich driften meine Gedanken wie lose Blätter in verschiedene Richtungen ab, bis alles verstummt und ich in einen tiefen, traumlosen Schlaf gleite.

Wenn wir unsere Angst in Wahrheit verwandeln,
wenn wir den Tod als Partner anerkennen,
wachsen uns Flügel.
Flügel, die uns hinaustragen in ein Land voller
Liebe und Frieden.

6
Träume nicht dein Leben,
lebe es

Seit unserer Abreise von S. sind etwas mehr als drei Wochen vergangen. Trotz einiger unerwarteter Überraschungen darf ich weiterhin Regie führen. Ohne in wirkliche Schwierigkeiten zu geraten, haben wir einige kleinere Abenteuer erfolgreich hinter uns gebracht. Das Schicksal hat es offenbar gut mit uns gemeint.

Grenzen. Einreise. Ausreise. Gastfreundschaft. Freundliche Menschen. Unwillige Menschen. Und auch Anfeindungen. Eigentlich ist uns bisher das gesamte Spektrum menschlicher Gefühle begegnet, und offenbar hatte sich seit meinen letzten Reisen nach Irgendwo nicht allzu viel verändert.

Heute haben wir die letzte Etappe unserer Reise angetreten. Erwartungsvoll fahren wir dem Sonnenaufgang entgegen. Unser Herbergsvater hatte uns mit einem erkennbar skeptischen Blick erklärt. offenbar konnte er nicht verstehen, was wir an einem solchen Ort wollten, dass es ungefähr acht bis zehn Stunden dauern würde, bis wir die verfallene Stadt erreichen würden.

Um unser Ziel noch vor dem Nachteinbruch zu erreichen, sind wir früh aufgestanden. Nach einem einfachen, doch sättigenden Frühstück steigen wir erwartungsvoll in unseren Campingbus und fahren los. Die Straße vor uns ist verlassen und windet sich durch eine karge Landschaft. Nur hin und wieder durchbrachen vereinzelte Bäumen und Sträuchern das Bild. Die Sonne steigt langsam am Horizont empor, taucht alles in ein goldenes Licht und lässt die Konturen der Hügel wie eine Traumlandschaft wirken. Während wir uns immer weiter von bewohnten Gegenden entfernen, wird die Stille um uns intensiver. Die Gespräche im Bus verstummen allmählich, und jeder scheint in Gedanken versunken zu sein, die Erwartungen an unser Ziel steigen mit jedem zurückgelegten Kilometer.

Was uns wohl in dieser verlassenen Stadt erwarten mag? Werden wir Spuren von vergangenen Leben finden? Geschichten, die von anderen Zeiten erzählen?

Die Stunden ziehen sich dahin, und die Monotonie der Landschaft lässt die Zeit fast stehen bleiben. Ab und zu kreuzen wir ein verfallenes Gebäude, ein verwittertes Schild oder einen Wegweiser, dessen Schrift längst verblasst ist. Es ist, als führe uns die Straße in eine andere Welt, weit entfernt von der Hektik und dem Trubel des Alltags.

Gegen Nachmittag erreichen wir eine Anhöhe, und am Horizont zeichnen sich die ersten Konturen der Ruinenstadt ab. Sie wirkt wie eine Fata Morgana, seltsam surreal und einladend zugleich. Ein geheimnisvolles Kribbeln macht sich in der Gruppe breit, und eine gespannte Stille legt sich über uns, als der Anblick unseres Ziels Realität wird.

Noch ein zwei Stunden, dann werden wir endlich dort sein. Die Sonne steht bereits tief, das Licht beginnt, weicher zu werden, und die Schatten der Ruinen wachsen bedrohlich in die Länge. Ein Gefühl von Abenteuer und Entdeckung mischt sich mit der Stille des Augenblicks.

Stunden später hat unser Gefährt auf der staubigen, doch überraschend gut ausgebauten Landstraße viele Kilometer hinter sich gelassen. Das monotone Laufgeräusch der Räder versetzt mich in eine beinahe meditative Stimmung. Meine Gedanken schweifen ab, weg vom Hier und Jetzt, hin zum Ziel, welches wir demnächst erreichen werden.

In meiner Vorstellung hatte der Ort, den wir ansteuern, längst Gestalt angenommen. Die Stadt, so stand es im Buch, wurde vor tausend Jahren von zwei Clans gegründet. Der eine Clan bestand aus Zauberern, der andere aus Alchemisten. Die eine Gemeinschaften besaß eine Faszination für Magie und das geheime Wissen der alten Künste.

Ich erinnere mich an das hundert Jahre alte Buch, das mir kürzlich in die Hände gefallen ist. Dort las ich, dass die Suche nach dem Stein der Weisen hier eine zentrale Rolle spielte. Die Alchemisten und Zauberer glaubten beide, den einzig wahren Weg zur Erleuchtung und Unsterblichkeit gefunden zu haben, doch ihre Methoden und Philosophien unterschieden sich grundlegend. So entstand ein Ort, an dem Wissen und Macht in einer ständigen Spannung gehalten wurden, ein Ort voller verborgener Gänge und Geheimnisse, von denen es hieß, einer davon führe gar in eine andere Dimension …

Plötzlich werde ich jäh aus meinen Gedanken gerissen. Eine Kolonne aus schwerfälligen, lauten Lastwagen taucht wie aus dem Nichts vor uns auf und rast uns mit hoher Geschwindigkeit entgegen. Die Kolonne scheint militärisch organisiert zu sein. Jedes

Fahrzeug wirkt wie ein mächtiges Glied einer schnaubenden Kette. Der donnernde Lärm und das bedrohliche Tempo lassen mich das Lenkrad des Campingbusses fest umklammern. Ich lenke so weit nach rechts wie möglich, um eine Kollision zu vermeiden, während die schweren Lastwagen mit dröhnendem Getöse an uns vorbeirauschen. Nach einer gefühlten Ewigkeit ist die Kolonne aus etwa fünfzig Lastwagen endlich an uns vorbei.

Ein tiefer Atemzug hilft mir, die Anspannung loszulassen. Ich blicke auf die Uhr: High Noon, zwölf Uhr mittags.

Ein Omen?

»Militär«, schießt es mir durch den Kopf.

Ein Gefühl des Unbehagens schleicht sich ein, als würde eine unsichtbare Bedrohung in der Luft liegen.

Im Rückspiegel sehe ich, wie die lange Schlange aus staub-bedeckten Lastwagen und gepanzerten Fahrzeugen in der Ferne, hinter dem Horizont verschwinden. Das donnernde Dröhnen hallt noch nach, als meine Mitreisenden sich unruhig regen. Offensichtlich wurden sie aus ihren Träumen gerissen. Eine lebhafte, spekulative Diskussion entflammt sofort:

Warum eine derart große Kolonne?

Welche Mission könnten sie verfolgen?

»Vielleicht ein geheimes Manöver in der abgelegenen Wildnis?«, mutmaßt jemand.

»Oder sie sind auf dem Weg nach etwas Verlorenem?«

Die Spekulationen reichen von geheimen Militäreinsätzen bis zu mysteriösen Rettungsmissionen.

Die nächste halbe Stunde vergeht wie im Flug. Jeder im Bus äußert seine Theorien, und die Unterhaltung bringt eine willkommene Ablenkung. Doch hinter dem Lachen und den Vermutungen bleibt ein leises, unangenehmes Gefühl. Irgendetwas an dieser Begegnung wirkt beunruhigend, als wäre sie ein düsteres Vorzeichen dessen, was uns an unserem Ziel erwartet.

»Was sucht das Militär wohl in einer solchen Einöde?«, bricht Boris nach einer längeren Pause das Schweigen.

»Sicher kommen sie von einem geheimen Militärstützpunkt, weitab jeglicher Zivilisation«, bringt Sandra eine Idee ein und blickt versonnen in die Ferne, als könne sie den Stützpunkt irgendwo am Horizont erahnen.

»Vielleicht eine Forschungsstation, die unbesiegbare Kämpfer züchtet«, spekuliert Jennifer, mit leuchtenden Augen.

»So etwas habe ich auch mal in einem Film gesehen«, wirft Boris ein, als hätte Jennifers Idee eine Erinnerung geweckt.

»War es nicht sogar ein Dokumentarfilm«, frage ich ironisch und versuche, die Atmosphäre etwas aufzulockern.

Jennifer lacht kurz auf, doch der Ernst in ihren Augen bleibt.

»Es könnte auch ein Atombunkerstützpunkt sein. Die sind doch oft weit entfernt von jedweder Zivilisation«, fügt sie nachdenklich hinzu, als würde sie sich im Kopf die versteckten Bunker unter der kargen Landschaft vorstellen.

»Oder es ist ein Chemiewerk, das Giftgase und biologische Waffen entwickelt«, spekuliert Sandra, ihre Stimme nur noch ein Flüstern, als würde sie ein gespenstisches Szenario lebendig werden lassen.

Ein frösteln läuft mir über den Rücken, und ich merke, dass ich meinen Blick unwillkürlich erneut auf den leeren Horizont richte.

Als befürchte ich der Konvoi könne zurückkommen.

Die Straße vor uns scheint endlos, und ich frage mich, ob diese Begegnung nur ein Zufall war oder tatsächlich ein O-men für das was vor uns liegt.

Schließlich werden die Spekulationen und die möglichen Erklärungsversuche weniger. Einige Zeit beherrscht Schweigen den Innenraum. Jeder hängt seinen eigenen Gedanken nach. Deutlich ist zu spüren, dass sich jeder nach einem Ende der Fahrt sehnt.

Mit gleichmäßiger Geschwindigkeit lasse ich unser Auto dem angestrebten Ziel entgegenfahren. Irgendwann verliere ich erneut den Bezug zur Realität. Das Überfahren eines Hindernisses bringt mich augenblicklich zurück ins Jetzt. Bevor ich adäquat reagieren kann, habe ich schon einige Meter hinter mir. Beunruhigt schaue ich in den Rückspiegel.

Erleichtert erkenne ich zum Glück nur leeren Asphalt.

Alles gut?!

Eine Bodenwelle.

Ein überfahrendes Tier kann ich jedenfalls nicht sehen.

Nach diesem unerwarteten Weckruf atme ich gleichmäßig ein und aus, fahre langsamer und richte meine Aufmerksamkeit auf das vor mir. Mein Vorsatz, nicht wieder in das alte Muster zu fallen, erwies sich erneut als vergeblich.

Es dauert nicht lange, und ich denke über unsere Ankunft nach. In einem stummen Winkel meines Gehirns hoffe ich, dass wir unser Ziel am späten Nachmittag erreichen werden. Bilder unserer Ankunft tauchen auf, und ich sehe, wie wir unsere Zelte aufschlagen. Ich höre die eine oder andere Unmutsäußerung. Als die Zelte stehen, richtet sich jedes Paar gemütlich in ihrem Zelt ein. Anschließend genießen wir, ein Glas Wein in der Hand, noch ein wenig den Sonnenuntergang. Dies lässt uns endgültig ankommen. Der rote, süffige Wein erleichtert diesen Vorgang.

Ein heftiger Stoß gegen die Reifen bringt mich erneut zurück ins Hier.

Wieder ein Weckruf?

Vielleicht ist es ein Zeichen, dass ich nicht noch einmal ignorieren sollte. Konzentriere dich auf die Straße!

Tatsächlich erkenne ich bei genauerem Hinsehen die schlechter werdende Qualität der Straße. Deutlich sehe ich Risse und Schlaglöcher im Asphalt.

»Sei ab jetzt achtsam«, rufe ich mir ermahnend zu.

Doch auch diesmal scheitere ich. Das gedrosselte Tempo, die spärlichen Eindrücke, das gleichmäßige Geräusch der Räder und das Brummen des Dieselmotors versetzen mich erneut in eine Art Trance. Ohne es verhindern zu können, verlassen meine Gedanken die Gegenwart.

Diesmal grüble ich über das Warum, das Weshalb und das Wieso nach.

Was erwartet mich am Ende meiner Lebensreise?

Hat das Schicksal nicht schon alles vorherbestimmt?

Habe ich eine Wahl?

Oder ist im Leben alles irgendwie determiniert?

Ist für den Menschen überhaupt ein Ziel notwendig?

Ist nicht sowieso alles sinnlos?

Warum habe ich mich trotz der vielen Unwegsamkeiten auf diese Reise begeben?

Um Gewissheit zu erlangen?

Doch eines weiß ich, es war meine ganz persönliche Wahl, diese Reise anzutreten. Meine speziellen Antworten zu finden, bleibt auch diesmal im Vagen stecken. Im Moment weiß ich nur eines mit einigermaßen Sicherheit. Der Weg ist Teil des Lebens, und darauf will ich mich konzentrieren.

»Gib deinem **Ich** die verdiente Aufmerksamkeit. Beende dein Leben nicht, bevor Körper, Geist und Seele vereint sind und du die Antworten auf die großen Fragen nach dem Woher, dem Warum und dem Wohin gefunden hast«, flüstert mir eine vertraute Stimme zu, wie so oft, wenn sich tiefere Schichten meines Seins nach vorne drängen.

»Lebe dein Schicksal und vergiss nie. Du trägst die Verantwortung für dein Leben. Keine Frage, jeder von uns weiß es, es ist meine Wahl, meine Verantwortung, mein Leben.«

Ich weiß, dass es Kräfte im Universum gibt, die sich nicht einfach kontrollieren lassen. Einige locken mich, den einfachen Weg zu gehen, etwa die Trägheit.

»Erinnere dich an die Nacht, in der du von den Kräften des Universums geträumt hast«, flüstert eine Stimme.

Vage erinnere ich mich an Traum, in dem es um Chaos und Kosmos geht.. Zwei Fragen beschäftigen mich seitdem.

Ist das Chaos die negative Seite des Universums?

Und der Kosmos die positive?

Wenn Chaos Gott ist, müsste der Kosmos dann die Verkörperung des Teufels sein?

Nach diesem Traum war mir eines klar. Diese beiden Kräfte wirken auf das Leben der Menschen ein.

Während ich versuche, meine Gedanken zu ordnen, öffnet sich plötzliche eine Schublade in meinem Unterbewusstsein. Ein Schriftstück flattert heraus und zu Boden. Ich hebe es auf, und lese die Frage, die darauf stand.

Ist das Schicksal die Schnittstelle zwischen Gott und dem Teufel?

Ein ungutes Gefühl steigt in mir auf, und mit einem Schlag bin ich zurück im Hier und Jetzt. Gerade rechtzeitig, denn eine scharfe Linkskurve zwingt mich zu einer Reaktion. Trotz eines unkontrollierten Schlenkers meistere ich die Kurve.

Ärger brodelt in mir hoch.

»Warum lernst du es einfach nicht? Was ist mit Achtsamkeit?«, fluche ich vor mich hin.

Genervt richte ich mich auf, beuge mich nach vorne und schalte das Radio ein. Vielleicht hält mich das im Moment. Der Sendersuchlauf beginnt, der erste gefundene Sender ist nicht mein Geschmack. Unangenehm für meine Ohren. Ich suche weiter. Zweimal, dreimal, aber es wird nicht besser. Schließlich schalte ich das Radio aus.

Von hinten höre ich eine leise Stimme.

»Sind wir endlich da?«

»Noch nicht«, antworte ich und beschleunige den Karavan, in der Hoffnung, bald am Ziel zu sein.

So allmählich schlägt auch mir diese eintönige Fahrt aufs Gemüt. Um nicht in mein altes Muster zu fallen, konzentriere ich mich auf das Grau der Straße.

Doch vergeblich, das Schnurren des Motors, der Fahrtwind, all diese Geräusche lullen mich ein.

Ehe ich mich versehe, kommt mein innerer Ozean in Bewegung.

Gedanken, Ideen, Fragen werden sanft an den Strand gespült, verweilen kurz und verschwinden dann wieder in die Tiefen des Gedankenmeeres. Ohne bestimmte Erwartungen durchsuche ich das zurückgebliebene Strandgut. Bevor ich meine Analyse abschließen kann, erblicke ich etwas, das auf hohen Ozeanwellen auf mich zutreibt. Meine Neugier ist geweckt, und ich fokussiere mich gespannt auf das, was näherkommt. Wenige Sekunden später strandet das Objekt in meinem vorderen Cortex. Mein inneres Auge schärft den Blick, und ich glaube, ein vergilbtes Foto zu erkennen, das größtenteils vom Sand bedeckt ist. Mit jeder Wellenbewegung wird das Bild Stück für Stück vom Sand befreit, bis es schließlich auf einer schwachen Welle in meine unmittelbare Nähe gleitet. Bevor das Meer es wieder verschlingen kann, greife ich instinktiv danach und hebe es aus dem Wasser. Mit einer gewissen Anspannung versuche ich, Einzelheiten zu erkennen. Da die Oberfläche nass ist und das Sonnenlicht auf dem Wasser reflektiert, halte ich das Foto schräg, sodass das Wasser abläuft und die Konturen allmählich deutlicher werden.

Ich sehe einen schwach beleuchteten Raum. Ein Bett. Jemand liegt darauf. Seltsam berührt stelle ich fest, dass dieser Jemand mir sehr ähnelt. Der Mann im Bett scheint am Ende seines Weges angelangt zu sein. Er liegt im Sterben. Neben dem Bett steht eine ältere Frau mit schneeweißem, schulterlangem Haar, die mir ebenfalls vertraut vorkommt. In ihrem schmalen Gesicht sind die Augen geschlossen, als wäre sie weit entrückt. Ein sanftes Leuchten umgibt sie. Sie hält die Hand des Sterbenden fest umklammert, als wolle sie ihn nicht loslassen. Der Mann auf dem Bett strahlt eine tiefe Ruhe aus. Je länger ich mich auf das Bild einlasse, desto stärker wird die Gewissheit. Ich bin der Mann, und liege im Sterben.

Plötzlich dringt ein dunkler Schatten in mein Bewusstsein. Instinktiv kehre ich ins Jetzt zurück, und sofort wird mir klar, dass etwas Gewaltiges meinen Weg blockiert.

Reflexartig trete ich heftig auf das Bremspedal.

Während der Bus allmählich an Geschwindigkeit verliert, versuche ich, die Situation zu erfassen.

Etwa fünfzehn Meter vor mir steht ein riesiges Tier mitten auf der Fahrbahn. Mit jedem Meter, den ich näherkomme, wirkt es bedrohlicher. Der Gedanke, dass es einer Fabelwelt entkommen ist, lässt sich nicht so leicht verdrängen. Seltsame Auswüchse über seinem Kopf tragen nicht gerade zur Beruhigung bei. Panik steigt in mir auf, und mein Herzschlag beschleunigt sich. Mein Zeitempfinden verändert sich. Wie in Zeitlupe nähere ich mich dem Hindernis, das wie festgewurzelt mitten auf der Straße steht.

Nur langsam realisiere ich, dass dieses riesige Wesen nicht bereit ist, auszuweichen.

Oder ist es vor Panik erstarrt und kann sich nicht bewegen?

Zwei riesige schwarze Augen verhaken sich mit meinen. Für einen Moment meine ich, in ihnen nicht Angst, sondern Sanftmut zu erkennen. Um diesem Eindruck gerecht zu werden, leite ich einen Ausweichkurs ein. Instinktiv reiße ich das Lenkrad herum. Eine überstürzte Aktion mit unerwarteten Folgen.

Durch mein abruptes Manöver verliere ich für einen Sekundenbruchteil die Kontrolle über das Fahrzeug. Das Auto beginnt zu schleudern, als der Grip der Reifen ihre Grenzen erreicht haben. Es ist keine Übertreibung zu sagen, dass wir uns für einen kurzen Moment auf dem schmalen Grat zwischen Leben und Tod befanden. Meinen Instinkten folgend bringe ich das Fahrzeug irgendwie zurück in die Spur.

Das Quietschen der gequälten Reifen verklingt, und ich atme erleichtert auf, während ich durch die Frontscheibe blicke. Vor mir steht, völlig unbeeindruckt, ein etwa drei Meter hohes Wesen, der Auslöser dieses gefährlichen Manövers. Es verharrt ruhig, nur knapp einen Meter vor meiner Windschutzscheibe.

Es ist das genaue Gegenteil von mir. Mein Herz rast immer noch und braucht Zeit, um wieder in den normalen Rhythmus zu finden.

Ich werfe einen kurzen Blick zur Seite, in das Gesicht meiner Frau. Sie sieht blass aus, scheint aber in Ordnung zu sein. Ein weiterer Blick nach hinten zeigt mir, dass auch meine Freunde, blass wie Jennifer sind, aber aufrecht, auf der Rückbank sitzen.

Danke, Gurte, sende ich ein Stoßgebet der Erleichterung Richtung Himmel.

Nachdem ich vermute, dass es allen gut geht, wende ich mich wieder nach vorne und konzentriere mich auf das Wesen vor mir.

Ein braun behaartes, ungefähr drei Meter großes, bulliges Geschöpf steht da, wie ein Fels in der Brandung, unerschütterlich auf dem Asphalt. Seine schwarzen Augen starren stoisch und gelassen durch die Windschutzscheibe auf mich.

Mein Versuch, diesem starren Blick standzuhalten, endet damit, dass ich mich in den dunkel glänzenden Augen verliere. Vage glaube ich, eine Herausforderung darin zu erkennen. Ungeordnete Gedanken dringen tief in meinen Verstand, und die Vorstellung, dass dieses Zusammentreffen kein Zufall ist, wird immer stärker. Je länger wir uns anstarren, desto surrealer erscheint mir die Situation.

Warum verschwindet das Tier nicht einfach? frage ich mich, während es weiter regungslos vor meinem Auto verharrt.

Ohne eine bessere Idee zu haben, versuche ich, noch intensiver und grimmiger in seine Augen zu blicken.

Nichts geschieht. Natürlich nicht.

Warum auch?

Während ich über mein weiteres Vorgehen nachdenke, wird mir immer klarer, dass ich einem verheerenden Unglück nur knapp entkommen bin. Mit jeder vergehenden Sekunde versuche ich, meine aufsteigende Nervosität zu unterdrücken. Vergeblich.

Das Tier, dessen Name mir partout nicht einfallen will, ein weiteres Zeichen dafür, wie erschüttert ich bin, scheint keinerlei Absicht zu haben, die Straße freizugeben. Stattdessen spüre ich, wie sich zwischen uns ein unsichtbares Band zu formen beginnt. Einem inneren Drang folgend, tauche ich in seine übergroßen, sanft wirkenden Augen ein, und die Zeit scheint stillzustehen. Zumindest fühlt es sich so an.

So absurd es klingt, ich habe das Gefühl, dass eine unbekannte Kraft mein Inneres durch dieses seltsame Band erforscht. Tiefer und tiefer tauche ich in diesen immer unwirklicher werdenden Zustand ein.

Zunehmend spüre ich, wie eine schmale Grenze langsam zerbröckelt. Einer Ahnung folgend, versuche ich zu verhindern, dass sich das Band zwischen dem Elch und mir trennt. Denn das alles kann kein Zufall sein, denke ich. In einer Ecke meines Verstandes empfinde ich Erstaunen darüber, dass ich plötzlich den Namen des Tieres kenne.

Während sich das Gefühl der Erleichterung in mir ausbreitet, entdecke ich in den dunklen Augen des Elches Bilder. Erstaunt und gleichzeitig verwirrt sehe ich genauer hin und erkenne eine Szene, die mir vertraut vorkommt.

Ein Mann liegt hergerichtet in einem offenen Sarg. Um den Sarg herum sind Kränze drapiert, und trauernde Menschen sind versammelt. Beinahe körperlich spüre ich die tiefe Trauer, die sich wie ein samtenes Tuch über den Raum legt. Das Bild erwacht plötzlich zum Leben, die Szene wird greifbar, und es dauert einen Moment, bis ich mein Erstaunen verarbeiten kann. Eine schwarz-goldene Kondolenzschleife fällt mir auf, und ich kann vier Zahlen entziffern.

»Zwei, null, neun, neun«, flüstere ich leise vor mich hin.

Ist das mein Todesjahr?

Liege **ich** in diesem Sarg?

Um eventuell eine Antwort zu erhalten, konzentriere ich mich auf weitere Kondolenzschleifen. Doch bevor ich das Wort auf einer anderen Schleife entziffern kann, das mit „Do…" beginnt, wird die Szene plötzlich unscharf. Etwas tief in mir sagt; lasse los, kehre ins Jetzt zurück.

Mit heftigem Kopfschütteln versuche ich, diesem Auftrag nachzukommen. Tatsächlich gelingt es, und ich sehe distanziert in die Augen des Elches. Langsam beuge ich mich nach vorne und starre ihn an, um ihm zu verdeutlichen, dass er verschwinden soll. Um meinen Wunsch deutlicher zu unterstreichen, wedele ich mit den Händen. Doch das scheint ihn nicht zu beeindrucken. In diesem Augenblick wird mir bewusst, welche ungleiche Auseinandersetzung hier stattfindet. Der Elch, der sich mir unverschämt in den Weg gestellt hat, besitzt eine beeindruckende Größe und offenbar auch ein hohes Gewicht.

Seine inneren Werte sind offensichtlich auch nicht zu verachten. Mir wird schnell klar, dass ich ohne das freiwillige Nachgeben des Elches keine Chance habe, meine Lage zu ändern. Überraschend schüttelt der Elch seinen Kopf.

Beim Anblick seines gewaltigen Geweihs beginnen meine Sinne zu schwanken. Die riesigen Schaufeln signalisieren.

»Ich bin unbesiegbar, bin der König der Tundra.«

Was hätte geschehen können, frage ich mich, wenn dieses prachtvolle Geweih zusammen mit seinem Träger ins Auto gelangt wäre?

Der Gedanke lässt mein Herz schlagartig stillstehen. Es dauert, bis ich wieder einen klaren Gedanken fassen kann und mein Herz das Blut gleichmäßig durch meinen Körper pumpt. Erleichtert sende ich ein Stoßgebet an meine diversen Schutzgeister. Ein einzelner Engel wäre sicher nicht genug gewesen, um Schlimmes zu verhindern.

Noch immer nicht ganz im Gleichgewicht, sehe ich zur Seite, genau in die Augen meiner Frau. In ihren Augen lese ich eine vertraute Geschichte von Überraschung, Zorn und verlorenen Träumen. Ihre deutlich spürbare Verwirrung unterdrückend, dreht sie den Kopf in Richtung Straße und beugt sich nach vorne. Eine Weile betrachtet sie den Elch, der immer noch stoisch vor unserer Windschutzscheibe steht. Nachdem sie die Lage eingeschätzt hat, dreht sie sich zu mir und schenkt mir ein zärtliches Lächeln. Offensichtlich gibt sie mir nicht die alleinige Schuld für den unsanften Halt.

»Ich denke, wir sollten eine Pause einlegen und uns ein wenig an der frischen Luft bewegen«, sagt Jennifer, während sie ihre Hand auf meinen Arm legt.

Keine Vorwürfe. In diesem Moment ist sie die Frau, die sich jeder Mann wünscht. Auf das Tier, das weiterhin den Weg versperrt, geht sie mit keinem Wort ein. Der Elch, der die Straße dominiert, schüttelt heftig seinen Kopf.

Will er damit erneut klarmachen, dass dies sein Reich ist und der Wald ihm gehört?

Anstatt darüber nachzudenken, schaue ich fasziniert auf das mächtige Geweih. Ich befürchte, dass es jeden Moment herabstürzen könnte. Doch es geschieht nicht.

Irgendwie scheint der Elch die Situation als wenig gefährlich einzuschätzen. Als wäre es das Selbstverständlichste der Welt, setzt der sibirische Hirsch gemächlich seinen Körper in Bewegung. Am Rand des Waldes bleibt er stehen, hebt seinen mächtigen Kopf und stößt einen tiefen, röhrenden Ton in Richtung Himmel aus. Danach senkt er den Kopf, schüttelt ihn und lässt ein verächtliches Schnauben hören. Anschließend verschwindet der Elch endgültig zwischen den dichten Bäumen. Der Spuk ist vorüber, und die Straße, die bis zum Horizont reicht, liegt verlassen vor mir.

»Liebling, was war das denn?«, fragt Jennifer, während ich tief durchatme.

»Ich glaube, wir sollten eine Pause einlegen, ich kann sie wirklich gebrauchen«, antworte ich indirekt.

Mit einem Griff nach dem Zündschlüssel starte ich den abgewürgten Motor und fahre langsam an niedrig gewachsenen Bäumen vorbei. Endlich entdecke ich eine größere Einbuchtung. Sanft drücke ich das Bremspedal herunter, steuere den Platz an und stoppe. Sofort melden sich meine Freunde von der Rückbank.

»Was war da gerade los?«, höre ich Boris mit brüchiger Stimme fragen.

»Kann es sein, dass wir Glück hatten?«, meldet sich Sandra lautstark.

Ich drehe mich um und blicke in irritierten, fragenden Gesichtern meiner Freunde.

»Es ist tatsächlich nochmal gut ausgegangen. Ein Elch, der glaubt, hier der King zu sein, hat sich mir in den Weg gestellt. Oder er war während dem Wildwechsel genauso überrascht über mein Hiersein wie ich. Auf jeden Fall wollte er mir wohl verdeutlichen, wessen Revier dies hier ist«, sage ich mit einem breiten Grinsen im Gesicht, um die

Anspannung in der Luft zu lösen, »und ich würde sagen, wir haben gewonnen. Doch lasst uns erst einmal aussteigen, dann können wir in aller Ruhe über den aus dem scheinbaren Nichts aufgetauchten Elch sprechen.«

Boris und Sandra nicken zustimmend, öffnen die Seitentüren und steigen aus dem Wagen. Ich folge ihnen. Auf sicherem Boden stehend, genießen wir die frische, leicht feuchte Luft. Um endgültig ins Gleichgewicht zu kommen, beginne ich mit den oft geübten gymnastischen Bewegungen. Meine Begleiter schauen mir eine Weile zu und folgen schließlich meinem Beispiel. Jennifer beendet ihre Übungen als Erste, geht zum Wagen hinüber, öffnet die Heckklappe und entnimmt eine Kühlbox. Mit dieser geht sie etwas tiefer in die Lichtung hinein. Inzwischen haben auch wir unsere Übungen beendet und folgen ihr.

Einige im Kreis angeordnete Baumstümpfe laden uns zum Sitzen ein. Dankbar nehmen wir das Angebot wahr und setzen uns. Jennifer entnimmt der Box belegte Brote, die sie vor der Abfahrt zubereitet hat, und zwei Flaschen Selters. Mit einem Lächeln verteilt sie Brot und Wasser. Mit der Nahrungsaufnahme beschäftigt, sitzen wir still in der unberührten Natur.

Schließlich hält es Boris nicht mehr aus.

»Also, Dominik, sag uns jetzt, was gerade geschehen ist«, fordert er mich auf. An seinem Gesicht sehe ich, dass er eine ausführliche Erklärung erwartet.

»Nun also, was war los«, antworte ich zögernd und suche nach den richtigen Worten.

»Ja, was ist passiert«, mischt sich Sandra ein.

»Ein Elch ist passiert, der sich mir ungefragt in den Weg gestellt hat«, erwidere ich kauend auf meinem Brot, so unverfänglich wie möglich.

Das ist jedoch der falsche Weg, wie sich sofort zeigt. Kaum habe ich die Worte ausgesprochen, beginnt eine lebhafte Diskussion.

»Eine Reise nach vorne ist auch immer eine Reise zurück«, unterbreche ich das Durcheinander, um zu versuchen, den Verlauf der Auseinandersetzung zu verändern.

»Was soll das heißen«, bellt mich Boris an.

Zögernd berichte ich von meinen Gedanken, vor und während der Begegnung mit dem Elch. Gemeinschaftliches Kopfschütteln ist die Antwort.

»Du meinst doch nicht, dass deine Gedanken in die Vergangenheit abgedriftet sind, anstatt dich auf die Straße zu konzentrieren? Ich kann das kaum glauben. Und das in dieser Einöde, weitab jeglicher Zivilisation.«

»Entschuldigung, Boris! Ich kann dich gut verstehen. Meine Unaufmerksamkeit hätte auch anders ausgehen können. Zu meiner Ehrenrettung kann ich nur sagen: Ich habe es nicht gewollt. Die Fahrt ist einfach zu monoton.«

»Monoton? Wir könnten verletzt oder tot am Straßenrand liegen, ohne Hilfe von irgendwoher zu bekommen«, bringt Sandra ihre Sicht der Lage zum Ausdruck.

»Dominik hat das sicher nicht gewollt«, versucht Jennifer die aufwallenden negativen Wogen zu glätten, »wir wissen, wie schwer es sein kann, auf einer so langen Fahrt und in einer wenig abwechslungsreichen Einöde immer konzentriert zu bleiben.“

»Genau, Liebling, ich bin bei dir. Es war ein Fehler, der sich nicht wiederholen darf. Ich denke, ich habe verstanden.«

Mit einer Geste, die meinen Freunden anzeigen soll, dass es nichts mehr zu sagen gibt, stehe ich auf. Um Abstand zu gewinnen und meinen Kopf zu leeren, gehe ich ein Stück am Waldrand entlang.

Der sanfte, kühle Wind, der aus nördlicher Richtung zu mir herüberweht, löst angenehme Erinnerungen aus. Ein Baumstumpf lädt mich zum Verweilen ein. Um die letzte halbe Stunde hinter mir zu lassen, flüchte ich erneut in die Vergangenheit. Keine zwei Minuten später verliere ich mich in Zeit und Raum.

Warum ist es so schwer, dazuzulernen?

Jennifer, die mir gefolgt ist, berührt mich leicht am Arm. Die sanfte Berührung bringt mich zurück in die Wirklichkeit. Nach einem stillen Austausch gehen wir zurück.

Am Rastplatz angekommen, sieht es aus, als wären unsere Freunde bereit zur Weiterfahrt. Auf meine Frage, ob wir weiterfahren wollen, signalisieren sie mir mit einem Nicken des Kopfes ihr Einverständnis. Wie gewohnt steuere ich die Fahrerseite des Wagens an, als eine Stimme mir Einhalt gebietet.

»Stopp, Dominik.«

Als ich mich erschrocken umdrehe, schaue ich direkt in die Augen von Boris.

»Ich glaube, du hast deinen Teil für heute geschafft. Den Rest der Fahrt sitze ich am Steuer!«

Nach einer kurzen Pause des Überlegens erwidere ich:

»Warum nicht, Boris. Natürlich kannst du das Steuer übernehmen. Wir wollen ja sicher ankommen«, stimme ich grinsend zu.

Während ich die Worte ausspreche, wird mir bewusst, welch kindliches Verhalten ich an den Tag lege. Um auf dieser Ebene nicht weiterzugehen, wende ich mich ab.

Boris hat meine Antwort nicht abgewartet, sondern sitzt bereits hinter dem Lenkrad.

Mit zwei Schritten erreiche ich die Beifahrertür, öffne sie und steige ein. Ich schaue zu Boris und sehe wie er lächelt und sich auf dem Fahrersitz in Position bringt. Kurz danach startet er den Motor.

Die Reise geht weiter.

Sein Leben lang an sich zu arbeiten,
ohne es als Mühe zu empfinden,
dies ist der Weg zur Vollendung.

7
Ankommen ist nicht alles

Es dauert nicht lange und die bekannten Fahrgeräusche, welche durch das leicht geöffnete Seitenfenster in das Fahrzeuginnere dringen, lullen mich erneut ein. Da ich jetzt keine Verantwortung trage entspanne ich mich, lasse zu und suche meinen Verstand nach etwas Interessantem ab.

Was könnte ich auch sonst in dieser gleichförmigen Landschaft tun?

Zuerst ist meine Reise nach innen unbestimmt. Für einen Augenblick sehe ich die dunklen Augen des Elches, dann die Szene auf dem Friedhof, stumme Gäste. Weiter im Fluss der Zeit abdriftend, lasse ich meine Gedanken ihren Weg gehen. Wer weiß, wohin sie mich führen werden?

Ich tauche immer tiefer in den Fluss der Zeit. Nur das Geräusch des Fahrtwindes erinnert mich daran, dass ich in der realen Welt unterwegs bin. Unerwartet wird das Dahintreiben meiner Gedanken gestoppt.

Ein Stolperstein verändert die Richtung meines Weges zu neuen Erfahrungen. ch erinnere mich plötzlich an eine meiner ersten spirituellen Krisen. Es war ein Tag, an dem ich nichts Besonderes erwartete. Beim Frühstück hatte ich irgendwie das Gefühl, dass heute der Tag sei, an dem ich mein Vorhaben der Achtsamkeit angehen sollte. Glücklicherweise, andere würden vielleicht sagen, dummerweise hatte ich keine wichtigen Termine.

Auf dem Weg zu meinem Stammcafé widmete ich mich der Aufgabe der Achtsamkeit und nahm Details der Menschen in meiner Umgebung wacher wahr. Im Café angekommen, setzte ich mich auf einen schattigen Platz. Der Kellner kam an meinen Tisch, nahm die Bestellung auf und brachte mir die Tageszeitung.

Da ich nichts wirklich Interessantes darin fand, legte ich sie zur Seite und beobachtete stattdessen die Passanten, die an mir vorbeihasteten oder vorbeischlenderten, als würden sie von der Zeit kontrolliert und nicht umgekehrt.

Diese Beobachtung weckte in mir die Frage, bin ich ein Teil dieser Menschen?

Ohne weiter nachzudenken, fragte ich mich, welchen Weg sie wohl gingen?

Welchem Ziel strebten sie entgegen?

Fühlten sie sich frei?

In letzter Zeit hatte ich viel über den Sinn des Lebens nachgedacht, angeregt durch spezielle Literatur. Dabei tauchten immer öfter Fragen nach dem Woher, dem Warum und dem Wohin auf.

Als die Sonne meinen Tisch erreichte, begann ich ernsthaft über die Qualität meines bisherigen Lebens nachzudenken. Die Bilanz, die ich zog, war nicht befriedigend. Während ich die Wärme der Sonne genoss, erkannte ich plötzlich die unsichtbaren Netze, gewoben aus den Wünschen, Erwartungen und Einflüssen der Menschen um mich herum. All diese Faktoren hatten mein bisheriges Leben beeinflusst. Tief durchatmend spürte ich in jeder Zelle meines Körpers, dass ich auf dem richtigen Weg war.

Eines war klar: Wollte ich mein Leben ändern, musste ich mich aus diesen Netzen befreien. Bei ehrlicher Betrachtung musste ich mir eingestehen, dass ich oft nur wie eine Marionette auf Signale von außen reagierte. Das musste ich ohne Wenn und Aber ändern.

Fremdbestimmt war gestern!

In meinem bisherigen Leben ging es immer nur darum, anderen zu gefallen; mir war es zu wichtig, erfolgreich zu sein.

Mir fiel ein Zitat von Albert Einstein ein:
»Der Sinn des Lebens besteht nicht darin, ein erfolgreicher Mensch zu sein, sondern ein wertvoller.«
Ich kann nicht behaupten, dass ich dieser Wahrheit entsprechend lebte; ich wollte nur immer mehr Statussymbole anhäufen und ging dabei oft gedankenlos vor. Diese Art, mit dem Leben umzugehen, ließ mich Dinge tun, die verhinderten, dass ich erwachte. Erwachsenwerden, das wusste ich inzwischen, bedeutet Erwachen! Die Welt zu sehen, wie sie ist, ohne das Erlebte oder Gesehene zu leugnen.
Eine weitere Lebensweisheit kam mir in den Sinn:
»Du kannst dein Leben nicht verbreitern, du kannst es nur vertiefen.«
Hatte ich mich nicht zu oft auf der Oberfläche des Lebens treiben lassen?
Wann hatte ich mir in der Vergangenheit die Zeit genommen, mein Tun ehrlich zu hinterfragen?
Hatte ich mich nicht zu oft auf der Oberfläche des Lebens treiben lassen?
Nie – erst jetzt!
Die Vergangenheit zu ändern ist nicht möglich. Für Zweifel hatte ich keinen oder kaum Raum in meinem Leben. Zweifel waren einfach nicht angesagt. Die Überzeugung, dass alles gut war, so wie es ist, hatte ich tief in meinem Inneren verankert. Bequemlichkeit, so vermutete ich, war der Grund, warum ich lieber den Einflüsterungen der anderen folgte, anstatt sie infrage zu stellen. Jetzt befinde ich mich auf dem Weg, dies zu ändern.
Zu Beginn meines Lebens gaben meine Eltern die Richtung vor. Sie bestimmten die Regeln, sie lobten und forderten. Ihre Vorstellungen von Wirklichkeit sollten mich auf meinem Weg begleiten, und so nahmen sie ständig Einfluss auf mein Leben. Sie wollten, dass ich erfolgreicher werde als die Menschen, die mich auf meiner Lebensbühne begleiteten. Um ihnen zu gefallen und geliebt zu werden, wollte ich ihren

Erwartungen entsprechen. Doch nachdem ich mein Handeln und Tun endlich reflektierte, wurde mir bewusst, dass ich zu wenig mein eigenes Wollen hinterfragt hatte.

Wie konnte ich aus diesem Hamsterrad entkommen?

Es wurde Zeit, meinen Schlaf zu beenden. Die Lösung war das Erwachen! Es war Zeit für einen Neuanfang, und dies war nur auf eine Weise möglich: Ich musste wollen, etwas wagen, um schließlich zu wissen, wie ich meine Zukunft gestalten wollte.

Nutze die Zeit!

Gib der Zeit mehr Qualität!

Dies sollte meinen weiteren Weg bestimmen.

In den nächsten Wochen wurde mir eines deutlich.

Jeder Neuanfang beginnt mit der richtigen Frage.

Doch woher soll ich diese nehmen, wenn nicht stehlen?

Eine zufällige Begegnung auf einer Esoterikmesse mit einem Mann namens Sigfrid gab mir den Rat, mich auf die schwierigste Reise zu begeben, die es gibt. Die meisten würden dies vermeiden, erklärte er mir, doch ich schien bereit zu sein. Das Ziel der Reise war, mein Selbst zu entdecken, und dort würde ich die passenden Fragen finden. Zuhause nahm ich mir Zeit, seinem Rat zu folgen, und suchte die Stille auf.

Wie oft geübt, setzte ich meinem Gedankenuniversum keine Grenzen.

Je mehr ich losließ, desto klarer wurde meine Gedankenwelt.

Schließlich tauchten zwei Fragen auf, die ich festhielt und in mir wirken ließ.

Die Fragen klangen eigentlich banal, doch während ich nachdachte, wurde mir klar, dass ich nach Antworten suchen sollte. Die Fragen lauteten.

Wer könntest du sein?

Wer möchtest du sein?

Was musst du tun, damit sich dein Leben nicht ändert?

Einige Tage, nachdem ich mit diesen Fragen konfrontiert wurde, besuchte mich Sigfrid, der meine Einladung angenommen hatte. Nach dem üblichen Smalltalk und nachdem ich eine Flasche Wein geöffnet hatte, fragte er mich, ob ich mich bereits auf die Reise nach innen begeben habe.

Ich sagte ja und erzählte ihm von meiner Reise. Ich erwähnte die Fragen, die sich bei mir eingestellt hatten. Sigfrid zeigte sich erstaunt. Auch er war auf seiner Reise mit diesen Fragen konfrontiert worden.

Er fragte, wie intensiv ich mich auf dem Weg nach Antworten beschäftigt habe.

Gute Frage, nächste Frage, dachte ich.

Wir fielen in nachdenkliches Schweigen.

Schließlich fragte mich Sigfrid, ob mir die Frage vielleicht aus einem anderen Kontext bekannt vorkommt. Da ich im Moment keine passende "Schublade" fand, sagte ich nein.

Mit einem Lächeln erklärte er, dass eine ähnliche Aufforderung, wenn auch in anderer Wortwahl, über dem Eingang des Tempels von Delphi stand:

"Erkenne dich selbst."

Im weiteren Verlauf unseres Gedankenaustausches erklärte mir Sigfrid, dass ich, wenn ich wirklich wissen will, wer ich bin und wer ich sein möchte, zurück zur Quelle müsse. Um diese zu erreichen, gäbe es nur einen Weg, ich muss gegen den Strom schwimmen.

Mit diesem Rat, und weil es schon spät war, beendeten wir unsere Begegnung.

In der kommenden Nacht suchte ich meinen Raum der Stille auf. Etwas umständlich nahm ich meine übliche Sitzposition ein. Meinem gleichmäßigen Atem folgend, sank ich tiefer und tiefer ins Nichts. Einen Gedanken nach dem anderen ließ ich an mir vorüberziehen. Schließlich tauchte schemenhaft eine Landschaft auf, die immer klarer wurde. Während ich mich langsam auf sie einließ, entdeckte ich einen ruhig dahinfließenden Fluss.

Ist dies der Fluss meines Lebens, denke ich flüchtig.

Ohne weiter nachzudenken springe ich in das klare Wasser, des Flusses. Kaum berühre ich die Wasseroberfläche versinke ich. Mein Versuch, mich zu orientieren, stellt sich zuerst als schwierig heraus. Doch allmählich komme ich zur Ruhe und beginne, eins mit dem Fluss zu werden. Mir fallen die Worte meiner neuen Bekanntschaft ein.

Hat er nicht gesagt, ich soll gegen den Strom schwimmen, um die Quelle meines Seins zu finden?

Doch so gern ich dieser Aufforderung nachgekommen wäre, es gelingt mir nicht. Die vorherrschende Strömung lässt es nicht zu. Ich werde flussabwärts getrieben. Wieder einmal werde ich direkt daran erinnert; Leben heißt scheitern. Nach einer Phase der Orientierungslosigkeit gebe ich nach, lasse mich einfach treiben.

Als ich anfange darauf zu vertrauen, dass alles richtig und gut ist, spüre ich, wie sich die Strömung teilt.

Befinde ich mich an einer Abzweigung meines Lebens?

Verschieden starke Stromschnellen, behindern mich auf meiner Reise zu meiner Quelle. Ständig wechselt die Richtung, oder mein Bewusstsein beschleunigt sich. Unterschiedliche Szenen aus meinem Leben blitzen auf.

Gewohnheiten, die ich wie selbstverständlich in mein Leben integriert habe, bleiben eine Zeitlang, um ohne Erklärung zu verschwinden. Ereignisse, von denen ich glaubte, sie vergessen zu haben, schieben sich in den Vordergrund. Schwächen, in Zeiten, in denen ich selbstbewusster hätte sein müssen, spüre ich fast körperlich. Stück für Stück wird mir bewusst, dass ich an einigen Abschnitten meines vergangenen Lebens vorbeitreibe. Ein langer Weg des Jasagens hatte mein Leben bisher geprägt. In diesem Augenblick entschließe ich mich, dies zu ändern. Kaum habe ich diesen Entschluss gefasst, verschwinden Fluss und Landschaft. Mein Atem tritt in den Vordergrund.

Ich folge ihm, öffnet langsam die Augen und konzentriere mich auf die Kerze vor mir. Überrascht stelle ich fest, dass ich lange meditiert haben musste, denn sie ist weit herunter-gebrannt.

Während ich das Erlebte verarbeiten will, tauchten Fragen auf.

Wie kann ich die Hürden meines Lebens besser erkennen?

Wie will ich meine Zukunft gestalten?

Welche Vorurteile müssen unbedingt auf die Prüfbank?

Wenn ich nicht weiter in meinem selbstgeschaffenen Hams-terrad leben wollte, gab es nur eines, akzeptierte Glaubens-systeme und Denkgewohnheiten zu durchbrechen.

Verlust ist der Weg der Erneuerung.

Mit diesem Gedanken lasse ich los. Allmählich bekommt der vom Kerzenlicht beleuchtete Raum Kontur, und ich stehe auf. Die Erkenntnisse, die ich in dieser Meditation gewonnen habe, erweisen sich als nicht ganz einfach umzusetzen. Zum Beispiel lerne ich, dass es nicht einfach ist Gewohnheiten loswerden kann. Allerdings habe ich gleichzeitig erfahren, dass es immer eine Wahl gibt. Wir können Erlerntes gegen Neues, gegen Anderes eintauschen.

Ursache und Wirkung!

In Zukunft will ich mehr Ursache und weniger Wirkung sein. Dieses Vorhaben entwickelt sich im Laufe der Zeit beinahe zu einer Obsession. Einige Zeit vergeht, bis ich nicht mehr vor mir selbst verleugnen kann, dass es meinem Ich schadet, nur die Ursache zu bevorzugen.

Leben ist Yin und Yang, ist Dualität.

Das Eine kann nicht ohne das Andere existieren. Leben ist Schwingung. Der Mensch ist wie das Gewicht am Ende eines Pendels, er schwingt zwischen den beiden Polen hin und her.

Leben ist Bewegung.

In dieser Zeit beschäftigte ich mich intensiver mit der fern-östlichen Philosophie und die Kräfte von Yin und Yang wer-den mir vertrauter.

Diese Prinzipien stehen für polar entgegengesetzte, jedoch miteinander verbundene Maximen.

In der östlichen Hemisphäre unserer Welt gilt. Um ein Leben in Harmonie zu führen, musst du dein inneres Gleichgewicht finden. Fülle und Leere sollen in Balance sein.

»Welches Gleichgewicht?«, frage ich mich beim ersten Mal, als ich davon höre.

In den Momenten, in denen ich auf meiner Couch einfach sitze, fühle ich mich sehr im Gleichgewicht. Erst viele Lektionen später wird mir klar, was Gleichgewicht wirklich bedeutet. Eine Lektion lehrt mich Entschleunigung. Eine andere, vielleicht wichtigere, verdeutlicht mir, dass nichts so ist, wie es scheint.

»Hey, Dominik«, knufft mich jemand unerwartet in die Seite, »siehst du das? Das ist doch unglaublich!«

Diesmal ist es kein Elch, sondern meine Frau, die mich aus meinen Gedanken reißt. Ohne Hektik zu verspüren, öffne ich die Augen und drehe mich zu ihr um. Sie zeigt aufgeregt in Richtung einer riesigen Industrieanlage, die mitten in der sonst unberührt erscheinenden Landschaft steht. Ein gewaltiges Gemenge aus Beton und Stahl breitet sich vor meinen Augen aus. Der Anblick versetzt mich nicht nur in Erstaunen, sondern bedrückt meine Seele. So etwas habe ich bisher noch nicht gesehen. Mächtige Schlote entlassen weiße und graue Wolken in den Himmel. Schlanke Rohre spucken in luftiger Höhe meterhohe Flammen aus. Das Dröhnen unsichtbarer Maschinen dringt unheilvoll an meine Ohren und übertönt mühelos das Geräusch unseres Fahrzeugs.

Eine Ölförderanlage, denke ich zunächst.

Ein dunkler Schatten hüllt die riesige Anlage ein. Offensichtlich schämt sich die Natur für ihre Vergewaltigung und versucht, sie vor unseren Blicken zu verbergen. Es dauert, bis sich die volle Tragweite dieser Ungeheuerlichkeit in meinem Verstand manifestiert.

Eigentlich müssten wir anhalten, um zu fotografieren, damit ich am Ende unserer Reise recherchieren kann, was ich da gesehen habe. Bevor ich Boris ansprechen kann, verlangsamt er spürbar die Fahrt, bis unser Transportmittel im Schritt-tempo weiterrollt.

»Meinst du nicht, Boris, wir sollten kurz anhalten und diese Vergewaltigung der Natur auf Film dokumentieren?«, fordere ich ihn auf.

»Dafür haben wir wenig Zeit Dominik. Wir wollen unser Ziel doch rechtzeitig erreichen. Wir werden sowieso nichts ändern können«, antwortet Boris knapp.

»Boris hat recht«, höre ich Jennifers Stimme hinter mir, »ich denke, unser Ziel ist nicht mehr allzu weit, und wir sollten es unbedingt bei Tageslicht erreichen.«

Boris hebt kurz die Hand und erhöht die Geschwindigkeit.

»Bleibt locker ihr beiden«, meldet sich Sandra zu Wort, »ich habe diese Schande schon auf Video festgehalten.«

Jennifer schweigt und schaut aus dem Fenster hinüber zur Industrieanlage. Als ich ihrem Beispiel folge, und ein nicht genau zu lokalisierender Zorn ergreift mich.

Meine Fantasie nimmt Fahrt auf, und ich stelle mir vor, dass diese Industrieanlage keine ist.

»Es könnte auch eine Militäranlage sein«, überlegt Boris laut.

»Könnte sein! Vielleicht werden dort biologische, chemische oder andere Vernichtungswaffen entwickelt, und ein Feuer vernichtet misslungene Experimente«, überlegt Jennifer laut.

»Vielleicht wurde dieser Komplex in diese Einöde gebaut, um Versuche und Experimente an Menschen zu vertuschen«, gebe ich zum Besten.

Jetzt denkst du wie Jennifer und entwirfst Verschwörungs-theorien, rufe ich mich zur Ordnung. Schlussendlich ist es wahrscheinlich das, was es zu sein scheint, nur eine Förder-anlage für Öl.

»Ob das der Komplex ist, von dem aus der Militärkonvoi gestartet ist«, höre ich Jennifer fragen.

Obwohl wir fast an diesem Komplex vorbei sind, holen mich negative Schwingungen ein, dringen in meine Seele und lassen sie dunkel werden. Mein Herz ist erfüllt von Trauer, gemischt mit Resignation.

Als wir endlich die Anlage hinter uns lassen, fällt es mir schwer zu glauben, dass die berühmte russische Seele, eine Seele voller Leidenschaft für das Leben, der Natur einen solchen Schaden zufügt.

Erinnerungen an die russische Kultur überfluten mich, Ikonen und Heiligenbilder erscheinen vor meinem inneren Auge. Russische Literatur kommt mir in den Sinn, die mich oft durch die Vielfalt ihrer facettenreichen Seele beeindruckt hat. Doch der Anblick dieser feuerspeienden Schornsteine lässt mich den Kopf schütteln. Politik, Macht und die Wünsche des Volkes sind Gegensatzpaare, die selten im Einklang stehen.

Allmählich versiegt der Adrenalinfluss, der meine Ohnmacht genährt hat. Erst jetzt kommt mir in den Sinn, warum ausgerechnet ich den Stab über andere brechen will. Auch ich habe nicht immer die richtigen Entscheidungen getroffen und zu oft nur an den Profit gedacht.

Habe ich nicht auch, nur um meine Macht zu vergrößern, Dinge veranlasst, die Natur und Mensch Schaden zufügten? Darf ich behaupten, niemals Ursache von Zerstörung gewesen zu sein?

Wie viele Menschen habe ich durch fehlgeleitete Emotionen und Besserwisserei verletzt, nur weil ich achtlos war?

Ich sollte, auch wenn mich der Anblick der Umweltzerstörung an die apokalyptischen Reiter erinnert, nicht alles und jeden über einen Kamm scheren.

Keine Fakten, keine Verurteilung!

Ein Blick zu Sandra zeigt mir, dass sie aufgehört hat zu filmen. Entspannt zurückgelehnt, scheint sie das Gesehene zu verarbeiten. Unerwartet nehme ich zur Kenntnis, dass Boris völlig anlasslos, kräftig aufs Gaspedal drückt. Offensichtlich ist er genervt. Wenig später haben wir wieder Reisegeschwindigkeit erreicht.

Um im Hier und Jetzt zu bleiben und nicht in die Vergangenheit abzudriften, betrachte ich die eintönige Landschaft.

>>>>>

Ein Morgen wie so oft in den letzten Wochen, saß ich am Frühstückstisch, kaute lustlos auf meinem Brötchen, trank abgekühlten Kaffee und dachte über die Ergebnisse der Nacht nach. Die Diskussion über meinen Traum der vorletzten Nacht rief ihn noch einmal in meinem Kopf zurück. Erstaunlicherweise erinnerte ich mich jetzt an weitere Worte, die sich auf den Wänden befanden.
Ich!
Die Andere?
Ego!
Gewissen!
Gelassenheit?
Zweck!
Mittel?
Was haben die Worte zu bedeuten?
Ich habe keine Ahnung.
Um mich auf andere Gedanken zu bringen, versuche ich mich auf mein restliches Frühstück zu konzentrieren. Rudi und unser letztes Gespräch tauchen aus den Tiefen meines Bewusstseins auf.
Er und ich hatten uns, nach langem hin und her darauf geeinigt, dass der freie Wille nicht nur ein Segen, sondern auch ein Fluch ist. Zu wissen, dass es den freien Willen gibt, der Einfluss auf meine Welt hat, bedeutet Verantwortung zu übernehmen. Für viele in meiner Umgebung wäre das bestimmt eine irritierende Vorstellung.
Verantwortung wird gerne weggeschoben; es wird erwartet, dass andere sie übernehmen. Nun, egal, was andere dachten, ich wollte auf jeden Fall Verantwortung für mein Leben übernehmen. Wollte meinen eigenen Weg gehen.

Irgendwann, während ich dem Geschmack des Brötchens nachspüre, denke ich über das Loslassen nach. Mir wird schließlich bewusst, dass Nachdenken allein nicht ausreicht. Sich einlassen war genauso wichtig. Einlassen auf Neues, auf Unbekanntes, auf Enttäuschungen, auf Niederlagen, auf Unbequemes, und auf neue Erfahrungen.

Also beendete ich mein Frühstück und begab mich auf den Weg. Zuerst einmal in eine neue Richtung.

Ich ließ mich auf unbekannte, bewusstseinsverändernde Übungen ein. Trotz vieler Warnungen experimentierte ich mit verschiedenen Drogen. Dadurch überwand ich, nicht ganz unerwartet, weitere Blockaden und wuchs einer unerwarteten Lebensqualität entgegen.

Sonntagmorgen.

Der Wecker klingelt. Ich wache etwas unwillig auf. Zuerst schaue ich auf den Wecker, fünf Uhr. Anschließend aus dem offenen Fenster. Erfreut verfolge ich einige weiße Wolken, die unter einem blauen Himmel gemächlich vorbeiziehen. Eine Woche liegt hinter mir, in der ich nicht besonders weit auf meinem Weg gekommen bin.

In letzter Zeit hat sich der Zweifel, ungefragt und keineswegs freundlich eingeladen, und in mir eingenistet. Immer öfter zweifle ich an meinem Handeln, und die Frage, ob ich auf dem richtigen Weg bin, wächst zu einem Berg heran. Immer öfter glaube ich, er wird sich als unüberwindlich herausstellen. Eigentlich hätte ich damit rechnen müssen, dass diese Phase intensiver wird. Auf meinem bisherigen Weg habe ich solche Wochen mehrmals erlebt.

Als ich kurz davor war fuhr ich zu meinem Lieblingssee. Dort traf ich einen Freund, aus alten Tagen. Nach dem üblichen Smalltalk, erzählte ich ihm von der Wendung in meinem Leben und meinen Zweifel. Sofort bekam unser

Gespräch Tiefe. Mit den richtigen Fragen kann er mich motivieren, meinen eingeschlagenen Weg weiterzugehen. Er sagte zu mir, sollte ich ein ernsthafter Suchender sein, dürfte ich dem Zweifel keinen Raum geben. Bestimmt werde ich auf jemanden treffen, der mich eine Zeit lang trägt. Auf meine überraschte Reaktion erwiderte er. Diese Person würde genau dann auftauchen, wenn ich Hilfe brauche und bereit wäre, sie anzunehmen.

Doch mir fehlt an diesem Sonntagmorgen das Vertrauen, dass ich einmal genau den Menschen treffe, der mich von meinen Zweifeln befreit. Während ich vor mich hinträume, fallen mir die Worte meines Freundes wieder ein.

In diesem Zusammenhang fällt mir noch eine Begegnung ein. Auch diese geschah an diesem See.

Nach den üblichen Morgenritualen steige ich ins Auto. Eine Stunde später sitze ich im Schatten eines blühenden Kirschbaums und lasse meinen Atem fließen.

Wie erhofft stört kein Mensch die friedliche Stille. Im Einklang mit mir selbst lasse ich meine Gedanken fließen, bis ein kühlender Wind mein Gesicht berührt. Überrascht unterbreche ich den Fluss meiner freien Assoziationen.

Während ich versuche, bei mir zu bleiben, spüre ich eine ungewöhnliche Präsenz, die bis in die Wurzeln meines Seins reicht.

Irritiert lenke ich meine Aufmerksamkeit nach außen. Etwas Sanftes dringt durch alle Barrieren zu meinem Inneren. Überrascht lasse ich zu. Schließlich glaube ich, jemand kommt auf mich zu und berührt mich. Für einen Moment habe ich das Gefühl, analysiert zu werden. Zum ersten Mal in meinem Leben fühle ich intensiv, etwas Starkes und gleichzeitig Sanftes.

Es wird lange dauern, bis ich dies ein zweites Mal erleben darf.

Langsam öffne ich die Augen und suche forschend nach der Quelle der ungewöhnlichen Schwingungen.

Dann sehe ich sie.

Leichtfüßig kommt sie auf mich zu. Ihre zierliche Gestalt ist im morgendlichen Sonnenlicht mystisch eingehüllt. Ihr goldglänzendes, welliges Haar fällt bis zu den Hüften. Sie trägt ein Kleid, das ihren Körper umspielt und ihre Formen nur erahnen lässt. Das Kleid erinnert mich an einen Sari. Obwohl sie noch einige Meter entfernt ist, zieht sie mich sofort in ihren Bann. Mein Atem beschleunigt sich, ohne dass ich es will. Schließlich steht sie direkt vor mir.

Sie schaut mich mit seltsamen, vielfarbigen Augen an. In dieser Vielfalt der Farben scheint ein goldener Schimmer aufzuflackern. Zwei Schritte von mir entfernt lächelt sie mich an.

Jeder Widerstand in mir verfliegt. Für einen Moment bleibt die Zeit stehen. Ein Kloß in meinem Hals hindert mich daran, die Stille zu brechen. Schließlich setzt sie sich, wie ganz selbstverständlich neben mich.

Etwa eine halbe Stunde sitzen wir schweigend nebeneinander. In dieser Zeit habe ich das Gefühl, dass jeder meiner Gedanken von ihr gewogen wird. Bis heute weiß ich nicht, wie das Ergebnis ihrer Prüfung aussah. Dass ich geprüft werde, spüre ich deutlich. Ebenso weiß ich, dass dieser Moment einzigartig ist, ein Geschenk.

Allmählich wird es lauter um uns herum. Die ersten Besucher bevölkern das Seeufer.

Während ich das Treiben der Menschen beobachte, um mein Gleichgewicht zurückzubekommen, dringt die leise Stimme der ungewöhnlichen Frau an mein Ohr. Sie fordert mich auf, ihr von meinem Leben und meinem Weg zu erzählen.

Mein Leben?

Was soll ich sagen?

Als ich versuche, mein Leben in meinem Verstand zu ordnen, entsteht in meinem Kopf Chaos.

Wo kann ich anfangen?

Ich will auf keinen Fall die Frau neben mir enttäuschen.

Doch was erwartet sie von mir?

Plötzlich hatte ich das Gefühl, dass ich anfangen sollte zu erzählen, wenn nicht im nächsten Moment alles vorbei sein soll.

Ohne zu wissen wohin es führen wird, beginne ich zu erzählen.

Sie blickt mich direkt dabei an, hört schweigend zu.

Irgendwann komme ich zu meinem Geburtstag und erzähle, wie ich beschlossen habe, meinem Leben einen Sinn zu geben. Ich spreche von meinem Weg des Loslassens, von dem Versuch mich einzulassen, und meiner Suche nach der einen Wahrheit.

Schließlich berichtet ich ihr von meinen vermeintlichen Siegen und meinen wiederkehrenden Zweifeln. Je mehr ich mich in die Erzählung vertiefe, desto lauter wird meine Stimme. Doch sie schien das nicht zu stören, ihr Lächeln wurde nur intensiver.

Egal, wie begeistert ich von meinen Fortschritten erzähle, sie schweigt. Wenn ich von meinen Momenten spreche, in denen ich mein Ziel aus den Augen verliere, schweigt sie ebenfalls.

Trotzdem fühle ich die ganze Zeit, dass sie vollkommen bei mir ist.

Irgendwann versiegt mein Redefluss. Ich atme tief durch, bevor ich endgültig verstumme.

Eine Weile schaue ich auf die glänzende Oberfläche des Sees und frage mich, wie es wohl unter der Oberfläche aussieht. Ich bekomme allerdings wie erwartet keine Antwort.

Schließlich wende ich mich der geheimnisvollen Frau zu, gespannt auf ihre Reaktion. Als ich ihr Gesicht betrachte, entdecke ich eine tiefe Ruhe und vollkommene Harmonie.

Ich schließe meine Augen und suche meine Mitte. Das Außen verliert sich im Irgendwo, und Stille umgibt mich. Plötzlich dringt die leise Stimme der ungewöhnlichen Frau an mein Ohr.

»Ich werde deinen Weg ein stückweit begleiten.«

Überrascht unterbreche ich die Stille, die uns umgab, trotz der Menschen um uns herum.

»Wer bist du? Wie ist dein Name?«, frage ich leise.

Dass sie einmal meine Lehrerin werden sollte, wusste ich zu diesem Zeitpunkt nicht. Ich wende mich der Frau, dessen Namen ich noch nicht kannte, und versenke meine Augen in ihre und verliere mich, in einer mir unbekannten Welt, während ich mich frage.

Wieso sie neben sitzt mir?

Weshalb ist sie hier?

Ausgerechnet hier, neben mir!

»Mein Name ist Cara, und ich werde dich auf deiner Reise durch den Fluss des Lebens ein Stück weit begleiten. Ich weiß, du hast versucht, deine Quelle zu finden.«

»Wie kann sie das wissen?«, schießt es mir durch den Kopf.

»In der westlichen Welt gilt die Quelle als Ursprung unseres Lebens. Dort glauben sie, wenn sie genug tief in sich abtauchen, dass sie die Ursache für alles finden. In der östlichen Welt wird die Quelle als Tor der Ankunft oder als Eingang ins Dasein bezeichnet.«

Sie verstummt und schaut über den See. Obwohl alles in mir nach Antworten drängt, tue ich es ihr gleich. Ich lasse mich auf das spiegelnde Sonnenlicht auf der Seeoberfläche ein.

»Wir werden uns an einem anderen Ort treffen, Dominik. Dort werde ich dich lehren.«

Woher kennt sie meinen Namen?

»Wann und wo?«, frage ich irritiert.

»Dies wird sich uns offenbaren«, antwortet sie, eine Spur zu geheimnisvoll für mich.

Bevor ich noch etwas fragen kann, spüre ich Unruhe.

Diesmal geht diese von ihr aus. Verwirrt sehe ich zu, wie sie abrupt aufsteht. Hochaufgerichtet bleibt sie vor mir stehen. Gelassenheit ausstrahlend, legt sie die Hände zusammen, deutet eine Verbeugung an, schaut mich noch einmal direkt an und lächelt. In ihren Augen glaube ich für einen Augenblick eine Botschaft lesen zu können, die ich jedoch nicht einordnen kann. Diese rätselhafte Begegnung motiviert mich, ein vernachlässigtes Ritual wiederaufzunehmen.

Schon am nächsten Morgen setzte ich mich beim Sonnenaufgang in meinen Garten. Dort hatte ich mir einen besonderen Platz geschaffen. An diesem Ort fand ich einen neuen Zugang zur Meditation. Ungefähr eine halbe Stunde meditierte ich.

Eine Stunde später sitze ich entspannt am Frühstückstisch, als sich mein Smartphone mit Beethovens Sechster meldet. Mit einem Blick auf den Bildschirm sehe ich; Hartmut, genannt Hardy, ruft an.

Nach kurzem Zögern lasse ich ihn mit einer wischenden Handbewegung in meine Privatsphäre. Nach dem üblichen Geplänkel fordert Hardy mich auf, ihn am Abend zu besuchen. Meinen Einwand, ich hätte bereits Pläne, wischt er beiseite. Seine zweideutigen Andeutungen erwecken meine Neugier, und so stimme ich schließlich zu.

Am Abend fahre ich ohne großen Aufwand zu meinem Freund. und gehe auf sein Haus zu. Klingeln ist unnötig, Hardy steht bereits im Türrahmen. Strahlend kommt er mir entgegen, umarmt mich und klopft mir freundschaftlich auf die Schulter. Sofort fühle ich mich willkommen.

Gemeinsam betreten wir sein Haus. Als häufiger Gast weiß ich, wo das Wohnzimmer ist, und gehe voraus. Doch kaum habe ich den Raum betreten, bleibe ich abrupt stehen. Es ist, als hätte ich gegen eine unsichtbare Wand gestoßen. Auf der Sofalandschaft sitzt Cara, die mir kürzlich am See begegnet ist. Auch hier umgibt sie eine tiefe spirituelle Aura.

Fassungslos und beeindruckt starre ich sie an.

Nie hätte ich gedacht, sie so schnell wiederzusehen.

Sie trägt auch diesmal ein indisches Gewand. Während wir uns wortlos ansehen, spüre ich genau dieselbe seltsame Verbindung, wie am See.

»Dominik, darf ich dir meinen Gast vorstellen?«, fragt mich lächelnd Hardy.

Bevor ich antworten konnte, nimmt er mir die Antwort ab.

»Das ist Cara, und sie hat eine sehr weite Reise hinter sich.« Unschlüssig, ich weiß nicht was ich erwidern soll, lege ich die Hände zusammen, verbeuge mich leicht und begrüße sie schweigend.

Cara lächelt, erhob sich, führte die Innenhandflächen zusammen und sagt sanft.

»Namaste.«

Wie bei unserer ersten Begegnung nimmt mich ihre Stimme gefangen. Weich und dunkel hallt sie in meinen Ohren wider. Cara setzt sich. Mit einem flüchtigen Wink gibt sie mir zu verstehen, dass ich mich ihr gegenübersetzen soll. Leicht verunsichert komme ich ihrer Aufforderung nach. Kaum sitze ich, atme ich tief ein und langsam aus. Will auf diese Weise den Stress hinter mir lassen. Langsam finde ich mein Gleichgewicht wieder.

Die Überraschung ist ihr gelungen, und ich frage mich, woher sie Hartmut kannte. Ich schaue meinen Freund auffordernd an. Aus den Augenwinkeln bemerke ich, dass das Lächeln auf Caras Gesicht eine zustimmende Nuance annimmt.

»Hardy, woher kennst du Cara?«

»Das ist eine längere Geschichte«, erwidert mein Freund lachend, »willst du sie hören?«

Erstaunt frage ich mich, ob es ihm deutlich ist, welchem Moment er beiwohnt.

»Nun da ich schon da bin. Ich habe Zeit«, sage ich und sehe Cara an, »und wenn Cara einverstanden ist, möchte ich sie hören.«

Viele interessante Stunden später weiß ich, dass das Schicksal oft seltsamere Wege einschlagen kann, als ich mir jemals hätte vorstellen können. Als sich die Nacht dem Ende zuneigt wird unser Gespräch einsilbiger.

»Wollen wir nicht gemeinsam meditieren«, fragt Cara unerwartet.

»Ich denke nicht. Ich habe ein bisschen zu viel Wein getrunken, um mich darauf einlassen zu können«, wehrt Hardy ab, »ich gehe ins Bett und versuche, noch ein wenig zu schlafen. gerne könnt ihr noch meditieren«, er schaut durch die offene Terrassentür hinaus, »vielleicht könnt ihr dann sogar den neuen Tag begrüßen.«

Hardy erhebt sich aus seinem Sessel und verabschiedet sich. Für meinen Geschmack ein bisschen zu überschwänglich. An dem glücklichen Ausdruck auf seinem Gesicht erkenne ich, dass er erfolgreich eine Aufgabe erledigt hat und diesen Abend nie vergessen würde.

Obwohl ich mehr Wein genossen habe, als es für einen klaren Verstand gut ist, will ich die Gelegenheit, mit Cara allein zu sein, auf keinen Fall verpassen.

Nachdem Hardy die Wohnzimmertür hinter sich geschlossen hat, schaut Cara mich auffordernd an. Ohne zu zögern stehe ich auf und gehe auf die Terrasse. Cara folgt mir, und gemeinsam greifen wir nach den Kissen, die auf den Bistrostühlen liegen. Der silberne Mond taucht die Terrasse in ein fahl schimmerndes Licht.

Nach kurzer Orientierung legt Cara ihr Kissen auf eine Steinplatte. Ich folge ihrem Beispiel. Wir setzen uns, und ich blicke hinauf ins Universum. Während ich im Anblick der Sterne versunken bin, taucht eine Frage in mir auf, der ich gerne Freiheit geben würde.

»Hat es eine besondere Bedeutung, dass wir so früh meditieren?«, frage ich und schaue weiter zum sternenklaren Himmel hinauf.

Stille.

»In der Regel meditiere ich am Abend und nicht in der Nacht.«

»Hast du schon einmal vom Ch'i gehört?«

Zum ersten Mal wird mir die einfühlsame Melodie ihrer Sprechweise bewusst. Das Wort Ch'i dringt in mein Bewusstsein, und eine innere Schublade öffnet sich, in der mein begrenztes Wissen über das Ch'i liegt.

»Tatsächlich habe ich vor kurzem etwas darüber gelesen«, sage ich mit einem Anflug von Übermut in der Stimme, weil ich glaube, etwas zu wissen.

»Das Ch'i ist eine vitale Energie; sie ist die Lebenskraft, der kosmische Geist, der alles durchdringt.«

Deutlich sehe ich im hellen Mondlicht ein Lächeln auf Caras ovalem Gesicht auftauchen.

Habe ich etwas Falsches gesagt?

»Dominik, du hast sicherlich viel gelesen. Ja, das Ch'i ist der Atem der Welt. Fühlst du es? Es ist verantwortlich für Wachstum. Wenn du ein- und ausatmest, wird es ein Teil von dir. Wenn die Luft in dir zirkuliert, stärkt sie dein Ch'i. Am Anfang des Universums war diese kosmische Energie eins. Doch aus uns nicht bekannten Gründen, vielleicht weil alles fließt, zerfiel diese Kraft schließlich in zwei Teile.«

Während Cara dies mir erklärt, glaube ich zu sehen, dass ihr Körper von einer hellen Aura umhüllt ist. Fasziniert und neugierig hänge ich an ihren Worten, die sich von ihren dunkelroten Lippen lösen und zu mir kommen.

»Die Kraft zerfiel in das Yang-Ch'i, welches hell und klar ist, und das Yin-Ch'i, welches schwer und trüb ist. Das Yang-Ch'i stieg hinauf und wurde zum Himmel. Das Yin-Ch'i sank hinab und wurde zur Erde.«

Cara öffnete ihre zuvor geschlossenen Augen und sah mich mit einem überirdischen Blick an.

»Nun zu deiner Frage, warum wir jetzt meditieren. Zu dieser Zeit ist das Ch'i am stärksten. Wenn wir es jetzt einatmen, dann wirkt das jede Nacht erneuerte, unverbrauchte Ch'i am stärksten in uns.«

Cara schaut hinauf zum Mond und gibt mir Gelegenheit, das Gehörte zu verarbeiten.

»Tatsächlich hat deine Frage etwas mit dem Atemrhythmus von Himmel und Erde zu tun. Der Himmel atmet von Mitternacht bis Mittag reines, lebendiges Ch'i aus, während die Erde von Mittag bis Mitternacht das tote, verbrauchte Ch'i einatmet und es wandelt. Also kommt der Mensch von Mitternacht bis Mittag mit dem kraftvollen Ch'i in Berührung. Dies ist der Grund, weshalb ich nach Mitternacht meditiere. Schau zum Sternenhimmel, atme ein und spüre die positive Energie.«

Cara hat mir die ganze Zeit in die Augen gesehen, und ich glaube, Gold darin zu erkennen. Keine Ahnung, was das bedeutet, doch es fasziniert und irritiert mich zugleich.

»Lass uns nun gemeinsam meditieren.«

Sie wartet nicht auf eine Erwiderung meinerseits, wendet sich von mir ab, nimmt den Lotussitz ein und schließt die Augen. Zögernd tue ich es ihr gleich. Mein Lotussitz ist nicht perfekt, aber immerhin.

Ich schließe die Augen, folge meinem Atem und spüre den Kräften des Himmels nach. Obwohl ich weiß, dass dies nicht der Weg ist, kann ich es nicht verhindern. Tausend Gedanken über Caras Worte schwirren mir durch den Kopf und suchen nach einer Antwort.

Etwas, was Cara erwähnt hat, hält sich besonders hartnäckig in meinem Kopf.

Muss ich mit dem Herzen denken, um wirklich zu verstehen? Kommen und gehen.

Irgendwann lasse ich alles fallen und entspanne mich. Alles verliert an Bedeutung. In mir entsteht Leere. Keine Ahnung, wie viel Zeit vergeht, plötzlich spüre ich Wärme und ein strahlendes Licht vor meinen geschlossenen Augen. Verunsichert bemühe ich mich, beides zu ignorieren.

Ich fühle mich gut und bin nicht gewillt, loszulassen. Eine solche Tiefe habe ich noch in keiner Meditation erfahren. Noch nie habe ich mich so eins mit allem gefühlt. Um diesen Zustand festzuhalten, lausche ich meinem Atem nach.

Schließlich siegt die mich umgebende Welt, und ich öffne mich dem erwachenden Tag. Vorsichtig schlage ich die Augen auf und blicke direkt in die Sonne. Geblendet senke ich rasch meinen Blick. Allmählich gewöhnen sich meine Augen an die Helligkeit. Ich schaue zum Himmel und erinnere mich an Caras Worte, während ich beobachte, wie die Sonne langsam den Tag erobert.

Mit etwas Mühe erhebe ich mich, lege meine Hände aufeinander und sende der aufgehenden Sonne einen stummen Willkommensgruß. Danach schaue ich zur Seite, Hoffe Cara sitzt noch neben mir. Doch der Platz neben mir ist leer.

Wieso?

Enttäuschung breitet sich in mir aus.

Ohne Abschied?

Cara kann sich doch nicht einfach in Luft auflösen.

Während das Gefühl des Verlustes mich überkommt, stehe ich auf und gehe ins Haus.

Der Duft von frischem Kaffee steigt mir in die Nase, und meine trübe Stimmung hellt sich ein wenig auf. Also ist sie nicht weg, sondern in der Küche und bereitet Frühstück vor, denke ich erleichtert. Ein warmes Glücksgefühl durchströmt mich, während ich dem Klappern des Geschirrs lausche.

»Ich gehe kurz ins Bad, dann bin ich bereit«, rufe ich in die Leere des Raumes.

»Ist gut«, hörte ich Hardys Stimme aus der Küche.

Zwanzig Minuten später sitzen Hardy und ich am Tisch in der Wohnküche.

Ohne Cara.

Nur langsam beginne ich zu akzeptieren, dass sie ohne Abschied gegangen ist.

Warum?

»Weißt du, wohin Cara gegangen ist?«, frage ich Hardy so neutral wie möglich, während ich ins Brötchen beiße.

»Nein, aber sie hat sich von mir verabschiedet. Du warst wohl in einer anderen Welt, und sie meinte, das sei gut so, wir sollten dich nicht stören. Für dich, Dominik, hat sie einen Brief hinterlassen. Er liegt im Wohnzimmer.«

»Warum hast du das nicht gleich gesagt?«

Den aufsteigenden Ärger unterdrückend, lege ich mein angebissenes Brötchen auf den Teller. Mit einer heftigen Bewegung schiebe ich den Stuhl zurück und stehe auf. Mit einem Blick zu Hardy hinüber versuche ich, ihm meinen Ärger zu übermitteln. Nach dieser hektischen Aktion gehe ich ins Wohnzimmer und entdecke auf dem Couchtisch den Umschlag. Hastig greife ich danach, als könne er jeden Moment verschwinden.

Kaum halte ich ihn in den Händen, durchströmt mich ein Gefühl der Ruhe. Langsam öffne ich den Umschlag und nehme den Brief heraus. Lange betrachte ich ihre Handschrift, die Stärke und Klarheit ausstrahlte. Nachdem ich wenige Worte gelesen habe, taucht Caras Bild vor meinem inneren Auge auf.

Ein gutes Zeichen, denke ich.

Allmählich finde ich meine Mitte wieder. Die Vorstellung, dass ich sie wiedersehen werde, half mir dabei. Eines wusste ich tief in meinem Herzen, von nun an würde sie ein wichtiger Teil meines Lebens sein.

Ohne Hast lese ich ihren Brief, und während ich den Inhalt in mich aufnehme, scheint alles um mich herum in einem eigenartigen Nebel zu versinken. Erstaunt nehme ich das wahr und versuche, in den Nebel hineinzusehen. Einer meiner Sinne sagt mir überdeutlich, dass sich etwas darin verbirgt. Ich schaue intensiver in den Nebel hinein und tatsächlich entdecke ich eine schlanke Gestalt.

Schemenhaft steht sie mir gegenüber, es ist– Cara.

Die Nebelwand lichtet sich, und ich blicke mit klopfenden Herzen in ihre unergründlichen Augen. Sie scheint auf etwas zu warten. Auf was, weiß ich nicht. Darüber nachzudenken erscheint mir sinnlos, denn ich spüre die Kraft einer tiefen Verbundenheit, die zwischen uns hin und her strömt.

Wie lange dieser Zustand anhält, kann ich nicht sagen, dann ist der magische Moment vorüber. Für einen flüchtigen Augenblick kommt es mir so vor, als würde Cara ihren Mund bewegen.

Will sie mir etwas sagen?

Vielleicht.

Doch bevor ihre Worte meine Ohren erreichen, verschwinden Cara und der Nebel. Zurück bleibt Enttäuschung.

Es dauert eine Weile, bis meine vertraute Umgebung wieder in den Vordergrund tritt. Mit feuchten Augen konzentriere ich mich auf den Brief in meiner Hand, der sich plötzlich seltsam fremd anfühlt, und lese weiter. Mit jedem Wort spüre ich, wie sich ein Teil von mir verändert.

Das unkontrollierte Schlingern des Autos reißt mich aus meinen Gedanken. Erschrocken blicke ich aus dem Fenster, um mich zu vergewissern, dass alles in Ordnung ist.

Ich muss mich näher zur Scheibe beugen, um einen besseren Überblick zu bekommen. Schließlich wird mir der Grund für Boris' seltsame Fahrweise klar. Die asphaltierte Straße hat ihr natürliches Ende gefunden. Wir haben die Zivilisation endgültig hinter uns gelassen. Ein kurzer Blick zu Boris verrät mir seine Anspannung. Er kämpft offensichtlich damit, auf dem unebenen Schotterweg die Spur zu halten, weshalb er in unregelmäßigen Abständen die Bremse betätigt.

Zögerlich kommt unser Auto zum Stehen.

Erleichtert, dass keine unmittelbare Gefahr besteht, lasse ich meinen Blick durch die Frontscheibe schweifen und bleibe an einem von Wind und Regen verwitterten Schild hängen. Ein Pfeil zeigt grob in Richtung Osten, begleitet von kaum lesbaren kyrillischen Buchstaben. Da mir die russische

Schrift nicht vertraut ist, kann ich nicht entziffern, wie der Ort heißt. Unter den Buchstaben entdecke ich eine tief ins Holz eingeschnitzte Zahl. Trotz der Verwitterung kann ich sie erkennen: Siebzehn.

Noch siebzehn Kilometer, folgere ich scharf.

Wir sind also kurz vor der Stadt, die wir suchen.

»Wir sind bald da«, höre ich Boris rufen, »na, wie sieht's aus, Freunde? Haltet ihr die letzten siebzehn Kilometer noch durch?«

Offensichtlich hat auch er dieselben Schlüsse gezogen wie ich.

»Natürlich!«, kommt die einstimmige Antwort von uns allen. Boris startet den Motor und setzt unsere Reise mit gemächlicher Geschwindigkeit fort.

Stille.

Um ihr die Herrschaft zu nehmen, stimme ich ein allen bekanntes Lied an. Gemeinsam freuen wir uns aufs Ankommen. Unsere momentane Begeisterung hätte allerdings einen Dämpfer erhalten, wenn uns zu diesem Zeitpunkt unser zukünftiges Schicksal, das sich mit dem Eintreffen in der Stadt manifestieren würde, bewusst gewesen wäre.

Während Boris mit einer erträglichen Geschwindigkeit für Mensch und Maschine auf der holprigen Straße weiterfährt, unterbreche ich meinen Gesang. Auch die anderen verstummen.

Lachend stelle ich fest.

»Es wird nicht mehr lange dauern, und das Leben wird für uns eine jetzt noch unbekannte Wendung nehmen.«

Bist du schwach, dann werde stärker.
Bist du unwissend, dann höre zu.
Werfe deinen Ballast ab.
Alles ist Zeit im Raum.

Nirwana.

Die Sprachmelodien die sich in meinem Verstand ausbreiten sind mir vertraut.

Cara!

Werde ich nun öfter Botschaften von ihr empfangen?

Es gibt Menschen, die behaupten es wäre sinnlos
über das Woher, Wohin, Warum nachzudenken.
Dieselben Menschen gehen durch die Welt,
ohne Ziel und Plan.

8
Nichtwissen,
bedeutet nicht verstehen

Vielleicht sollten wir, du und ich, kurz innehalten.
Ist es nicht an der Zeit, etwas Persönliches über
meine Begleiter zu erzählen?
Möglicherweise gibt uns dieser kurze Zwischenstopp die Gelegenheit, unsere Gedanken über das bisher Gelesene zu verinnerlichen. Alternativ könntest du auch zu der einen oder anderen Stelle zurückblättern.

Da wir über Jennifer schon einiges wissen, will ich zuerst etwas Licht in das Leben von Sandra und Boris bringen.

Sandra ist eine Jugendfreundin von Jennifer. Auffällig an ihr ist, dass sie trotz ihrer zierlichen Statur ein überbordendes Temperament besitzt. Jeder, der sich auf eine Diskussion mit ihr einlässt, kann schnell als klein erscheinen.

Sandra ist wahrheitsliebend, tolerant, warmherzig, geduldig und im Sternzeichen Löwe geboren. Je nach Tagesform erreicht sie eine Größe von etwa einem Meter dreiundsechzig. Mit ihrem Selbstvertrauen überragt sie jedoch jeden Hünen.

Sollte ich ihr Alter schätzen müssen, würde ich sagen, dass sie etwa vierunddreißig Jahre alt ist. Doch ich schätze lieber nicht. Denn in solchen Dingen bin ich nicht gut. Ebenso wenig wie ich mir merken kann, wie viele Geburtstage wir bereits mit ihr gefeiert haben.

Ihr schwarzes, volles Haar, das ihr schmales, gebräuntes Gesicht einrahmt, verwandelt sie mehrmals im Monat in eine besondere Frisur. Ihre Augen sind grün, ihre Lippen schmal und immer dezent geschminkt. Wenn jemand sie mit einem

Wortschwall oder unqualifizierten Bemerkungen konfrontiert, zeigt sie eine Reihe perfekt weißer Zähne, um anschließend gezielt Fragen zu stellen. Damit bringt sie ihre jeweiligen Gesprächspartner zielsicher aus dem Konzept.

Sandra ist gebildet und in den unterschiedlichsten Bereichen außergewöhnlich gut informiert. Ihre Berufung sowie ihr Beruf ist die Allgemeinmedizin. Im Umgang mit Menschen kann sie ihr Einfühlungsvermögen, ihre Erfahrung, ihr Wissen und ihr Redetalent am besten ausleben. Ihr Freund zu sein, ist für mich und mein Leben ein Gewinn.

Nun zu Boris.

Die Freundschaft mit Boris begann während einer Geschäftspartnerschaft. Nach einem erfolgreichen Deal feierten wir gemeinsam den Erfolg, indem wir durch die Altstadt zogen. Irgendwann nach Mitternacht strandeten wir schließlich in einem Nachtlokal. Wir bestellten eine Flasche erstklassigen Scotch und begannen zu philosophieren.

In einer Bar, spät in der Nacht.

Wie verrückt muss man sein?

Schnell stellten wir fest, dass wir auf derselben Wellenlänge lagen. Mir gefiel seine Einstellung zum Leben. Er selbst nennt sich einen geborenen Lebenskünstler. Nichts kann ihn erschüttern.

Einige seiner positiven Eigenschaften sind:

Er ist umgänglich, direkt, kann zur rechten Zeit schweigen, großzügig und gelassen bis zur Schmerzgrenze. Er ist sportlich und, wie seine Frau, auf vielen Gebieten gut informiert und mit unübersehbarem Selbstvertrauen gesegnet.

Er wurde im Sternzeichen Waage geboren und feierte vor kurzem, soweit ich mich erinnere, seinen fünfunddreißigsten Geburtstag.

Eine angenehme Eigenschaft an ihm ist seine Freiheitsliebe. Ich habe noch nie erlebt, dass er jemandem seinen Freiraum nicht gönnt, den er allerdings auch für sich beansprucht. Dies bedeutet eine gewisse Distanz zu den Menschen und Dingen, die ihm unbekannt sind.

Seine dunkelbraunen Haare sind seit seiner Pubertät, wie er mir erzählte, auf Streichholzlänge gestutzt. Er meint, dies verleihe ihm einen militärischen Touch, der ihm die gewünschte und benötigte Distanz verschafft. Wegen dieser Eigenschaften fiel es ihm zunächst nicht leicht, zusammen mit mir einen neuen Weg zu gehen.

Ohne Umschweife machte er mir klar, was er von einem esoterischen Weg hielt. Seiner Meinung nach tummeln sich zu viele Nepper, Schlepper und Bauernfänger unter dem Label „Esoterik". Die meisten Esoteriker streben nach Macht und Geld, nicht mehr und nicht weniger.

Als ich ihm von meinen bisherigen Erfahrungen erzählte, gab er zu, dass nicht alles Lüge sein muss und dass wir oft nicht alles verstehen.

Für mich ist seine Skepsis akzeptabel, wenn auch nicht ganz ohne Eigennutz. Denn sie lässt mich ab und zu innehalten. Außerdem wusste ich, dass uns im Leben zwei Menschengruppen begegnen; Lehrern und Freunden. Für mich ist er bis heute beides.

Sein Vater hatte ihn mehr oder weniger zu einer soliden Banklehre gezwungen, da dieser der Ansicht war, diese würde ihm festen Halt geben. Diese Vorstellung blieb jedoch eine Illusion. Kaum hatte sich Boris abgenabelt, verließ er seinen scheinbar sicheren Job und ging an die Börse. Dort war er, wie nicht anders zu erwarten, äußerst erfolgreich. Hier, so erklärte er mir, könne er seine Spielernatur optimal ausleben. In den Jahren an der Börse landete er einige großartige Coups (an einem davon war ich beteiligt) und erwarb so einen nicht unerheblichen Reichtum.

Kommen wir nun zu Jennifer.

Meine Frau ist zurückhaltend, auf andere zuzugehen fällt ihr nicht immer leicht.

Bei genauerer Betrachtung ist ihre Einstellung zur Welt eigentlich das Gegenteil von meiner. Sie spricht nicht viel. Doch wenn sie etwas sagt, dann ist es wichtig. Nur selten verliert sie das in ihr ruhende Gleichgewicht.

Jennifer ist hochgewachsen, exakt einhundertachtzig Zentimeter, und außergewöhnlich schlank, wodurch sie größer wirkt, als sie ohnehin schon ist. Ihr blondes, etwas dünnes Haar umrahmt ein schmales Gesicht, das von wunderbaren, großen blauen Augen ergänzt wird. Ihre Lippen sind voll und rot. Ihr Sternzeichen ist Stier, vielleicht der Grund für ihre Geduld mit mir. Sie ist sanft, mitfühlend, dankbar, religiös, bodenständig und eine gute Zuhörerin. Wenn sie sich ein Ziel setzt, lässt sie sich nicht mehr so einfach davon abbringen. Sie ist die perfekte Begleiterin auf meinem Weg.

Nun zu mir.

Über mich will und kann ich kein großes Aufsehen machen. Ich bin.

Eine Bemerkung doch; in meiner Kindheit fühlte ich mich unbesiegbar und glaubte zu gewinnen, wie selbstverständlich, gegen alle meine vermuteten Feinde. Mein unerschütterliches Selbstvertrauen ist der Verdienst meiner Mutter.

Zu gewinnen und nicht aufzugeben, war ein Teil meiner Erziehung.

Mein Vater beobachtete mich aus der Distanz und griff nur sporadisch in mein Leben ein.

In den letzten Jahren lernte ich trotz meiner beschützenden Eltern schmerzhaft das Wort „Niederlage" kennen.

Es gibt Zeiten, da fühle ich mich wie Don Quijote, und manchmal wie ein Gott.

Heute danke ich meinem Schicksal dafür, denn genau dieser Zwiespalt haben mich zu dem Menschen geformt, der ich heute bin.

131

Das Wasser im Krug ist hell.
Das Wasser im Meer ist dunkel.
Die kleine Wahrheit ist klar und durchsichtig.
Die große Wahrheit ist unergründliches Schweigen.

9
Nichts ist, wie es scheint

Endlich!
Beim letzten Stopp habe ich den Platz hinter dem Steuer wieder mit Boris getauscht. Für ihn ein Glücksfall, denn die letzte Etappe erweist sich als alles andere als einfach. Was sich Straße nennen will, ist nur noch angedeutet. Ein steiler Abhang zwingt mich zum Anhalten. Die Strapazen der ständigen Konzentration auf die vor mir liegende Strecke haben ihren Tribut gefordert.

Mein erster Blick durch die Windschutzscheibe belohnt mich jedoch. Eine offensichtlich unberührte, grüne Landschaft breitet sich vor mir aus. Am fernen Horizont ragen hohe, schneebedeckte Berge in den Himmel. Ein wolkenloser, blauer Himmel verleiht dem Ganzen etwas Märchenhaftes.

Um mich ganz auf die Landschaft einzulassen, steige ich aus dem Auto und blicke über das weite Tal unter mir. Mein erster Eindruck ist, dass das Tal nur aus Wald besteht. Vielleicht zwei- oder dreihundert Meter Luftlinie entfernt entdecke ich die Reste einer halbhohen Mauer, die graue, halbzerfallene Häuser umschließt. Alles scheint dem Zerfall preisgegeben zu sein.

»Nicht mehr lange, und wir sind am Ziel«, sage ich zu Boris, der plötzlich neben mir auftaucht.

Die Anhöhe, auf der ich stehe, ist etwa achtzig Meter über dem Tal. Schon seit meiner Jugend habe ich mir angewöhnt, erstmal einen möglichst großen Überblick über ein neues Gebiet zu bekommen. Sicherheit ist wichtig, nicht nur für mich, sondern bestimmt auch für alle anderen.

Das Tal liegt vor mir, und ich teile es in imaginäre Quadrate ein, um alles besser erfassen zu können. Sorgfältig nehme ich so viele Details wie möglich auf und zerlege jedes Quadrat nochmal in kleinere Abschnitte. Das Gesehene speichere ich im Kopf ab.

Nachdem ich damit fertig bin, richte ich meinen Blick auf die fast komplett zerbrochene Mauer. Langsam lasse ich meinen Blick darüber gleiten und kann kaum glauben, was ich sehe. Der Anblick hinter der Stadtmauer erschüttert mich total. So zerfallen hatte ich mir die Stadt nicht vorgestellt.

Eigentlich hätte der Name unseres Ziels eine Warnung sein müssen. Ragnarök!

Nomen est omen.

Irgendwo in meinem Hinterkopf gestehe ich mir ein, dass ich beim Lesen des seltsamen Buches verdrängt habe, wie weit dieser Ort wirklich von jeder Zivilisation entfernt ist. Ein vergessenes Stück Erde!

Eine zivilisierte Stadt habe ich nicht erwartet, aber was sich jetzt vor meinen Augen ausbreitet, übertrifft meine düstersten Vorstellungen. Hinter der zerbrochenen Mauer sehe ich zwischen wenigen noch erhaltenen Häusern nur Trümmer. Die im Buch detailliert beschriebene Stadt, einst bewohnt von Göttern, Magiern und lebenslustigen Menschen, ist nur noch ein Scherbenhaufen. Natürlich habe ich nicht erwartet, genau das vorzufinden, was im Buch stand, aber das Ausmaß der Zerstörung lässt mich sprachlos. Noch einmal lasse ich den Namen Ragnarök auf meiner Zunge zergehen. Wie beim ersten Mal löst das Wort die verschiedensten Gedanken und Vorstellungen in meinem Kopf aus. Seltsamerweise hat der Name, als ich ihn das erste Mal las, Hoffnung auf Antworten geweckt. Vielleicht, so hoffe ich, würde ich, wenn ich erstmal in der Stadt bin, wenigstens auf einige meiner drängendsten Fragen Antworten bekommen.

Die Stadt kann zwar nicht mehr als solche bezeichnet werden, aber vielleicht lebt der einstige Geist noch in den

Trümmern. Dieses Stück Welt muss einfach etwas Besonderes sein.

Warum sonst hat mich mein Schicksal hierhergeführt?

Um mich abzulenken, denke ich darüber nach, welche Bedeutung Ragnarök in der Mythologie hat. Ragnarök gilt als der Ort, an dem die Schlacht zwischen den Göttern und den Riesen stattfand. Damals eskalierte der Konflikt zwischen zwei Weltbetrachtungen. Die Gegensatzpaare Gut und Böse, Wachsein und Schlafen, Wissen und Nichtwissen wurden von Göttern und Riesen unterschiedlich interpretiert.

Während diese mythologische Erzählung in meinem Kopf herumschwirrt, frage ich mich immer wieder: Was ist richtig, was ist falsch? Schließlich denke ich an meinen eigenen Kampf. In mir brodelt seit Langem die Frage nach dem Sinn des Lebens. Dabei gerate ich immer wieder in eine Schleife: Frage – Antwort, Antwort – Frage. Ein ständiges Hin und Her.

Oft fällt es mir schwer, in dieser Situation zu glauben, dass es nur die eine richtige Antwort gibt. Mein innerer Kampf nennt sich Dualität. Die Welt ist Dualität. Lange suche ich schon zwischen den zwei Fronten nach einer Lösung. Während ich diesen Zwiespalt erlebe, bin ich auf der Suche nach einem anderen Weg. Tief in mir taucht ein Gefühl auf, und ich glaube zu verstehen: Ich muss Neues zulassen, einen dritten Weg einschlagen. Nur so werde ich meinen inneren Konflikt befrieden können.

In der Götterdämmerung wird ausführlich über den erbarmungslosen Kampf der Götter berichtet, der das Ende der bisher bekannten Welt einläutete. Bin ich nicht auch auf diesem Weg? Ich muss bisher als Tatsache Geglaubtes zerstören, um neu zu beginnen.

Nichts ist so beständig wie der Wandel, kommt mir in den Sinn. Ein kühler Wind, der nach feuchter Kiefer riecht, weht zu mir herüber und erinnert mich daran, dass es spät wird.

Während der Wind weiterzieht, fallen meine Gedanken in alte Muster zurück.

Wie wird meine Zukunft aussehen?

Welche meiner Schlachten werde ich gewinnen?

Die Negativen?

Die Positiven?

»Grüble nicht, vertraue, alles wird gut«, flüstere ich leise.

Genauso überraschend, wie der Windstoß mich aus meinen Gedanken gerissen hat, herrscht nun Windstille. Irritiert versuche ich, das Geschehene einzuordnen.

Sollte mich auf diesem Weg eine subtile Botschaft erreichen? Konnte es an diesem Ort noch Mystik geben?

Der aufgekommene Zweifel fällt von mir ab, und ich bin sicher; es ist kein Zufall, dass wir genau hier sind. Vielleicht liegt das Wahre, das Geheimnis, welches ich suche, irgendwo hier verborgen. Unter all dem Schutt.

Welcher Phönix wird aus diesen Trümmern emporsteigen?

Werde ich diesem Geschehen beiwohnen?

Seit langer Zeit hat kein Mensch diesen Ort betreten, und vielleicht bricht unser Hiersein eine Quelle auf und befreit bisher ruhende Kräfte. Die Vorstellung entspannt mich ein Stück weit, und ich schaue zum fernen Horizont.

Das Gebirge im Westen, das scheinbar den Himmel berührt, erhält plötzlich eine unerwartete Qualität. Beim Anblick des Felsenmassivs habe ich den Eindruck von Abgeschlossenheit und Eingrenzung.

Aus Büchern weiß ich, dass solche Berge früher als natürliche Grenze gegen äußere Feinde galten.

Dieses Gebirge erfüllt diese Aufgabe perfekt. Bestimmt haben die Erbauer deshalb genau diesen Platz für ihre Stadt gewählt.

»Hey, was träumst du vor dich hin? Lass uns ins Tal fahren. Wir wollen vor dem Einbruch der Dämmerung die Zelte aufbauen. Dort drüben«, sagt der Mensch neben mir und zeigt nach links, »scheint ein Pfad zu sein, auf dem wir unser Auto nach unten fahren können.«

Es ist mal wieder Boris, der mich aus meinen nicht wirklich zielführenden Gedanken reißt.

»Gib mir bitte noch einen Moment, Boris. Ich bin dabei mir einen Überblick zu verschaffen und noch nicht mit meiner Bestandsaufnahme fertig.«

Ohne auf eine Antwort von Boris zu warten, lasse ich das Tal erneut auf mich wirken. Vielleicht habe ich doch etwas Wichtiges übersehen. Tatsächlich entdecke ich zwischen den zerstörten Häusern, dem vertrockneten Gras, den Farnen und Sträuchern eine freie Fläche. Wahrscheinlich handelt es sich um den Marktplatz der Stadt, vermute ich.

Mir drängt sich der Eindruck auf, dass die Natur diese Fläche meidet. Die Frage, warum, verschiebe ich auf später. stattdessen lasse ich meinen Blick weiter schweifen.

Im Süden des Tals bilden hochgewachsene Bäume mit breiten Wipfeln eine Grenze. Mit viel Fantasie kann ich eine breite Allee erahnen, die bereits weitgehend von der Natur zurückerobert wurde. Offensichtlich führt die Straße in die Stadt.

Mit meinen Augen folge ich dieser in die verfallene Stadt. Erneut muss ich staunen; mein Herz macht einen kleinen Sprung. Ich sehe, dass die Allee, die die Mauern der Stadt hinter sich lässt von der Natur unbehelligt bleibt. Sie endet am Marktplatz. Während ich all das auf mich wirken lasse, entdecke ich einen Brunnen mitten auf dem Marktplatz, in dessen Mitte eine merkwürdige Skulptur dominiert. Von meinem Standort aus kann ich sie nicht richtig einordnen. Plötzlich, während ich die Szenerie betrachte, entsteht ein Kurzfilm in meinem Kopf.

Eine bunte Menschenschar bewegt sich selbstbewusst über den Platz. Frauen haben sich um den Brunnen versammelt und waschen Wäsche. Männer verhandeln lautstark um ihre Waren zu verkaufen.

Bauern aus dem Umland bieten ihre Tiere und Gemüse an. Pures, lebendiges Treiben überall.

Mein Verstand nimmt die Szene auf, um sie abzuspeichern.

Etwas abseits des zentralen Platzes steht eine Kirche. Zu meiner Überraschung wirkt sie unversehrt, als hätte sie sowohl dem Zahn der Zeit, als auch den Kräften der Natur standgehalten. Die Hoffnung, in dieser Kirche eine spirituelle Antwort zu finden, verstärkt sich in mir.

Gegenüber der Kirche, genau auf der Nord-Süd-Achse, wie mir warum auch immer, bewusst wird, ragt ein gewaltiger Turm in den Himmel. Für einen Moment habe ich das Gefühl, als sei er aus den Trümmern der Stadt emporgewachsen. Das verschüttete Wissen, das ich aus dem Buch des Suchers kenne, drängt sich in mein Bewusstsein.

Dieser Turm wurde erbaut, um ein Gegengewicht zu schaffen. Warum und weshalb ist mir im Moment nicht klar. Doch der Turm, den ich als Wehrturm deute, überragt trotz seines baufälligen Zustands, den Kirchenbau.

Imposant erhebt sich der Turm auf einem stufenförmigen Sockel. Dieser Sockel ist quadratisch. Ungefähr hundert mal hundert Meter.

Dieses Bauwerk muss die Menschen beeindruckt haben, die einst die Stadt bevölkerten. Je länger ich den Turm betrachte, desto mehr entsteht das Gefühl in mir, dass da mehr ist, als es auf den ersten Blick aussieht. Eine spürbare Kraft strahlt von diesem Bauwerk aus.

Für einen Moment glaube ich, einen starken Willen zu spüren, der über diesem Teil der Stadt herrscht.

Mit einem Lächeln versuche ich, mich zu entspannen. Im Moment, als ich mich abwenden will, höre ich plötzlich Musik. Ich lausche genauer hin. Irgendetwas in der Melodie erinnert mich an eine Balalaika.

Ich schließe die Augen und lasse die Musik auf mich wirken. Je länger ich lausche, desto tiefer zieht sie mich in ihren Bann.

Plötzlich überkommt mich eine Sehnsucht nach Weite, nach Freiheit. Wie lange ich in diesem fast meditativen Zustand verharre, weiß ich nicht. Irgendwann entsteht ein Gleichklang zwischen mir und der Musik.

Je mehr ich mich darauf einlasse, desto tiefer verliere ich mich in diesem fremdartigen Klangteppich.

Als mir das bewusst wird, sammle ich all meine Willenskraft, um mich aus der Welt der Klänge zu lösen. Es gelingt mir, und ich blicke zur Seite.

Jennifer, Sandra und Boris stehen neben mir. Auch sie blicken ins Tal. Sie müssen meine Bewegung bemerkt haben, denn sie wenden sich mir zu.

»Es wird wirklich Zeit, dass wir uns auf den Weg in die Stadt machen. Und zwar jetzt«, sagt Boris in seinem üblichen entschlossenen Ton.

»Du hast recht«, antworte ich, noch etwas benommen.

»Also los«, fordert auch Sandra mich auf.

»Ich denke, wir sind uns einig und fahren zu diesem freien Platz dort unten«, sage ich und deute mit der Hand in die Richtung, in der sich der Marktplatz befindet.

Meine Worte verhallen, denn meine Begleiter sitzen bereits im Auto. Seufzend folge ich ihnen und steige auf den Rücksitz. Boris, der am Steuer sitzt, startet den Motor.

»Ich glaube den Pfad entdeckt zu haben, der uns in die verfallene Stadt bringt, deshalb fahre ich,« erklärt Boris sein Handeln mir gegenüber.

»Find ich in Ordnung,« antworte ich entspannt.

Vorsichtig manövriert Boris das Auto den schmalen Pfad hinunter ins Tal. Nach einigen beeindruckenden fahrerischen Manövern erreichen wir die zerfallene Mauer. Da er meint, unser Ziel erreicht zu haben, steigt er aus, und wir folgen ihm.

»Lasst uns nach einem Weg suchen, um hinter die Mauer zu kommen«, fordert Boris uns auf.

138

Ohne weitere Worte beginnen wir, gemeinsam nach einer passierbaren Lücke in der Mauer zu suchen. Zu unserer Überraschung entdeckt Sandra etwa fünfzig Meter entfernt eine geeignete Öffnung. Erfreut über den schnellen Erfolg kehren wir zum Auto zurück.

»Die letzten Meter fahre ich«, verkündet Sandra entschlossen. Ihr Tonfall lässt keinen Raum für Widerspruch, und so widerspricht auch niemand. Wir setzen uns ins Auto, und Sandra steuert das Fahrzeug geschickt durch die von ihr gefundene Lücke. Ohne weitere Probleme erreichen wir schließlich den Marktplatz.

Mit einem zufriedenen Lächeln hält Sandra an.

Wir steigen aus, fühlen uns angekommen und führen drei eingeübte Lockerungsübungen aus. Dann lasse ich meiner Neugier freien Lauf und schaue mich um. In meinem Blickfeld taucht die Kirche auf. Mehrere Stufen, ich zähle sieben, führen hinauf zum Kirchenportal. Auf den Portaltüren erkenne ich Zeichen, die für mich wie magische Symbole wirken. Sofort reift ein Entschluss in mir, bei nächster Gelegenheit werde ich die Kirche besuchen.

Doch für den Moment gilt es, einen ebenen und trockenen Platz für unsere Zelte zu finden. Ohne lange zu überlegen, schlage ich vor, auf dem freien Marktplatz zu campen. Ein unbestimmtes Gefühl sagt mir, dass wir in der Nähe der Kathedrale bleiben sollten, sie scheint Bedeutung auf meinem Weg zu haben.

»Der Platz ist eben, trocken und groß genug für unsere Zelte«, begründe ich meinen Vorschlag.

»Wird der Boden nicht zu hart sein?« fragt Sandra skeptisch.

»Unsere Luftmatratzen werden die harte Unterfläche schon abfedern,« versucht Jennifer Sandras Bedenken zu zerstreuen, »außerdem müssen wir keinen Schutt beseitigen.«

Dieser Einwand scheint zu überzeugen, denn die beiden Frauen und Boris gehen zum Auto, um die Zelte auszuladen. Da wir inzwischen ein eingespieltes Team sind, verläuft der

Aufbau reibungslos. Noch bevor die Sonne hinter den Bergen verschwindet, sind wir fertig.

Während des Aufbaus schaue ich mich immer wieder um, in der Hoffnung, irgendeinen Bewohner oder zumindest Anzeichen von Leben in dieser Ruinenstadt zu entdecken. Doch meine Suche bleibt erfolglos, und langsam breitet sich eine leise Frustration in mir aus.

Als die Zelte endlich stehen und wir durchatmen, höre ich plötzlich eine leise, eingängige Melodie aus der Ferne. Ein Hoffnungsschimmer! Irgendwo zwischen den Ruinen muss also jemand ein Musikinstrument spielen.

Wer spielt es, und warum höre nur ich sie?

»Hey Dominik, träum nicht schon wieder«, flüstert Jennifer mir ins Ohr, »wir sind fertig. Lass uns etwas essen und gemütlich zusammensitzen und das erreichen unseres Zieles feiern.«

»Du hast recht«, antworte ich leise und wende mich meinen Freunden zu.

»Boris, Sandra, hört ihr diese schöne Musik?« frage ich die beiden, um mich zu vergewissern.

Anstatt einer Antwort blicke ich nur erstaunte Gesichter.

»Wir sollten den Abend mit einem Lagerfeuer ausklingen lassen«, schlägt Jennifer vor, ohne auf meine Frage einzugehen.

Erstaunt nehme ich das zur Kenntnis.

»Oh toll,« Sandras Stimme klingt, als erwarte sie einen entspannten Abend, »lasst uns zusammen unsere Ankunft mit einem Glas Wein feiern.«

»Höre tatsächlich nur ich die Musik«, frage ich mich still. Wenn ja, wieso!

»Super, allerdings sollten wir, bevor es dunkel wird, noch Holz für ein Feuer sammeln«, sagt Boris und ignoriert meine Frage.

Wir verteilen uns. Jeder geht in eine andere Richtung. Keine Stunde später brennt ein wärmendes Feuer.

Da es inzwischen unangenehm kalt ist, sitzen wir dicht gedrängt, um die lodernden Flammen. Jeder hält ein Glas Wein in der Hand. Nacheinander lassen wir die Höhe- und Tiefpunkte unserer Reise Revue passieren.

Die Musik, die ich bei unserer Ankunft gehört habe, erwähne ich an diesem Abend nicht mehr. Ich wollte die entspannte Stimmung nicht stören. Die erste Weinflasche ist geleert, die zweite angebrochen, als mein Leichtsinn und die Begegnung mit dem Elch zur Sprache kommen.

Ich halte es aus.

Nachdem auch die zweite Flasche leer ist, greift Boris zur Gitarre und spielt virtuos Volkslieder. Lautstark singen wir die Lieder mit, während ich langsam melancholisch werde. Dies ist immer der Moment, in dem ich anfange, mit philosophieren mich zu erden.

Als schließlich niemandem ein neues Lied einfällt, ergreife ich die Gelegenheit.

»Wir sitzen hier so entspannt zusammen, und ich frage mich, da wir in einem fremden Land sind, welche drei Worte aus unserer Sprache würdet ihr einem Außerirdischen«, ich kann ein schmunzeln nicht unterdrücken, »als ein besonderes beibringen wollen?«

Ich erwarte nicht wirklich eine Antwort und sehe nacheinander in die Augen der anderen.

»Nicht jetzt, Dominik. Es ist doch gerade so schön«, versucht Jennifer, die weiß worauf ich hinauswill, mich aufzuhalten und die Situation zu retten.

»Schon in Ordnung«, antworte ich leise.

Lauter frage ich die anderen.

»Jennifer meint, jetzt ist nicht die Zeit zum Philosophieren. Also kein Philosophieren. Aber ich nenne euch meine drei Worte. Es sind Gelassenheit, Freiheit und Harmonie. Ihr könnt diese ja später im Schlaf auf euch wirken lassen.«

Zu meiner Überraschung stimmt die Runde mir zu.

»Und was wären«, fragt Sandra, offensichtlich von meinen Worten inspiriert, »die schönsten drei Worte für dich, Boris?«

»Liebe, Mitgefühl und Blau«, antworte Boris spontan.

Alle schauen ihn irritiert an. Keine Ahnung weshalb.

»Und welche sind die negativsten drei Worte, Dominik?«

Jennifer hat es sich offenbar anders überlegt und bringt sich nun ein.

Ich denke nicht lange nach.

»Gott, Teufel und Schicksal.«

»Wieso ausgerechnet diese?« fragt eine Stimme aus der Dunkelheit.

Bevor ich antworte, beobachte ich die letzten züngelnden Flammen des Feuers. Es ist fast erloschen.

»Ok, ihr habt gefragt. Meine Antwort, der Teufel steht für Zerstörung, das Schicksal für Zweifel und Gott für den Glauben.«

Schweigen.

»Ich glaube«, unterbricht Jennifer schließlich die Stille, »es ist Zeit zum Schlafen."

»Kein Zweifel, es ist an der Zeit, unsere Zelte aufzusuchen«, fügt Boris hinzu.

»Ich wünsche euch eine gute Nacht und keine teuflischen Träume,«, sagt Sandra schmunzelnd, während sie aufsteht.

Ich überlege kurz, wie ich reagieren soll, entscheide mich aber zu schweigen. Jennifer und ich folgen Sandras Beispiel und ziehen uns in unser Zelt zurück.

Nach einer unruhigen Nacht wache ich sehr früh auf. Vorsichtig schäle ich mich aus meinem Schlafsack. Jennifer bewegt sich, dreht sich auf die Seite und schläft weiter. Einen Moment lang lausche ich ihrem Atem, dann verlasse ich leise das Zelt.

Draußen setze ich mich auf einen Campingstuhl und wende mein Gesicht der aufgehenden Sonne zu. Langsam überwindet diese die Bergspitzen, und ich verfolge, wie der frühe

Nebel allmählich verschwindet. Mein Blick wandert zur Kirche. Im morgendlichen Licht wirkt sie auf mich seltsam fremd und meine Gefühle sind zwiespältig.

Etwas steif, da die Nacht auf der Luftmatratze meinen Muskeln nicht besonders gutgetan hat, stehe ich auf und gehe zögernd zur Kirche hinüber.

Schließlich stehe ich direkt vor diesem domartigen Gebäude. Aus der Nähe betrachte ich die hohe Fassade und entdecke seltsame Figuren, die offensichtlich dazu gedacht sind, die Besucher der Kirche zu beeindrucken. Ein seltsames Gefühl durchströmt meine Adern.

Wie zur Bestätigung meiner ins Negative abdriftenden Gedanken entdecke ich eine aus Stein gemeißelte Bestie, die im Begriff ist, einen Sünder zu verschlingen. Sofort wende ich mich ab und lasse meinen Blick über das meterhohe Hauptportal schweifen. Obwohl ich die Symbole nun aus der Nähe sehe, bleiben sie mir fremd.

Zwei etwa drei Meter hohe Skulpturen, die links und rechts neben dem Hauptportal stehen, erwecken in mir den Eindruck, ihre Aufgabe sei es, den Eingang zu bewachen. Die linke Figur stellt eine hochgewachsene, schlanke männliche Gestalt dar. Langes Haar rahmt sein irgendwie mitleidig wirkendes Gesicht ein. In einer Hand hält er ein Buch, auf dessen Einband ein Siegel eingearbeitet ist, während seine andere Hand mit dem Zeigefinger gen Himmel weist. Seine Füße stehen auf einem Drachenkopf.

Die Darstellung erinnert mich an eine Begegnung aus meiner Vergangenheit. Eine ähnliche Figur habe ich schon einmal gesehen, doch im Moment fällt mir nicht ein, wo.

Die auf der rechten Seite stehende Steinfigur ist nicht weniger imposant. Zwei Flügel deuten darauf hin, dass sie einen Engel darstellen soll. Unter einem fließenden Gewand lugt ein Fuß hervor, der auf einem Löwenkopf ruht.

Ich schaue nach oben und blicke in zwei Augen. Das Gesicht strahlt Harmonie aus, und ein Lächeln erreicht mich.

143

Eine Hand hält sie leicht geschlossen, als würde sie darin etwas Wertvolles festhalten. Frieden und Harmonie erfüllen mich, und ich vermute, dass sie die Liebe in der Hand hält.

Mein Eindruck des Doms verändert sich, durch die unterschiedlichen Aussagen die, die Steinfiguren in mir auslösen. Auf der einen Seite sehe ich Hoffnung, auf der anderen Seite vermute ich Unterwerfung. Mein Verstand sagt mir, dass ich vor einem Gotteshaus stehe. Doch meine Gefühlswelt erzählt beim Anblick der teuflischen Gestalten auf den Kapitellen eine andere Geschichte.

Um meine Gedanken zu ordnen, trete ich ein paar Schritte zurück und betrachte die Fassade der Kathedrale erneut sorgfältig. Majestätisch, der Natur und der Zeit trotzend, ragt sie vor mir in den Himmel. Über dem Portal entdecke ich vier Engelsfiguren, die auf verschiedenen Musikinstrumenten spielen. Eine verlockende Melodie erklingt in meinem Kopf, dieselbe, die ich bereits bei meiner Ankunft vernommen habe. Ein echtes Mysterium, das ich nun mit den Engeln, die aus der Wand hervorragen, in Verbindung bringe.

Es erscheint mir irreal, und ich weiß nicht, woher dieses Gefühl rührt, doch während ich der inneren Musik lausche, verspüre ich plötzlich eine seltsame Sehnsucht nach den Menschen, die einst diese Stadt bevölkerten.

Welche Gründe mögen sie dazu bewogen haben, ihre Heimat aufzugeben?

Haben dunkle Mächte Angst in ihre Seelen gesät oder sind sie vor etwas noch Schlimmerem geflohen?

Während ich diesen Gedanken nachhänge, glaube ich, aus dem Augenwinkel eine Bewegung wahrzunehmen. Mein erster Gedanke, ein Tier. Um herauszufinden, ob dem so ist, starre ich eine Weile in die Richtung, in der ich es vermute. Da ich von meinem Standpunkt aus nichts erkennen kann, gehe ich ein paar Schritte auf ein halb verfallenes Haus zu, wo ich den Ursprung der Bewegung vermute. Gerade als ich nicht mehr damit rechne, erkenne ich eine skurrile Gestalt.

Langsam nähere ich mich ihr und zeige dabei meine offenen Handflächen, um meine friedliche Absicht zu signalisieren. Doch obwohl ich bereits die Hälfte der Distanz überwunden habe und auf eine Reaktion warte, verharrt die Gestalt regungslos. Plötzlich verschwindet sie. In dem Moment, als ich mich enttäuscht abwenden will, nehme ich erneut schemenhaft die Konturen einer Person wahr. Ich kneife die Augen zusammen, und tatsächlich, keine zwanzig Meter entfernt, steht eine ausgemergelte Gestalt.

Vielleicht ist er der einzige Bewohner dieses Ortes, denke ich leicht angespannt.

Vorsichtig tritt die Gestalt ein Stück aus dem Schatten.

Seine Haare sind schlohweiß, schulterlang und ungekämmt. Sein hageres, faltiges Gesicht sagt mir, dass vor mir ein sehr alter Mann steht. Für einen kurzen Augenblick treffen sich unsere Blicke. Während ich versuche, etwas in seinen Augen zu lesen, wird die Sonne von einer dunklen Wolke verdeckt. Ist auch er neugierig? frage ich mich.

Die Wolke zieht weiter.

Unsere Blicke begegnen sich. Nicht lange und seine schwarzglänzenden Augen ziehen mich in ihren Bann. Ich verliere die Kontrolle und die Zeit scheint stillzustehen. Ein heftiger Knall reißt mich aus meiner Starre. Mein Gegenüber ist verschwunden. Irgendwo wurde offensichtlich eine Tür lautstark zugeschlagen.

Hat er ein Urteil über mich gefällt und bin ich durchgefallen? Wenn ja, hoffe ich, dass sein Urteil nicht endgültig ist.

Enttäuscht über den Ausgang unserer ersten Begegnung und ohne Hoffnung, ihn zu finden, wenn er es nicht will, wende ich mich ab. Nachdenklich gehe ich zurück zum Kirchenportal. Bevor ich die sieben Stufen zur Kirchentür erreiche, spüre ich plötzlich ein elektrisierendes Feld, das mich einhüllt. Während ich versuche, die Ursache und deren Wirkung auf mich zu verstehen, höre ich eine raue, flüsternde Stimme rufen.

Das ist zu viel für meine angespannten Nerven.

Erst Musik, jetzt Stimmen, was ist hier nur los?

Um mich aus dem Gänsehaut verursachenden Feld zu befreien, drehe ich mich noch einmal um und gehe erneut auf das Haus zu, von dem ich glaube, dass der alte Mann darin verschwunden ist. Vielleicht kann und will er mir erklären, was hier vor sich geht. Mit einem mulmigen Gefühl im Bauch nähere ich mich langsam dem Haus. Tatsächlich lässt das Kribbeln nach.

Schließlich stehe ich vor einer Tür aus massiven Holzbrettern. Eine Klingel oder Glocke, die mir ein zivilisiertes Hereinkommen ermöglicht hätte, finde ich nicht.

Um meine Ankunft anzukündigen, rufe ich laut »Hallo« und warte eine angemessen lange Zeit. Doch keine Antwort. Hinter der Tür bleibt alles still.

Vorsichtig drücke ich gegen die Tür, die nicht besonders stabil wirkt. Überraschenderweise gibt sie meinem Druck nicht nach, also verstärke ich ihn. Schließlich weicht die Tür ein Stück zurück. Ich bin auf dem richtigen Weg, denke ich. Meine Zuversicht schwindet jedoch, als ich bemerke, dass die Tür einfach nicht weiter nachgeben will. Um mein weiteres Vorgehen zu überlegen, halte ich inne und lausche. Nichts ist zu hören. Niemand scheint sich auf der anderen Seite aufzuhalten. Hilfe von innen kann ich also nicht erwarten. Entschlossen, mehr denn je ins Haus zu gelangen, beschließe ich, härtere Maßnahmen zu ergreifen. Obwohl ich vermeiden will, dass die provisorisch wirkende Tür aus den Angeln fällt, setze ich meine Schulter ein und drücke kräftig dagegen. Mit zunehmendem Druck gibt sie schließlich nach. Ein beängstigendes Knarren begleitet ihre Bewegung, und sie öffnet sich gerade weit genug, dass ich mich hindurchzwängen kann. Glücklicherweise bleibt die Tür unversehrt.

Vorsichtig betrete ich den Raum. Neugierig und aufmerksam lasse ich meinen Blick durch das spärlich möblierte Zimmer schweifen.

In der Mitte steht ein abgenutzter Ledersessel. Davor ein wurmstichiger Holztisch, beide ruhen auf einem Flickenteppich, der seit Jahren den Motten als Nahrung dient. An der linken Wand löst sich die Tapete und wird nur noch von einem schiefen Regal daran gehindert, vollständig abzublättern. An den anderen Wänden ist der bröckelnde Putz zu sehen. Eigentlich habe ich nicht viel erwartet, aber dieser Anblick übertrifft meine Vorstellungen. Zerfall herrscht überall. Vom erhofften Bewohner jedoch keine Spur. Unschlüssig, wie ich weiter vorgehen soll, gehe ich zum Regal hinüber, um die dort aufeinander- und nebeneinandergestapelten Bücher genauer anzusehen.

Vielleicht geben sie mir einen Hinweis auf den Bewohner?

Am Regal angekommen, lese ich die Titel auf den Rücken der Bücher.

Das Buch der Wandlungen. Das Totenbuch des Islam. Gnosis. Das Buch der verborgenen Evangelien. Das Weisheitsbuch des Zen. Die Bibel.

Nach dem sechsten Buchtitel frage ich mich, ob sich hier alle Werke mit Religionen der unterschiedlichsten Welten beschäftigen. Das Buch der Wandlungen habe ich während meiner Zeit in China gelesen.

Da ich nicht eingeladen bin, berühre ich keines der Bücher. Stattdessen sehe ich mich weiter um und entdecke eine in der Wand verborgene Tür. Neugierig gehe ich zu ihr hinüber und suche nach einer Möglichkeit, sie zu öffnen. Trotz intensiver Suche entdecke ich nur einen schmalen Spalt. So schmal, dass meine Finger nicht dazwischen passen. Also greife ich in meine Hosentasche und hole das Schweizer Taschenmesser hervor, das mich seit Beginn meiner Reise begleitet. Ich führe die Klinge in den Spalt und arbeite mich mühsam voran, bis die Tür sich schließlich öffnet. Bereit für das Unbekannte, trete ich über die Schwelle und finde mich am Fuß einer Treppe wieder. Für einen für einen Moment zögere ich, die Treppe zeigt deutliche Zeichen des Verfalls.

147

Mit dem Gedanken, nur wer wagt gewinnt, setze ich vorsichtig meinen Fuß auf die erste Stufe. Ein leises Knarren, das sich nicht bedrohlich anhört, beruhigt mich. Nach der fünften Stufe bin ich überzeugt, dass die Treppe stabil genug für mich ist.

Unten angekommen, erstreckt sich vor mir ein zehn Meter langer Flur. Links und rechts befinden sich mehrere Türen. Eine nach der anderen öffne ich und durchsuche die Zimmer, doch alle wirken unbewohnt. Vom vermuteten Bewohner fehlt jede Spur.

Enttäuscht gebe ich auf, gehe die Treppe wieder nach oben, durchschreite das in meinen Augen unbewohnbare Zimmer, und verlasse das Haus, diesmal nicht mehr so vorsichtig wie beim Betreten.

Draußen angekommen, atme ich tief durch, um die abgestandene, staubige Luft aus meinen Lungen zu vertreiben, und ersetze sie durch die frische Luft von draußen. Nach einigen tiefen Atemzügen fühle ich mich besser und denke daran, zu den anderen zurückzukehren.

Ein Blick auf die Uhr verrät mir, dass es inzwischen Zeit fürs Frühstück sein müsste. Gerade als ich losgehen will, höre ich einen Ton.

Ein Ruf der Kirche, kommt mir in den Sinn.

Unsicher, ob ich dem Ruf folgen soll, zögere ich. Es dauert einen Moment, bis ich mich entscheide. Einem inneren Impuls folgend, steuere ich die Kirche an. Mit jedem Schritt wächst das Gefühl, dass ich erwartet werde.

Ohne genau zu wissen, wie ich dorthin gelangt bin, stehe ich plötzlich nur wenige Meter von der Treppe entfernt, die zur Kathedrale führt. Langsam steige ich die Stufen empor. Oben angekommen, bleibe ich vor dem Eingangsportal stehen und überlege ich nochmal, ob ich eintreten soll. Eine plötzliche Windböe fegt über den Vorplatz. Herbstlich gefärbte Blätter werden von den Steinplatten fortgetragen.

Wird der Weg in die Kirche freigegeben?

Sollte dies eine freundliche Einladung sein?

Tatsächlich spüre ich fast körperlich eine Aufforderung, einzutreten. Unsicher blicke ich auf den von Blättern befreiten Boden und entdecke ein Pentagramm.

Ohne lange nachdenken zu müssen, weiß ich, dass dieses Symbol viele Bedeutungen hat. Frühere Kulturen benutzten es als Symbol der Venus. Spätere Epochen verwendeten es zur Abschreckung des Teufels.

Oft wird es mit dem Drudenfuß oder Drudenstern verwechselt. Lange Zeit wurde es vor wichtigen Häusern auf die Türschwelle gezeichnet, da es schützende Kräfte haben soll. Geheime Orden, die sich mit Schwarzer Magie beschäftigten, nutzten es als Erkennungszeichen. Das Zeichen erinnert mich daran, dass Okkultismus und Religion, Glaube und Aberglaube, Tod und Jenseits immer irgendwie zusammengehören.

Jetzt bin ich mir sicher: Meine Suche nach dem Ungewöhnlichen wird hier endgültig ihren Anfang nehmen. Das Schicksal hat mich nicht ohne Grund hierhergeführt. Es liegt nun an mir, meiner Suche nach Sinn und Wahrheit eine neue Qualität zu geben.

Mit einem weiten Schritt überwinde ich das Symbol, ohne es zu betreten. Zwei Schritte später stehe ich vor dem Portal. Mit beiden Handflächen drücke ich gegen die massive Holztür, um sie zu öffnen. Ein Versuch, der sich erstmal als unmöglich herausstellt. Die Tür klemmt oder ist verschlossen. Irgendwie erinnert mich dies an die Tür, die mich daran hindern wollte, das halbverfallene Haus zu betreten. Deshalb zögere ich nicht lange. Mit einem kräftigen Schwung werfe ich mich mit der Schulter gegen das massive Holz. In diesem Augenblick ist mir egal, welche Folgen mein gewaltsamer Angriff haben könnte. Diesmal will ich den mir entgegengestellten Widerstand ohne Wenn und Aber brechen.

Mit Schwung drücke ich gegen das Tor. Überrascht gibt es sofort nach, und ich komme dadurch ins Straucheln.

Mein Gleichgewicht wiederfindend, stehe ich in der Empfangshalle. Die tiefstehende Sonne erleuchtet die Vorhalle, und Staubpartikel tanzen in Richtung Decke. Vorsichtig atme ich ein, während ich darauf warte, dass der Staub sich legt. Langsam gehe ich tiefer in die Kirche und als ich mich der Apsis nähere, deren Grundriss mich an eine Basilika erinnert, beginne ich, die Schwingungen des Raumes aufzunehmen. Am Schnittpunkt von Quer- und Hauptschiff bleibe ich stehen, um mich zu orientieren.

Doch bevor ich die Orientierung vollständig abgeschlossen habe, nehme ich aus den Augenwinkeln heraus eine flüchtige Bewegung wahr. Forschend schaue ich in die Richtung, die meine Aufmerksamkeit geweckt hat. Doch da ist nichts.

Plötzlich durchdringt ein dunkles Gefühl meinen Körper, bringt mein Gleichgewicht ins Wanken und verstärkt sich. Ein Schauer läuft mir über die Haut, und meine Nackenhaare stellen sich auf. Nach kurzer Zeit ist der Spuk vorbei. Allmählich verschwindet meine Gänsehaut. Mein Gleichgewicht kehrt zurück. Mit einem Kopfschütteln versuche ich, die aufkommenden Gefühle loszuwerden, was mir teilweise gelingt.

Unentschlossen gehe ich in den Seitenarm der Kirche und bleibe schließlich vor einer Wandnische stehen. Zu meiner Überraschung blicke ich auf eine überlebensgroße Madonnenfigur.

Die kräftigen, lebendig wirkenden Farben ziehen mich sofort in ihren Bann. Fasziniert betrachte ich die Madonna. Sie trägt ein blaues Gewand, und ihr goldenes Haar ist kunstvoll geflochten und um den Kopf gewickelt. Es wirkt wie ein Heiligenschein. Ihre schmalen Hände sind gefaltet und zum Himmel gerichtet.

In dem Moment, als ich mich abwenden will, um den Rest der Kirche zu erkunden, habe ich den Eindruck, etwas übersehen zu haben. Um herauszufinden, was es sein kann, trete ich näher an das Bild heran.

In diesem Abstand wirken die Farben fast wie neu, und ich frage mich, wie alt das Gemälde wohl sein könnte.

Die Farben Blau, Rot, Gold und Grün leuchten intensiv, als wären sie erst gestern aufgetragen worden. Jedes Pigment strahlt eine seltsame Lebendigkeit aus. Vielleicht ist dies der Grund für die Gänsehaut, die ich deutlich verspürt habe. Um mehr über das Bild zu erfahren, beginne ich, es aus verschiedenen Blickwinkeln zu betrachten. Schließlich wird mir der wahre Grund bewusst, weshalb mich die abgebildete Frau so fesselt: Es sind ihre schwarz-gold-glänzenden Augen. Irgendwie habe ich das Gefühl, dass sie jede meiner Bewegungen verfolgen. Egal, von welchem Punkt ich in ihre Augen schaue, sie sehen mich immer direkt an.

Und da ist noch etwas!

Der Anblick ihrer Augen berührt meine Seele, und es scheint, als würden sie diese durchforschen.

Werde ich geprüft?

Schon wieder?

Ohne Vorwarnung erscheint auf ihrem Gesicht ein zärtliches Lächeln. Noch während ich fasziniert versuche, die Bedeutung zu begreifen, habe ich das Gefühl, dieses Gesicht schon einmal gesehen zu haben. Irgendwann, irgendwo bin ich ihr schon einmal begegnet. Doch die Suche in meinen Erinnerungen bleibt erfolglos. Als ich versuche, loszulassen, beginnt eine Metamorphose auf dem Gemälde. Die Lebendigkeit, die zuvor aus ihren Augen strahlte, schwindet langsam. Ein merkwürdiges Gefühl des Verlusts überkommt mich, als ob mir während dieses Vorgangs etwas Wichtiges genommen wird.

Trotz meiner Überzeugung, etwas übersehen zu haben, löse ich mich, wenn auch widerwillig, von der Madonna, gehe zurück in die Mitte der Kirche. Von dort aus steuere ich den Altar an. Mein Blick, nachdenklich gesenkt, fällt auf den Marmorboden, auf dem reliefartige, okkulte Figuren eingemeißelt sind.

Ohne genau zu wissen warum, versuche ich, ihnen auszuweichen. Während ich in tiefen Schichten meines Bewusstseins versuche, diese Figuren einzuordnen und zu verstehen, reift ein seltsamer Gedanke in mir heran. Mindestens zwei Kräfte wirken in diesem Dom, dunkle und lichte. Der Gedanke löst eine Erinnerung in mir aus, und ich frage mich, wo ist die Musik, die mich in die Kirche gelockt hat?

Wenn die Musik jemals real war, hat sie offensichtlich ihre Arbeit getan und ist verstummt.

Außer der Stille, die mir erst jetzt wirklich bewusst wird, ist nichts zu hören. Ein weiteres Geheimnis, das ich in dieser Situation nicht lüften kann.

Um nicht weiter über das Vorher nachzudenken, gehe ich weiter. Nur wenige Schritte später stehe ich vor einem Symbol, das ich nicht sofort einordnen kann. Nach längerem betrachten erkenne ich ein Enneagramm, etwa einen Meter groß.

Die Farben im Kreis erwecken meine Neugier, und ich schließe die Augen. In Gedanken durchforste ich mein Wissen über das Enneagramm.

Ein Kreis – Alpha und Omega, die Essenz des Lebens – umschließt ein Dreieck, das für die Dreifaltigkeit steht. These, Antithese und Synthese. Dazu ein Sechseck, das Symbol des Chaos. Auf den neun Spitzen im Kreis stehen im Uhrzeigersinn die Zahlen eins bis neun. Diese Zahlen repräsentieren die neun bestimmenden Persönlichkeiten des Menschen. Jede Zahl ist einem Planeten unseres Sonnensystems zugeordnet: Merkur, Venus, Mars, Saturn, Erde, Jupiter, Uranus, Neptun und die Sonne.

Ich öffne die Augen, und ein Mond aus reinem Silber, zwischen der Vier und der Fünf angeordnet, erreicht meinen Verstand. Danach eine in Gold strahlende Sonne. Noch bevor ich über die Symbolik nachdenken kann, bemerke ich im Zentrum des Kreises ein Gesicht.

Es erscheint mir irgendwie unwirklich, denn mir ist nicht bewusst, dass ein Gesicht zum Enneagramm gehört.

Zwei dunkle, aber nicht schwarze Augen, blicken mich direkt an und dringen tief in meinen Geist. Bevor ich verstehe, was geschieht, durchströmt mich ein unbeschreiblicher Frieden. Während ich dieses Gefühl zulasse, schließen sich die Augen des Gesichts auf dem Boden. Über die aufkommende Frage, wie dies möglich ist, denke ich nicht weiter nach. Ich akzeptiere, dass in dieser Kirche nichts normal ist.

Im nächsten Moment wird mir das bestätigt. Über den geschlossenen Augen öffnet sich ein weiteres Auge, rubinrot und voller Kraft. Magisch angezogen, starre ich hinein. Schwindel überkommt mich. Beim Blick in das dritte Auge erfassen mich ungebetene Emotionen.

Unsicherheit, Unruhe, Zweifel, sie wechseln in unkontrollierbaren Abständen, und überkommen mich in Wellen. Es gelingt mir nicht, meine Sinne zu ordnen.

So fühlt sich also der Unterschied zwischen Theorie und Praxis an. Bei diesem Gedanken huscht mir ein Lächeln über die Lippen. In diesem Moment der Losgelöstheit bemerke ich die kaum noch sichtbaren Buchstaben auf der Innenseite des Kreises. Ohne nachzudenken, weiß ich, dass diese Buchstaben für die acht Töne einer Oktave stehen.

Als ich darüber nachgrüble, welche Bedeutung dies hat, melden sich synchron mein Verstand und mein Magen. Mein Verstand hat folgende Botschaft an mich.

»Du bist schon viel zu lange hier. Die anderen werden dich vermissen und nach dir suchen.«

Mein Magen fordert eine schnellstmögliche Zufuhr von Energie. Ich gebe beiden nach und gehe zum Ausgang.

Verlasse nachdenklich die Kirche. Während ich ins Sonnenlicht trete, verspreche ich mir, dass ich bald zurückkomme.

Um mich an das grelle Licht zu gewöhnen, schließe ich kurz die Augen. Leises Knirschen, als trete jemand auf Sand, erreicht mein Ohr. Das Geräusch nähert sich mir.

»Da bist du ja, Dominik. Wir suchen schon einige Zeit nach dir. Wir wollten doch zusammen frühstücken. Da wir allerdings nicht wussten, wo du bist und wie lange du wegbleiben wirst, haben wir inzwischen ohne dich gefrühstückt.«

Es klingt, als läge ein Hauch von Vorwurf in Jennifers Stimme. Ohne darauf einzugehen, mir steckt immer noch das Erlebte in den Knochen, gehe ich zu ihr hinüber und nehme sie in den Arm. Über die Ereignisse in der Kirche und dem Haus verliere ich kein Wort.

Warum?

Ich weiß es nicht. Schweigsam, noch immer beschäftigt mit den Ereignissen in der Kirche, gehe ich hinüber zum Campingtisch und setze mich an meinem Platz.

Mein Magen meldet sich erneut und ich bediene mich am verbliebenen Rest des Frühstücks. Schließlich ist er zufrieden. So gestärkt wende ich mich den anderen zu.

»Wollen wir den Rest des Tages nutzen, um herauszufinden, ob diese Ruinen irgendwelche Geheimnisse verbergen«, frage ich in die Runde

»Gute Idee, warum nicht«, antwortet Boris und schüttet den Rest seines Kaffees auf den Boden.

Ich verziehe missbilligend das Gesicht.

»Also gut, dann schlage ich vor, wir gehen jeweils zu zweit. Wer weiß, was uns zwischen den Trümmern erwartet.«

»Ein vernünftiger Vorschlag, Dominik«, sagt Sandra.

Auch sie schweigt zu Boris Umgang mit dem Kaffee.

»Okay, bin einverstanden«, meint Jennifer.

Boris steht auf und wartet, bis wir es ihm gleichtun. Nachdem wir kurz abgesprochen haben, wer in welche Richtung geht, brechen wir zu unserer ersten Erkundungstour ins Unbekannte auf. Erst am Abend kommen wir wieder zusammen. Nach einem wortkargen Abendessen, der Tag hat uns viel Kraft gekostet, und jeder muss seine Eindrücke erst noch verarbeiten, einigen wir uns darauf, morgen über unsere Erlebnisse zu sprechen.

154

Müde und erschöpft verschwinden wir in unseren Zelten. Ich lasse mich auf die Luftmatratze fallen und kurze Zeit später erliege ich einem tiefen Schlaf.

>>>>>

Am nächsten Morgen wache ich trotz des anstrengenden Vortags sehr früh auf. Obwohl ich mich nicht ausgeschlafen fühle, will ich nicht liegen bleiben. Meine Kleidung unter den Arm geklemmt, verlasse ich so leise wie möglich das Zelt. Nach einer Katzenwäsche in der frischen Morgenluft ziehe ich mich zügig an.

Während ich überlege, wie es weitergehen soll, höre ich eine Stimme. Sie flüstert mir zu.

»Die Kirche wartet auf dich.«

»Warum?«, frage ich zurück.

»Hast nicht du diese Reise angetreten, um die Geheimnisse des Lebens zu lüften?«

»Stimmt!«

Also zögere ich nicht länger und gehe im Licht der aufgehenden Sonne hinüber zur Kirche. Dort angekommen, steige ich die sieben Stufen hinauf. Ohne das Symbol vor dem Portal weiter zu beachten, wende ich mich zielstrebig der Kirchentür zu und drücke dagegen. Ohne große Anstrengung lässt sie sich öffnen. Geprägt von den gestrigen Erlebnissen betrete ich erwartungsvoll die Kirche.

Mein erstes Ziel ist das Madonnengemälde. Kurz davor bleibe ich stehen und frage mich, ob ich heute ein Stück ihres Geheimnisses enthüllen kann. Das Licht der Sonne fällt, durch ein Seitenfenster, stimmungsvoll auf das Gemälde und verleiht den Farben Tiefe.

Im Spiel zwischen Licht und Schatten erscheint es mir plötzlich dreidimensional. Das starke Gefühl taucht auf, dass ich dieses Gesicht schon einmal irgendwo gesehen habe.

Gründlich durchsuche ich meinen Erinnerungsspeicher, um herauszufinden, woher dieses Gefühl stammen könnte. Doch ich finde nichts. Enttäuscht, aber dennoch hoffnungsvoll, richte ich meine Aufmerksamkeit erneut auf das Gemälde. Inzwischen hat das Sonnenlicht weitere Teile erfasst, und der Eindruck, die Madonna lebt, wird realer.

Welche Geheimnisse mochten sich in diesem Bild verbergen?

Während ich die Frau sorgfältig betrachte, breitet sich eine vertraute Stimmung in mir aus. Sonnenstrahlen fallen durch das Prisma in der Kuppel. Sie berühren die Leinwand und verändern das Spektrum der Farben. Das fokussierte Licht verleiht der Madonna eine noch geheimnisvollere Ausstrahlung. Fasziniert lasse ich mich darauf ein.

Ohne dass ich erkennen kann, wie, tritt die Frau plötzlich ein Stück weit aus dem Bild. Die Frauengestalt streckt ihren Arm nach mir aus.

Will sie Kontakt mit mir aufnehmen?

Verwirrt suche ich nach einer Erklärung, und eine ungewöhnliche Idee breitet sich in meinem Geist aus.

Könnte es sein, dass die Madonna in zwei unterschiedlichen Dimensionen existiert?

Der Blick ihrer Augen wird intensiver und lässt mich unruhig werden. Im ersten Moment möchte ich mich abwenden, doch dann überwiegt mein Verlangen, genauer hinzusehen.

Kaum habe ich den Entschluss gefasst, löst sich eine Blockade in meinem Kopf. Fragen stürzen auf mich ein!

Ist dies der Moment, der meine Welt verändern wird?

Wenn es parallele Dimensionen gibt, existieren dann auch parallele Leben?

Wechseln die Seelen der Toten in eine andere Dimension? Leben sie dort weiter?

Ist der Tod nur ein Übergang?

Als ob meine Vermutungen bestätigt werden sollen, löst sich die Madonna von der Bildoberfläche.

Sie tritt aus dem Rahmen und schwebt auf mich zu.

Das ist endgültig zu viel für mich. Mit weiten Schritten flüchte ich aus der Kirche.

Draußen angekommen, bleibe ich, nach Atem ringend, stehen und sehe, wie Sandra ihr Zelt verlässt. Ich winke ihr zu, und sie lächelt zurück. Ohne mich zu beeilen, meine Panik verdrängend, gehe ich zu ihr hinüber.

Der Rest des Tages ist nur noch nebulös in meinem Gedächtnis gespeichert. Von Zweifeln geplagt und mein Gleichgewicht noch immer suchend, gehe ich früh schlafen.

Beim Frühstück wollen wir unsere Erlebnisse von gestern austauschen. Meine Frau und meine Freunde meinen, sie hätten bisher außer Trümmern und Verfall nichts entdeckt. Ich bleibe wortkarg, unsicher, wie ich das Erlebte in Worte fassen soll. Schließlich konzentrieren wir uns auf die Pläne für den Tag.

Boris und Sandra entscheiden sich, die Ruinenstadt und die Umgebung zu erkunden. Trotz meines gestrigen Panikanfalls will ich die Kirche erneut besuchen. Nach den Ereignissen von gestern hoffe ich, diesmal besser vorbereitet zu sein.

Als ich erwähne, dass ich wieder zur Kirche will, entscheidet sich Jennifer, mit den anderen zu gehen.

Ahnt sie etwas?

Eine halbe Stunde später machen wir uns auf den Weg, um Antworten zu finden. Ich gehe zur Kirche, diesmal mit einem klareren Ziel vor Augen. Diesmal meide ich die Madonna und setze mich im Lotossitz vor das Enneagramm.

Der Boden ist kalt, aber ich lasse mich nicht von meinem Entschluss abbringen, genau hier und jetzt zu meditieren. In der Nacht hatte ich darüber nachgedacht, ob dieses Enneagramm möglicherweise der Schlüssel sein könnte, um etwas über die Erbauer der Kirche und ihren Zweck zu erfahren.

Stille umgibt mich, und ich folge achtsam meinem Atem. Ich finde meine Mitte. Ich konzentriere mich auf das dritte Auge über den Augen des Gesichts. Während ich über den Sinn des Auges nachdenke, öffnet sich das Auge langsam. Überrascht habe ich den Eindruck, in einen rubinroten Edelstein zu blicken.

Das Rot breitet sich in meinem Bewusstsein aus, und ich spüre intensiv mein Ch'i. Eine solche Nähe zu meiner Urkraft hatte ich bisher selten erlebt – eigentlich nur mit meiner Lehrerin Cara zusammen.

Dem Energiefluss folgend, versinke ich in der Stille. Ich fühle mich eins und frei.

Stunden später, erfüllt von dem Wissen, eine spektakuläre Reise hinter mir zu haben, verlasse ich die Kirche. Sicher bald wieder zurückzukehren.

Es gab noch viele Geheimnisse zu lüften.

*Bei einem Wettkampf geht es nicht ums
gewinnen, sondern darum,
seine Grenzen kennen zu lernen.*

10
Blick hinter den Vorhang

Beim Betreten der Kirche wird mir bewusst, dass dieses Gebäude nicht mit den heutigen Kirchen vergleichbar ist. Es sind die unterschwelligen Schwingungen, die den hohen Raum durchdringen und das Gefühl hervorrufen, dass dieser Ort eher für Götter, Geister und Dämonen geschaffen wurde und weniger für Gott. Schon beim ersten Anblick des kathedralenähnlichen Baus spürte ich, dass es beinahe gotteslästerlich wäre, ihn als Gotteshaus zu bezeichnen.

Jennifer, Sandra und Boris hatten bemerkt, dass die Kirche eine besondere Anziehungskraft auf mich ausübte. Als sie sich der Kirche näherten hatten sie ein ungutes Gefühl. Für sie ein Grund die Kirche zu meiden. Warum das so war, blieb mir allerdings unklar. Als ich sie einmal nach dem Grund fragte, wichen sie aus und meinten nur, es gäbe doch noch vieles andere zu entdecken. Als ich nachhakte, ob sie die starke, geheimnisvolle Ausstrahlung der Kirche nicht auch spürten, antwortete Jennifer:

»Immer, wenn du wieder mal lange weg warst und wir dich suchten, versuchten wir – und das mehrmals –, in die Kirche zu gehen. Wir vermuteten dich dort. Doch jedes Mal geschah das Gleiche. Wir kamen nie näher als fünfzig, vielleicht sechzig Meter an die Kirche heran. Von da an fühlte es sich an, als würde sie uns nicht wollen.«

»Wir spürten deutlich, dass etwas Dunkles von diesem Gebäude ausgeht«, mischt sich Boris ein. »Nach dem dritten oder vierten Versuch gaben wir auf. Jedes Mal, wenn wir eine bestimmte Stelle erreichten, schien es, als hörten wir eine subtile Botschaft. Sie war zwar nicht klar zu verstehen, aber nach langen Diskussionen waren wir uns einig, dass uns die Kathedrale«, Boris blickte in Richtung der Kirche, »ausgrenzen will.«

»Genau«, unterbrach Sandra aufgeregt. »Je näher ich der Kirche kam, desto drängender und unheimlicher wurde ich gewarnt, nicht weiterzugehen.«

»Trotzdem habe ich es immer wieder versucht«, sage Jennifer, sichtlich aufgewühlt, »ich dachte, wenn ich die Stimme in meinem Kopf ignoriere, würde ich es bis zu dir schaffen. Doch je näher ich dem Gebäude kam, desto schmerzhafter wurde es, als würde etwas Dunkles meinen Verstand übernehmen, bis die Angst schließlich so stark war, dass ich umkehren musste.«

Jennifer verstummt frustriert.

»Irgendwann haben wir uns gefragt, warum du einfach so hineinspazieren kannst«, sagt Sandra und spricht einen entscheidenden Punkt an.

Genau, das fragte ich mich auch.

Vielleicht liegt es an meiner Einstellung oder daran, dass ich in meiner Ausbildung weiter fortgeschritten bin als die anderen. Das soll nicht überheblich klingen, doch dies sind meine ersten Gedanken.

Oder ist mein Weg ein anderer als ihrer?

Ein seltsamer Gedanke kommt mir in den Sinn.

Kann es etwas mit dem Gemälde der Madonna zu tun haben? Obwohl ich mich noch immer nicht daran erinnere, wo, bin ich mir sicher, dass ich sie schon einmal gesehen hatte. Als ich in ihre Augen blickte, spürte ich eine tiefe, spirituelle Verbindung.

»Es tut mir leid, Sandra«, sage ich, »ich kann dir beim besten Willen nicht sagen, warum ich diese Bedrohung nicht spüre. Aber eines kann ich sagen, diese Kirche birgt Geheimnisse. Ich habe dort schon einige ungewöhnliche Dinge erlebt.

Deshalb werde ich weiterhin ins Haus der Götter oder vielleicht Dämonen gehen«, mit einem Lächeln versuche ich meine Worte abzumildern, »ich denke, dort warten weitere Lektionen auf mich.«

»Tu, was du tun musst«, sagt Boris und kann ein Grinsen nicht unterdrücken, »aber erzähl uns, wenn du zurückkommst, von deinen Lektionen.«

»So soll es sein«, versprach ich leise.

Nach diesem Austausch schweigen wir eine Weile.

Plötzlich spüre ich, ich werde gerufen.

»Freunde, es ist so weit«, sage ich lachend, »die Götter rufen mich.«

Ohne eine Antwort abzuwarten stehe ich auf, winke den anderen zum Abschied und gehe gemächlich zum Ort der Fragen, dem Ort, an dem ich Antworten erwarte.

Wenig später betrete ich erwartungsvoll die Kathedrale.

Ohne nach links oder rechts zu blicken, gehe ich direkt zu meinem provisorischen Meditationsplatz. Dort angekommen, setze ich mich im Lotussitz und lasse mich auf das Enneagramm am Boden ein.

Ruhig atmend, konzentriere ich mich auf das dritte Auge. Als ich spüre, dass eine Verbindung zwischen uns besteht, schließe ich die Augen und warte ab. Mein Atem fließt ruhig ein und aus. Gedanken ziehen vorüber. Ich tauche tiefer und spüre, wie Leere und Dunkelheit meinen Geist erfassen. Raum und Zeit verlieren ihre Bedeutung.

Plötzlich tauchen aus der Dunkelheit Menschen auf. Sie kommen von allen Seiten, treffen sich, trennen sich wieder. Irgendwann kehrt Ruhe in die Menge ein, und auf ein geheimes Signal verharren alle auf ihrem Platz. Wie auf ein geheimes Kommando, wenden sie ihre Gesichter in dieselbe Richtung. Neugierig folge ich ihrem Blicken.

Eine feierliche Prozession nähert sich auf einer breiten Allee. An der Spitze des Zuges schreiten drei Männer, in einem Dreieck angeordnet, mit ernsten Mienen auf die Menge zu.

Sie tragen prächtige Ornate, und seltsame Hüte bedecken ihre Köpfe. Hinter ihnen folgen vier schlanke Frauen in weißen Gewändern. Schneeweißes Haar reicht bis zu ihren Hüften hinunter.

Die Prozession erreicht die wartende Menge, die ehrfürchtig zur Seite weicht, um Platz zu schaffen. Ruhig bewegt sich der Zug an der Menge vorbei, um schließlich an den sieben Stufen vor der Kirche innezuhalten. Der vorderste Priester steigt die Stufen hinauf, oben angekommen dreht er sich um, hebt seinen Arm, und die Prozession kommt zum Stillstand. Ein leises Murmeln geht durch die Menge. Nach einer feierlichen Pause steigen die Priesterinnen und die zwei Priester die sieben Stufen hinauf. Oben angekommen, schreiten sie in gemessenen Schritten andachtsvoll durch das inzwischen weit geöffnete Kirchenportal.

In kleinen Schritten gehen sie auf den Altar zu. Inzwischen haben auch die Menschen die Kirche betreten und verteilen sich auf den Kirchenbänken, links und rechts des Hauptgangs. Eine spürbare Unruhe breitet sich aus, während alle versuchen, Platz zu finden. Die übrigen Menschen drängen nach, doch nur ein kleiner Teil findet noch einen Sitzplatz im weiten Kirchendom.

Die drei Priester und vier Priesterinnen sind mittlerweile am Altar angekommen. Zwei Priesterinnen begeben sich an die linke Seite des Altars die anderen zwei gehen auf die rechte Seite. Dort verharren sie in aufrechter Haltung. Der Priester im prächtigsten Gewand tritt hinter den Altar. Die anderen Zwei bleiben davorstehen. Für einen kurzen Moment verstummt jedes Geräusch im Raum. Nach einer Weile der Stille streckt der Priester beide Arme gen Himmel und beginnt einen Singsang, der wie eine Beschwörungsformel klingt. Als er verstummt, senkt er die Arme und zeichnet mit den Händen Symbole in die Luft. Schließlich ist das Ritual beendet. In der nun greifbaren Stille, tritt er feierlich drei Schritte zurück.

Währenddessen erheben sich alle Anwesenden von ihren Bänken, knien nieder und falten die Hände zum Gebet. Der Priester oder wahrscheinlicher Hohepriester, dreht sich hinter dem Altar um und sein Singsang, in einer mir unbekannten Sprache, prallt gegen die Felsenwand und der Hall multipliziert seine Worte. Plötzlich verstummt er, wendet sich wieder den Gläubigen zu und lässt einen feierlichen Blick über die Menge schweifen.

Offensichtlich zufrieden, spricht er fremdartige Worte mit erhobener Stimme. Die zwei Priester und die Gläubigen stimmen ein. Eine tiefe, spirituelle Stimmung erfüllt den weiten Raum der Kirche.

Plötzlich spüre ich eine unterschwellige Schwingung. Ein Gefühl der Angst ergreift mich. Die Anrufungen der Priester zeigen Wirkung. Hinter dem Hohepriester taucht ein dunkler Schatten auf. Zuerst erscheint er nebelhaft, doch allmählich wird er dichter. Gebannt von der Szene nehme ich erst jetzt das Raunen der Menge wahr und richte meinen Blick auf die Priester, die vor dem Altar stehen. Feierlich gehen sie um den Altar herum und treten an die Seite des Hohepriesters.

Jeder Anwesende spürt die Macht, die die Priester heraufbeschworen haben. Deutlich nehme ich eine bedrückende Schwingung wahr. Der wachsende Schatten hinter dem Altar löst sich von der Wand und verwandelt sich in eine dichte Rauchwolke. Diese schwebt über dem Priester, verharrt kurz und erhebt sich dann in Richtung Kirchenkuppel. Die Stille im Raum ist greifbar, alle halten den Atem an. Doch dann ändert die Wolke ihren Kurs und senkt sich zu den vier Priesterinnen hinab. Jede von ihnen hält eine goldene Schale in den Händen – woher sie gekommen sind, habe ich nicht bemerkt. Der Schatten beginnt sich in vier kleinere Wolken zu teilen, und jede schwebt etwa einen halben Meter über einer der Schalen.

Nach Schwefel riechender Nebel steigt aus jeder Schale auf und verschmilzt mit jeweils einer der Wolken.

Kaum wahrnehmbar höre ich aus der linken Wolke kommend einen Ruf. Die Wolke wird weiß.

Ein zweiter Ruf folgt, und die mittlere Wolke färbt sich feuerrot.

Der dritte Ruf lässt die dritte Wolke schwarz werden.

Welche Bedeutung verbirgt sich hinter diesem Vorgang?

Unheilvolles Donnergrollen lässt mich aufschrecken. Meine Meditationssitzung endet abrupt. Langsam öffne ich meine Augen. Um mich herum herrscht Stille.

War das Donnergrollen Teil meiner Meditation? Wollte eine höhere Macht meine Meditation unterbrechen?

Diese Fragen drängen aus meinem Unterbewusstsein an die Oberfläche. Da ich keine Antwort erhalte, rezitiere ich immer wieder.

»Alles hat seinen Sinn, und irgendwann werde ich es verstehen.«

Ich stehe auf und verlasse nachdenklich die Kirche.

Es ist Abend.

Gemeinsam sitzen wir um unser Lagerfeuer und tauschen die Erlebnisse des Tages aus. Ich höre nur halbherzig zu, denn die Bilder während meiner Meditation lassen mich nicht los. Doch dann lässt mich ein Satz von Jennifer aufhorchen.

»So stelle ich mir das Leben eines Existenzialisten vor.«

»Du meinst eher einen Einsiedler, einen Eremiten«, korrigiert Boris.

»Der Existenzialismus ist eine Philosophie, die über die Essenz des Lebens reflektiert«, rezitiert er sein Wissen, »dass jemand freiwillig an einem Ort wie diesem lebt, kann ich mir nicht wirklich vorstellen.«

»Warum sollte sonst jemand hier leben, wenn nicht freiwillig?«

»Vielleicht, um mit seinen eigenen Ängsten zurechtzukommen? Vielleicht sucht er auch, wie wir, nach dem Sinn des Lebens. Vielleicht hat er ihn hier gefunden. Vielleicht sucht er aber nur nach seinem Selbst«, überlegt Sandra laut.

»Ganz schön viele 'Vielleichts', Sandra. Allerdings kann ich mir vorstellen, dass wir und er in einer so tristen Gegend mit unseren Ängsten und Hoffnungen konfrontiert werden können«, fügt Jennifer hinzu.

»Vielleicht hat er ja das gleiche Buch gelesen wie Dominik«, vermutet Sandra, »oder er ist jemand, der sich hierher zurückgezogen hat, weil er mit seiner alten Welt gebrochen hat. Wie auch immer, meiner Meinung nach ist der seltsame Mann, den wir bisher nur kurz gesehen haben, ein Eremit. Er sucht hier seinen Frieden und will allen Versuchungen der Außenwelt entkommen. Trotzdem sollten wir versuchen, mit ihm in Kontakt zu treten, um ihn und diesen Ort besser zu verstehen. Eine Begegnung mit ihm wäre sicher lohnenswert. Morgen sollten wir intensiver nach ihm suchen«, fügte Sandra hinzu und blickt zu mir, »während Dominik wieder in seiner Kathedrale verschwindet.«

»Habe ich etwas verpasst? Von wem sprecht ihr«, melde ich mich zu Wort.

In den vom flackernden Feuer erleuchteten Gesichtern sehe ich erstaunte Blicke.

»Hast du es nicht mitbekommen«, fragt Jennifer und schüttelt missbilligend den Kopf.

»Ich war mit meinen Gedanken etwas abwesend. Entschuldigung.«

»Okay. Nun Sandra ist einem Einwohner begegnet, einem Eremiten. Nur kurz, aber immerhin wissen wir jetzt, dass hier jemand lebt, der uns möglicherweise weiterhelfen kann.«

»Und wo ist er jetzt, frage ich etwas naiv

»Untergetaucht. Keine Ahnung, wohin.«

Das Wort "untergetaucht" erinnert mich daran, dass auch meine Suche nach dem wahrscheinlich selben Mann vergeblich gewesen ist.

»Nun, Sandra, dass du ihn gesehen hast, war bestimmt kein Zufall. Normalerweise kann, wer will, hier gut untertauchen. So dass niemand einen findet, wenn man es nicht will.«

»Ich denke, wenn er etwas von uns will, wird er bestimmt auftauchen«, sagt Boris überzeugt.

»Das kann gut sein, Boris«, stimme ich zu, »auch ich habe ihn gesehen. Er ist in ein Haus in der Nähe der Kirche verschwunden. Ich habe das Haus durchsucht, aber ihn nicht gefunden. Auch sonst nichts interessantes.«

Ich schaue zu Sandra hinüber.

»Nun wie auch immer, soll ich von meinem Abenteuer erzählen?«

»Es wäre an der Zeit.«

Die Stimme von Jennifer klingt ein wenig vorwurfsvoll.

»Nun gut«, ich richte mich im Stuhl ein bisschen auf, »beim letzten Mal als ich in diese Kirche ging, meditierte ich. Während dieser Meditation sah ich Szenen aus der Vergangenheit dieser Stadt. Ich kann euch sagen dieser Ort hat eine unglaubliche Geschichte.«

»Und wie waren deine Reisen in die Vergangenheit«, fragt Boris.

»Nun für mich gab es mehr Fragen, als Antworten. Wenn die Bilder und Szenen für mich Sinn ergeben, werde ich mehr erzählen. Aber bleiben wir doch erst einmal bei diesem menschenscheuen Mann. Er scheint real zu sein.«

In den Gesichtern meiner Freunde sehe ich, dass sie nicht wirklich zufrieden sind. Doch sie lassen das Thema Kirche fürs erste ruhen. Stattdessen spekulierten wir und diskutierten wie nun gemeinsam, bis tief in die Nacht, über die Frage, warum sich der Eremit uns aus dem Weg ging und wie lange er hier schon lebt?

Ohne zu einem wirklichen Ergebnis zu kommen – es gab einfach zu viele Möglichkeiten – zogen wir uns schließlich in unsere Zelte zurück. Diesmal fiel ich ohne Übergang in einen tiefen Schlaf.

>>>>>

Der vierte Tag.
Auch diesmal ist es Sandra, die scheinbar zufällig auf den Einsiedler trifft. Als sie um einige Trümmer herumgehen will, taucht der Eremit nur wenige Meter vor ihr auf. Erschrocken bleibt sie stehen. Schnell fasst sie sich und erkennt, dass dies ihre Chance ist.
Sie hofft, endlich mehr durch ihn über diese Welt und ihre einstigen Bewohner zu erfahren. In ihrem Kopf schwirren die verschiedensten Fragen. Aus Angst, er könnte verschwinden, fängt sie an zu reden, ohne Punkt und Komma. Dabei ignoriert sie das offensichtliche Missfallen, das sich im Gesicht ihres Gegenübers abzeichnet.
Der alte Mann schaut sie mit seinen dunklen Augen durchdringend an und schweigt. Nach einer Weile wird Sandra nervös, und ihr Redeschwall verstummt. Erst jetzt wird ihr bewusst, dass sie eine gesellschaftlich akzeptierte Grenze überschritten hat. Ihre Wangen färben sich rot. Vielleicht ist es diese Reaktion, die den Eremiten umstimmt. Der Ausdruck in seinem Gesicht verändert sich und zeigt eine Spur von Nachsicht.
Ermutigt durch dieses nonverbale Signal versucht sie es diesmal ruhiger. Da die Höflichkeit eine Begrüßung und Vorstellung verlangt, begrüßt sie ihn zuerst auf Englisch. Keine Reaktion. Dann auf Französisch. Wieder kein Zeichen des Verstehens. Schließlich spricht sie ihn auf Deutsch an.
Die Falten im Gesicht des Alten wurden bei jedem Versuch sich zu verständigen tiefer, Der Eremit zögert kurz, dreht

sich dann wortlos um und verschwindet irgendwo in den zerfallenen Ruinen.

Irritiert bleibt Sandra noch eine Weile stehen, bevor sie sich schließlich zurück zum Lagerplatz begibt.

>>>>>

Am nächsten Tag.

Sandra erzählte uns während des Frühstücks von ihrem Traum, an dem sie dem Eremiten begegnet ist. In diesem Traum hat sie sich mit dem Bewohner unterhalten und glaubt nun zu wissen, wie sie bei einem erneuten Treffen mehr Erfolg haben könnte. Sie ist gewillt einen weiteren Versuch zu wagen, um herauszufinden, ob der Traum einen wahren Kern enthält.

»Ich will sie zurück zu der Stelle gehen, an der ich den Bewohner schon zweimal getroffen habe.«.

Sie verabschiedet sich von uns und begibt sich auf den Weg. Dort angekommen, schaut sie sich um und fragt sich, ob der Eremit erscheinen wird. Ihre Zweifel sind noch nicht ganz verflogen, als plötzlich der alte Mann wie aus dem Nichts vor ihr steht.

Eine Weile stehen sie sich schweigend gegenüber. Aus ihrer letzten unbefriedigenden Begegnung hat Sandra gelernt und bewahrt zunächst Stille. Nach einer Weile unterbricht sie diese mit leiser Stimme und spricht ihn in einer vergangenen Sprache an. Die Augen des Alten beginnen sofort zu leuchten. Er scheint sie zu verstehen.

Sandra stellt sich vor, und er antwortet mit sonorer Stimme.

»Mein Name ist Alexander.«

Erleichtert, einen Weg der Verständigung gefunden zu haben, fordert sie ihn lächelnd auf, mit zu den anderen zu kommen. Ihre Freunde würden ihn gerne kennenlernen. Der alte Mann zögert kurz, willigt schließlich ein.

Wenig später sitzen wir um unseren Campingtisch herum.

Da ich auf diese Gelegenheit gewartet habe, bin ich noch nicht in die Kirche gegangen.

Jennifer hat zur Feier des Tages eine Flasche Wein geöffnet, und nach dem zweiten Glas kommt Alexander richtig in Schwung. Er wird gesprächig, und es dauert nicht lange, bis wir völlig fasziniert sind.

Kann es Zufall sein, dass wir alle im Gymnasium ein gewisses Interesse an Latein entwickelt haben? frage ich mich.

Wie dem auch sei, wir erfahren, dass er erst seit einigen Jahren an diesem Ort lebt.

Während Alexander nach weiteren Gläsern Wein, den er wohl lange nicht mehr genossen hatte, überraschend viel aus seinem Leben erzählt. Trotz oder gerade wegen gelegentlicher Oberflächlichkeit ahne ich, dass er ein Eingeweihter sein muss.

Als ich ihn direkt darauf anspreche, wehrt er mit einer eindeutigen Geste ab. Doch für einen flüchtigen Moment glaube ich, ein Lächeln über sein Gesicht huschen zu sehen. Doch als ich noch einmal darauf eingehen möchte, besteht er plötzlich ernsthaft darauf, dass eine solche Bezeichnung absolut nicht auf ihn zutreffe. Wenn er überhaupt einen Titel haben sollte, dann wäre „Lebenskünstler" wohl angemessener.

Diese Bezeichnung erscheint mir genauso passend zu sein, wie meine Vermutung.

Wer in solch einer Einöde lebt und dabei eine Aura des inneren Friedens ausstrahlt, muss ein Künstler des Lebens sein.

Dieser alte Mann ist erst die zweite Person, die ich getroffen habe, die eine solch innere Ruhe ausstrahlt.

Im Laufe des Gesprächs kam die Frage auf, warum er so gut Latein spricht.

Nach kurzem Zögern antwortete er, dass er in einem früheren Leben als Priester in der orthodoxen Kirche gedient habe.

Als er mein erstauntes Gesicht sah, erklärte er, dass er mit "früherem Leben" ein anderes Leben meinte.

169

Trotz einiger Fragen die unbeantwortet blieben, wurde mir im Laufe der nächsten Stunden deutlich, warum unsere Reise an diesen Ort einen Sinn hatte – allein wegen Alexander, dessen bisherige Äußerungen eine außergewöhnliche Kraft besaßen. Inzwischen bin ich überzeugt, dass ich nirgendwo auf dieser Erde jemals wieder einen solchen Menschen wie ihn treffen würde.

Es ist früher Morgen, als wir uns von Alexander trennen. Auf unsere Frage, ob er bei uns bleiben möchte, schüttelt er – wie nicht anders erwartet – nur den Kopf und verschwindet ins Irgendwo.

Wir ziehen uns in unsere Zelte zurück und treffen uns erst am Nachmittag wieder am Campingtisch.

Obwohl wir irgendwie ständig darauf hoffen, lässt sich Alexander nicht blicken – auch in den folgenden Tagen nicht.

Besitzlosigkeit ist der Weg.
zu einem spirituellen Leben.

11
Rückkehr

Seit über zwei Wochen sind wir nun in dieser zerfallenen Stadt und meine Freunde sind sichtlich genervt. Während wir schweigend frühstücken entsteht Unruhe. Noch unterschwellig, doch deutlich spürbar.

Wie auf ein geheimes Kommando beginnen meine Freunde aus heiterem Himmel – so erscheint es mir – auf mich einzureden. Sie fordern mit Nachdruck, dass wir diesen Ort verlassen, am besten sofort.

Sie erzählen mir, dass sie sich inzwischen einige Male mit Alexander getroffen haben. Bei diesen Treffen hat er ihnen einiges über das Leben sowie den Aufstieg und Verfall der Stadt erzählt. Doch als sie nach verbliebenen Spuren im Hier und Jetzt suchten, fanden sie nur eines: Nichts.

Mit jedem Satz, der mich erreicht, vermitteln sie mir, dass ihre Erwartungen bisher nicht erfüllt wurden und ihre Hoffnung, etwas Bedeutendes zu entdecken, auf den Nullpunkt gesunken ist. Immer deutlicher kann ich ihren Frust aus ihren Worten heraushören. Doch je heftiger sie auf mich einreden, umso weniger erreichen sie bei mir. Meine Bereitschaft, diesen Ort jetzt zu verlassen, tendiert gegen Null.

Meine Besuche im Götterhaus haben ein Gefühl in mir anwachsen lassen, dass ich zwar nicht einordnen kann, von dem ich jedoch ahne, dass es wichtig ist, hinter diese Wand aus Fragen bestehend zu schauen. Nicht nur für mich, sondern für uns alle. Dieses nicht greifbare Gefühl veranlasst mich, den Versuch zu starten, meine Freunde und meine Frau umzustimmen.

Vielleicht kann es mir gelingen, meine Freunde umzustimmen, wenn ich meine Visionen ins Spiel bringe, die ich während meiner Meditationen in der Kirche hatte.

Von dem Gemälde der Madonna will ich ihnen allerdings nichts erzählen. Warum, das weiß ich selbst nicht genau.

Bald wird mir deutlich, dass ich eine bestimmte Trumpfkarte ausspielen muss, wollte ich doch noch Erfolg haben. Bei meinem letzten Besuch in der Kirche hatte ich eine Zeichnung des Enneagramms angefertigt. In dieser angespannten Situation entscheide ich mich, sie ihnen zu zeigen.

»Wartet kurz, ich hole etwas aus dem Zelt«, sage ich.

Ich stehe auf, gehe ins Zelt und greife nach meinem Rucksack. Dort ziehe ich die Zeichnung hervor und kehre zu meinen Freunden zurück und lege es auf den Tisch.

Neugierig betrachten sie das Blatt.

»Weiß jemand, welche Bedeutung die neun Zahlen im Enneagramm haben«, frage ich in die Runde.

Ihre stumme Reaktion ist Verwirrung.

»Seht ihr, hier gibt es doch noch so viel zu entdecken«, versuche ich erneut, sie in meine Richtung zu führen.

Da durchbricht die Stimme von Boris die Stille, kalt und scharf.

»Du kennst die Antwort doch längst. Du kannst uns ja zu Hause aufklären!«

Sein Sarkasmus trifft mich tief, und ich weiß nicht wie ich auf ihn reagieren soll. Also schweige ich. Doch mein Schweigen ermutigt meine Freunde nur. Sie verdeutlichen unmissverständlich, dass mein Versuch sinnlos ist, sie umzustimmen. Sie wollen einfach nur nach Hause.

Sie haben genug von Lagerfeuerromantik, klirrender Kälte und eintönigem Essen. All das hätten wir nun ausgiebig erlebt, und sie seien für Jahre damit bedient. Die Diskussion spitzt sich zu, und es scheint, als würde sie mit einem endgültigen "Genug ist genug" enden.

Da bringt Jennifer mit einem entschlossenen Handzeichen alle zum Schweigen.

»Dominik«, sagt sie ruhig, »ich kenne die Antwort. Wenn ich sie dir sage, fahren wir dann morgen nach Hause?«

Überrascht von der plötzlichen Wende frage ich leise.

»Und? Wie lautet die Antwort?«

Auf ihre eigentliche Frage gehe ich nicht ein.

»Die Zahlen zeigen uns, wohin unsere Entwicklung gehen kann«, beginnt Jennifer ihre Erklärung.

Sie verstummt und sieht mir tief in die Augen, als wolle sie sicherstellen, dass ich mich an die Abmachung halte. Zufriedenheit zeichnet sich auf ihrem Gesicht ab.

»Also, die Eins symbolisiert den Herrscher. Die Zwei ist die göttliche Mutter«, fährt Jennifer fort, nach einer kurzen Pause schneller werdend, „die Drei steht für den Magier, die Vier für den Künstler. Die Fünf ist der mystische Philosoph. Sechs und Sieben repräsentieren den Helden und das magische Kind. Acht und Neun stehen für den Krieger und die Heilige.«

»Nun, Dominik, jetzt weißt du Bescheid, und wir können die Koffer packen.«

Die Erleichterung ist Boris deutlich anzuhören.

Hat er überhaupt verstanden, frage ich mich.

»Jennifer, ich bin beeindruckt«, sage ich laut, ohne auf Boris einzugehen, »woher weißt du das?«

Jennifer sieht mich an.

»Nicht nur du, Dominik, hast deine Hausaufgaben gemacht. Andere auch.«

»Also, Dominik«, meldet sich Sandra zu Wort, »fahren wir morgen nach Hause?«

»Und Sandra, wie weit bist du in deiner Entwicklung?«

Antworte ich ohne auf sie direkt einzugehen. Das war zweifellos unfair, aber in dem Moment war ich nicht bei mir.

Achtsamkeit hin oder her!

Die Stimmung kippt abrupt.

Ein Kompromiss müsste doch möglich sein, denke ich.

Wie kann ich ihnen klarmachen, dass das Hierbleiben einen höheren Wert hat als das sofortige Gehen?

Kaum gedacht, fällt mir das Seelentor ein.

Hatte ich nicht darüber gelesen?

Plötzlich sehe ich eine neue Chance.

»Erinnert ihr euch daran, dass es hier ein Seelentor geben soll? Habt ihr schon ernsthaft danach gesucht?«

Ich blicke in überraschte Gesichter.

»Das ist ja wieder typisch für dich, Dominik. Du willst immer deinen Willen durchsetzen«, schimpft Boris lautstark, »anstatt auf meinen Versuch einzugehen, einen Kompromiss zu finden, bringt er ein Argument ins Spiel, das eine Annäherung an unsere, genauer gesagt meine, Wünsche nicht wirklich erleichtert.«

»Ihr habt in fast allen Punkten recht«, sage ich und atme tief durch, »aber ich finde, ihr konzentriert euch nur auf eine Seite der Medaille. Wir sollten gemeinsam einen Kompromiss finden. Mehr über dieses Seelentor herauszufinden, wäre doch großartig. Vielleicht ist es eure Aufgabe, dieses Tor zu entdecken.«

In den Gesichtern meiner Freunde, besonders in dem meiner Frau, sehe ich wenig Bereitschaft, sich umstimmen zu lassen.

Vor allem Boris bleibt unnachgiebig.

»Einen längeren Aufenthalt können wir unseren Frauen wirklich nicht zumuten«, sagt er nun noch entschiedener.

»Boris, wenn ich darüber nachdenke, hat Dominik vielleicht doch recht«, meldet sich Sandra zu Wort. »Ich hatte das Seelentor ganz vergessen, keine Ahnung warum. Aber jetzt, wo er es erwähnt, interessiert es mich schon. Ob es dieses Tor wirklich gibt, wie es aussieht und welche Bedeutung es für uns haben könnte.«

Sie blickt in die Runde.

»Dominik«, meldet sich unerwartet Jennifer, »kann es sein, dass dein Gefühl, hier noch etwas erledigen zu müssen, gar nichts mit dir selbst zu tun hat, sondern mit dem Seelentor?«

»Vielleicht.«

Erleichtert atme ich aus, denn endlich scheint sich ein Licht am Ende des Tunnels zu zeigen.

»Wir wissen bisher kaum etwas über dieses Tor. Wäre es nicht sinnvoll, herauszufinden, welche Funktion es hat? Vielleicht offenbart es uns, was die Seele wirklich bedeutet. Und wenn ihr das Tor findet, könnten wir vielleicht Klarheit über diesen verborgenen Teil unseres Seins gewinnen. Es gibt noch so viele Fragen, die unbeantwortet sind.«

Ich sehe, wie meine Worte in den Gesichtern meiner Freunde nachhallen.

»Meint ihr, Alexander könnte uns weiterhelfen?« unterbricht Sandra.

»Sandra erinnere dich, wir wollen nach Hause«, sagt Boris verzweifelt, als würde er seine Felle davonschwimmen sehen, »glaubst du nicht, er hätte es erwähnt, wenn er davon wüsste? Wir haben ihn doch ständig nach besonderen Orten in dieser Stadt gefragt.«

»Manchmal bekommen wir erst Antworten, wenn wir gezielt nach etwas fragen«, versuche ich, die Diskussion in meine Richtung zu lenken, »wie ihr wisst, ist der Weg das Ziel, und niemand hat gesagt, dass dieser Weg einfach sein würde.«

»Du kannst so viele Fragen stellen, wie du willst, das ändert nichts an der Tatsache, dass wir keine Erwartungen mehr haben«, widerspricht Boris sofort, »wir wollen nach Hause. Außerdem haben wir überall gesucht und festgestellt, dass es nichts mehr zu finden gibt. Falls es jemals etwas gab, ist es längst im Fluss der Zeit verloren gegangen. Alles zerfällt hier, wahrscheinlich auch dieses Seelentor. Es gibt keine Geheimnisse mehr, außer denen, die du dir einbildest. Ich verstehe nicht, warum du glaubst, dass hier noch etwas auf uns wartet.«

175

»Das mag für dich so sein. Aber diesen Dom, den ich nun schon ein paar Mal aufgesucht habe, dem umgibt eindeutig etwas Magisches, etwas Mystisches«, entgegne ich.

Alle blicken zuerst mich und dann sich gegenseitig an, und ich habe den Eindruck es ist vorbei. Ich werde sie nicht umstimmen können.

»Meditieren kannst du auch zu Hause, und Visionen sind sicherlich nicht an einen bestimmten Ort gebunden.«

Sandra klingt nach Kompromiss und trotzdem schlägt sie sich auf die Seite ihres Mannes.

»Diese Visionen vielleicht schon, aber handfeste Erkenntnisse über unsere Seele können wir nur hier finden«, erwidere ich leise, versuche ich ihre Stimmung aufzugreifen, in der Hoffnung, dass sie sich doch noch dem Seelentor zuwendet.

Doch meine Worte bleiben erst einmal erfolglos.

»Du kannst sagen, was du willst, Dominik, aber die letzten Tage waren genauso ereignislos wie die ersten«, meldet sich Jennifer zu Wort.

»Nun, Alexander war sicher kein Flop!«

»Okay, er war wirklich ein Lichtblick. Wir haben auf seine Anregungen hin jeden Stein umgedreht und nichts gefunden. Nichts, was uns in unserer Suche nach Antworten weiterbringt.«

»Was also soll passieren, wenn wir unsere Abreise weiter verschieben? Sag es uns«, fragt Jennifer und schaut mich herausfordernd an.

Ja, was erwarte ich eigentlich?

Kaum gedacht, ist es wieder da, dieses Gefühl, dass meine Aufgabe noch nicht erledigt ist. Die ganze Nacht habe ich unruhig geschlafen und einen seltsamen Traum gehabt. Etwas Wichtiges wartet auf mich, daran besteht kein Zweifel.

Wenn ich dieses Gefühl, das ich nicht einordnen kann, doch nur an etwas Realem festmachen könnte. Mein Verstand versteht die anderen.

Ihr Wille, weitere Strapazen zu ertragen, ist definitiv erschöpft. Doch ich gebe meinem Gefühl, etwas Bedeutsames zu versäumen, den Vorrang.

»Wollt ihr wirklich fahren, ohne wenigstens versucht zu haben, dieses Tor zu finden, das möglicherweise ein Übergang in eine andere Welt ist? Eines weiß ich sicher, in der Kirche befindet sich das Tor nicht! Doch sie birgt ein Geheimnis, welches ich ergründen kann, vielleicht soll. Da bin ich mir sicher!«

Ich blicke jedem meiner Begleiter kurz in die Augen und merke, wie sie ins Grübeln kommen. Das ist meine Chance. Also ziehe ich meinen letzten Pfeil aus dem Köcher.

»Wollen wir wirklich mit leeren Händen nach Hause fahren? Werden wir uns irgendwann fragen müssen, ob wir nicht zu früh aufgegeben haben, nur weil wir zu schwach, zu ungeduldig waren? War das, was wir an diesem Ort erreicht haben, wirklich das Beste?«

Wie beiläufig setze ich einen Seufzer ans Ende meiner Fragen.

Bevor Jennifer antwortet, sehe ich, wie es in ihr arbeitet. Sie schwankt offensichtlich zwischen dem Wunsch, mich nicht zu enttäuschen, und dem Bedürfnis nach Ruhe.

»Du hast uns von deinen Besuchen in der Kirche erzählt. Das hörte sich interessant an, und deshalb verstehe ich dich. Aber du solltest auch uns verstehen. Wir haben in den letzten Tagen viele Stunden einfach nur herumgesessen, nur wegen dir. Keiner von uns glaubt mehr, dass wir hier die Antwort nach dem Sinn des Lebens finden werden. Übrigens ist uns aufgefallen, dass du in den letzten Tagen auffallend seltener in der Kirche warst. Warum eigentlich? Hättest du deine Zeit besser genutzt, wärst du jetzt vielleicht auch bereit, mit uns nach Hause zu fahren.«

Das könnte stimmen. Vielleicht ist das der Grund, weshalb ich das Gefühl habe, dass etwas unvollendet ist.

»Ihr habt mich gut beobachtet«, sage ich und kann ein Lächeln nicht unterdrücken, »tatsächlich hat sich vor drei Tagen etwas verändert, es gab eine Wende, die ich noch immer nicht ganz verstehe.«

Meine Gedanken schweifen ab, und ich blicke nach oben. Die Sonne ist weitergewandert. Der Nachmittag beginnt.

»Für mich ist das kein Argument, die Abreise zu verschieben«, sagt Boris leise, offenbar um seinen Stress abzubauen, »könnte das nicht ein Zeichen dafür sein, dass wir das Ende der Fahnenstange erreicht haben? Vielleicht sind wir hier nicht erwünscht. Ich glaube, es gibt nichts mehr für uns zu entdecken. Die Hoffnung, dass du noch etwas Bedeutendes für dein oder unser zukünftiges Leben erfahren wirst, hat sich für mich eindeutig verflüchtigt. Wir sollten spätestens morgen früh abreisen.«

Boris hat recht. Weiterer Widerstand scheint zwecklos. Ich bin bereit, aufzugeben.

»Also gut. Ich will mich nicht wichtiger nehmen als die Gruppe. Gebt mir noch vierundzwanzig Stunden, und dann reisen wir ab.«

Kaum habe ich diese Worte ausgesprochen, geschieht etwas Merkwürdiges. Tief in mir höre ich eine Stimme, die deutlich und wiederholend sagt.

»Warte, warte noch.«

Während meine Frau und meine Freunde sich entspannen und sich von mir abwenden, wird mir schwindelig. Die Welt um mich beginnt sich zu drehen, und schließlich verliere ich den Halt und sinke nach vorne aus dem Campingstuhl. Als sich mein Verstand allmählich klärt, blicke ich in das erschrockene Gesicht meiner Frau.

»Was ist passiert, Liebling?«

Nachdenklich und irritiert frage ich mich das auch.

Was geschieht mit mir?

Gibt es ein vernünftiges Argument, nicht abzureisen?

Keines, das mir jetzt einfällt!

Ist es im Leben nicht so, überlege ich weiter, dass die wichtigsten Dinge erst nach Überwindung bekannter Grenzen sich uns offenbaren?

Werde ich es später einmal vor mir rechtfertigen können, nachgegeben zu haben?

Jennifer hilft mir und setzt mich zurück auf den Stuhl. Besorgt sieht sie mich an, während sich der durchgewürfelte Inhalt meines Verstandes langsam wieder sammelt. Sandra und Boris unterhalten sich leise.

»Alles ist gut, Jennifer«, versuche ich, meine Frau mit einem Lächeln zu beruhigen, »es ist nur ein Schwächeanfall, und er scheint vorbei zu sein.«

Jennifer entspannt sich ein wenig. Meine Freunde haben ihre Unterhaltung unterbrochen und sich mir zugewandt. Ihre besorgten Blicke signalisieren, dass sie bereit sind, mir zu helfen.

»Was war denn los, Dominik? Du siehst ganz blass aus«, fragen Boris und Sandra fast gleichzeitig.

»Offensichtlich habe ich zu voreilig nachgegeben«, murmle ich vor mich hin.

»Nichts Weltbewegendes«, sage ich lauter und versuche, mich im Stuhl aufzurichten. Doch der Schmerz im Rücken zwingt mich innezuhalten. Für einen Moment muss ich tief durchatmen und spüre die mitleidigen Blicke meiner Freunde.

»Mein Rücken schmerzt, und ich glaube«, beginne ich zögernd, »dass ich in diesem Zustand nicht fahren sollte. Offensichtlich befinden wir uns doch an einem magischen Ort. Irgendetwas ist in mich gefahren.«

Kaum habe ich das ausgesprochen, verwandelt sich ihr Mitleid in ein synchrones Stöhnen.

Missfallen ist deutlich in ihren Gesichtern zu erkennen.

»Lass uns bitte nicht schon wieder von vorne anfangen, Dominik!«

Sandras Verärgerung kann ich deutlich spüren.

179

Wie Boris, ist auch sie von einem erneuten Versuch, die Abreise zu verschieben, wenig begeistert.

»Eigentlich wollte ich morgen auch nach Hause«, versuche ich die aufkommenden Wogen zu glätten, »doch ich habe nun körperlich gespürt, dass irgendjemand etwas dagegen hat, und dies einfach zu ignorieren, wäre bestimmt falsch. Da bin ich mir sicher. Übrigens frage ich euch, wart ihr schon in diesem Turm da drüben?«

»Jetzt scherzt du schon wieder, Dominik«, erwidert Boris ruhig, offensichtlich hat dessen Ärger sich ein wenig gelegt, »selbstverständlich haben wir ihn durchsucht, er ist ja nicht zu übersehen. Doch haben wir nur Verfall gefunden, wie sonst überall.«

Nach weiteren Diskussionen, einigen wir uns schließlich darauf, in Anbetracht meiner Lage noch einen Tag hierzubleiben.

»Allerdings«, mischt sich Sandra ein, »ist dann endgültig Schluss mit lustig. In vierundzwanzig Stunden beginnen wir ohne weitere Diskussionen mit der Abreise.«

»Okay, starten wir morgen gemeinsam einen letzten Versuch zu finden.«

Erleichtert über den Verlauf unseres Gesprächs stehe ich auf. Der Schmerz im Rücken hat nachgelassen. Dies Stumm zur Kenntnis nehmend, wünsche ich meinen Freunden, meiner Frau, eine angenehme Nachtruhe und verschwinde in mein Zelt.

Von meinen Kleidern befreit, schlüpfe ich in den Schlafsack. Aufgewühlt von den Auseinandersetzungen der letzten Stunden, versuche ich einzuschlafen.

Da es mir schwerfällt, folge ich, wie so oft geübt meinem Atem, bis ich schließlich in den Schlaf abtauche.

Mitten in der Nacht erhellt sanftes Licht die Dunkelheit in meinem Kopf. Irritiert blicke ich auf einen Kronleuchter. Auf einem gepolsterten Stuhl sitzend, beuge ich mich nach vorne und schaue über eine Balkonbrüstung in einen Theatersaal, gefüllt mit festlich gekleideten Zuschauern. Leise Stimmen und Gemurmel dringen zu mir herauf.

Das Licht eines Scheinwerfers leuchtet auf und fällt auf einen dunkelroten Theatervorhang. Langsam öffnet sich dieser. Im Saal wird es still. Im Scheinwerferlicht, mitten auf der Bühne, steht eine schlanke hochgewachsene männliche Gestalt. Er lächelt und schaut über die Zuschauerreihen hinauf zu den Tribünen. Für einen Moment habe ich das Gefühl, unsere Blicke begegnen sich.

»Guten Abend.«

Seine Stimme klingt kraftvoll.

Nach kurzem Zögern nimmt er seinen Zylinder vom Kopf und legt ihn auf einen antiken Tisch. Sein volles, weißes Haar fällt auf seine Schultern. Nach einer angedeuteten Verbeugung beginnt er mit sonorer Stimme und weiten Gesten, einen Text zu rezitieren.

»Eindimensionales Denken bedeutet, der Mensch ist ein absoluter Egozentriker – nichts besteht außer ihm selbst.«

Der Rezitator lässt eine Pause entstehen.

»Zweidimensionales Denken bedeutet, der Mensch lebt in einer Gruppe – nichts besteht außer der Gruppe.«

Stille.

»Dreidimensionales Denken bedeutet, der Mensch lebt im Hier und Jetzt, nur das Jetzt ist wichtig.«

Der Mann verstummt, geht zum Tisch, gereift nach einem bereitgestellten Glas und trinkt einen Schluck.

»Vierdimensionales Denken bedeutet, der Mensch berücksichtigt seine Erfahrungen aus der Vergangenheit und projiziert diese in die Zukunft. Fünfdimensionales Denken bedeutet, der Mensch nutzt die Erfahrungen aus der Vergangenheit, um sie zu extrapolieren und so zu neuen Ergebnissen zu

kommen. Sechsdimensionales Denken bedeutet, der Mensch ist in der Lage, das Gegenübergestellte zu verteidigen.«
Der Vortragskünstler lässt eine längere Pause entstehen, bevor er seinen Monolog abschließt.
»Siebendimensionales Denken bedeutet, der Mensch ist fähig, völlig Neues zu denken – etwas, das niemand, (nur wenige) sofort versteht, da es noch nie zuvor gedacht wurde.«
Die letzten Worte des Künstlers werden leiser, bis er schließlich verstummt. Er hebt den Kopf, schaut in die Runde und nach oben, und diesmal bin ich sicher, er sieht mir direkt in die Augen.
Was hat das zu bedeuten, frage ich mich.
Das Publikum beginnt erst vereinzelt, dann gemeinsam zu applaudieren. Der Künstler lächelt, verbeugt sich tief, greift nach seinem Zylinder und setzt ihn mit einer weitausladenden Geste auf den Kopf. Der Vorhang beginnt sich zu schließen, während der Künstler die Bühne verlässt
Auf den kardinalroten Vorhang starrend, sitze ich verwirrt auf meinem Theaterstuhl. Es wird still im Theatersaal. Um die Worte in meinem Bewusstsein abzuspeichern wiederhole ich das Gehörte.
Während ich nachdenke, ob sieben Dimensionen überhaupt existieren können, gleite ich in einen traumlosen Schlaf.

Das Geräusch eines sich öffnenden Reißverschlusses reißt mich aus dem Halbschlaf. Ich öffne die Augen und sehe Jennifer nackt auf Knien vor mir im Halbdunkel. Ein Hauch von Sehnsucht nach Wärme durchströmt meinen Körper.
»Schläfst du schon, Liebling?«
»Schön, dass du da bist«, murmle ich, bemüht ins Jetzt zurückzufinden.
Gekonnt schlüpft Jennifer in unseren Schlafsack, gibt mir einen zärtlichen, weichen Kuss und kuschelt sich an mich.

Ihr Körper schenkt mir das Gefühl von Wärme und Frieden. Wenige Minuten später falle ich in einen traumlosen Schlaf.

>>>>>

Noch vor Sonnenaufgang wache ich auf. Unruhe begleitet mich, denn ich weiß, heute sind die letzten Stunden, in denen ich erfahren kann, welchen Sinn mein Hiersein hat.

So leise wie möglich stehe ich auf und verlasse unser Zelt. Das Lagerfeuer ist fast heruntergebrannt, also lege ich neues Holz nach. Ich greife nach der Kaffeekanne auf dem Campingtisch. Ein Blick hinein verrät mir, dass niemand den abgestandenen Restkaffee trinken möchte. Also gehe ich zu dem nicht weit entfernten Brunnen. Nachdem ich in die Tiefe des Brunnens geschaut habe, schütte ich den Kaffee hinein. Mit dem in einem Holztrog befindlichen Wasser spüle ich die Kanne und fülle frisches Wasser hinein. Anschließend gehe ich zurück zum Campingplatz und hänge die Kanne über das lodernde Feuer. Danach begebe ich mich wieder zum Brunnen, um meine morgendliche Waschung zu erledigen.

Etwa eine Stunde später sitzen wir vier schweigend um den Tisch, trinken heißen Instantkaffee und essen Brot mit Käse und Marmelade. Niemand spricht, also bleibe auch ich still. Nachdem das Frühstück beendet ist, stehe ich auf, bereit, mich auf den Weg zu machen.

»Danke für euer Verständnis. Heute Abend werden wir sicher auf einen erfolgreichen Tag zurückblicken«, sage ich, in der Hoffnung, die Stimmung zu heben.

Boris, Sandra und Jennifer stehen abrupt auf, ohne auf mich zu reagieren, räumen den Tisch ab und gehen Richtung Brunnen.

»Kommt schon, Leute! Niemand will ernsthaft, dass wir nach allem, was wir durchgemacht haben, mit leeren Händen nach Hause fahren«, rufe ich ihnen nach.

183

»Immer dasselbe zu tun und ein anderes Ergebnis zu erwarten, ist sinnlos. Wir werden hier nichts wirklich Wichtiges finden oder erfahren, auch nicht in dieser Turmruine«, reagiert Boris mit einer Stimme, die lauter als nötig ist. Jennifer dreht sich um, und ich sehe ihr an, auch sie hat keine Lust mehr hier zu bleiben.

Jedes weitere Wort wäre vergeudet, ermahne ich mich.

Unsicher und nicht mehr ganz überzeugt, ob ich noch in die Kirche gehen soll, bleibe ich am Lagerfeuer stehen und frage mich.

War mein nächtlicher "Theaterbesuch" vielleicht der Grund, warum ich noch hierbleiben sollte?

Aber warum?

Den Kopf schüttelnd gehe ich zur Kathedrale. Etwas wird dort geschehen, um meiner Sturheit einen Sinn zu verleihen, denke ich, während ich durch das Portal schreite.

Nachdenklich setze ich mich vor das Enneagramm und suche die Stille. Wie so oft klappt es nicht auf Anhieb. Statt Leere, kreisen Fragen durch mein Gedankenuniversum.

Ich lasse sie vorbeiziehen und langsam verschwinden die Fragen und innere Ruhe übernimmt. Nur für einen Moment. Von einem Augenblick zum anderen stürze ich ins Bodenlose.

Mein instinktiver Versuch den Fall aufzuhalten scheitert. Gerade als ich glaube, der Sturz sei endlos, tauche ich in etwas Weiches, zugleich Hartes ein.

Überhastet schnappe ich nach Luft, doch nicht Sauerstoff füllt meine Lungen, sondern Wasser.

Panik steigt in mir auf und aktiviert meinen Überlebenswillen. Ohne klaren Plan strample ich mit Armen und Beinen umher. Plötzlich verfangen sich meine Finger in einem Gitter. Endlich habe ich halt. Verzweifelt klammere ich mich fest und beginne mich an dem Gitternetz orientierend, nach oben zu ziehen.

Schließlich durchbreche ich die Wasseroberfläche.

Hustend und nach Luft ringend versuche ich, das Wasser aus meinen Lungen zu bekommen. Es ist ein mühsamer Kampf, aber schließlich gelingt es mir.

Tief atmend füllt sich meine Brust mit frischer Luft, und mein Blick wird klarer. Ich schaue mich um. Überrascht stelle ich fest, dass ich mitten in einem riesigen See stehe. Während ich versuche zu begreifen, was passiert, beginnt das Wasser um mich herum plötzlich zu sinken. Zuerst taucht die Spitze einer Kirche auf, dann folgen die roten Dächer einer Stadt.

Mit dem abfließenden Wasser sinke auch ich, bis ich schließlich festen Boden unter den Füßen spüre.

Ich stehe vor der Kirche.

Verwirrt blicke ich mich um und sehe, wie Wasser, im Sonnenlicht glitzernd, an den Wänden entlang herabfließt.

Lag die Stadt einmal unter Wasser?

War das eine Strafe der Götter, eine Sintflut?

Weshalb taucht sie mit meinem Eintreffen auf?

Ich schaue mich um, auf die Suche nach Antworten.

Haben die Riesen diese Stadt mit einer Sintflut bestraft?

Ich kann nicht weiter darüber nachdenken, denn plötzlich sehe ich eine Feuerwalze, die sich auf mich zubewegt.

Erst Wasser, nun Feuer?

Das Feuer gewinnt an Geschwindigkeit, rast auf mich zu und zwingt mich, zurückzuweichen. Es gibt nur einen Ausweg, den nach oben. Mit einem entschlossenen Willensakt erhebe ich mich, als wäre es das Normalste der Welt, in den Himmel. Ich steige höher und höher, bis ich über der Kuppel der Kirche schwebe, innehalte und über einem funkelnden Prisma kurz verharre, bevor ich wieder sinke.

Wie so oft, seitdem ich meinem Leben mehr Qualität verleihen möchte, bestimmt jemand anderes den Weg, den ich weitergehen soll. Ohne gefragt zu werden, werde ich eins mit dem Prisma. Millionen von Farben umgeben mich, beginnen um mich herum zu kreisen, bilden einen Strudel, der mich immer tiefer in eine schillernde Welt hineinzieht. Die pulsierenden Schwingungen der Farben versetzen mich in Trance. Eine einzigartige Faszination ergreift mich, und der Wunsch, einfach loszulassen und hier zu verweilen, wird immer stärker.

Doch es kommt anders. Ich löse mich aus der Kristallkuppel und sinke langsam in das Innere der Kirche hinab. Am Boden angekommen, geschieht wieder eine Veränderung. Ich beginne mich auszudehnen, durchdringe die Wände und werde eins mit der Kirche.

Während ich mich frage, welchen Zweck all das haben könnte, höre ich plötzlich eine Stimme.

»Es wird Zeit!«

Die Stimme klingt hohl, wie aus weiter Ferne, und doch gleichzeitig nah. Die Worte hallen in mir nach, wie in einem großen, leeren Raum.

»Du weißt es nicht, doch du bist Teil von etwas Großem.«

Was bedeutet das?

»Für was wird es Zeit«, frage ich ins Nichts.

Statt einer Antwort, wiederholt sich die Aufforderung.

»Es wird Zeit!«

Diesmal klingt die Stimme eindringlicher, drängender. Offensichtlich ist es von großer Bedeutung, dass ich verstehe. Während ich versuche zu begreifen, braust plötzlich eine gewaltige Feuerwalze durch mich hindurch. Es fühlt sich an, als würde das Feuer mich von innen heraus reinigen.

Innen wie außen! Oben wie unten!

Für einen kurzen Moment glaube ich, dass all meine Fragen beantwortet sind. Ein universeller Frieden ergreift mich, lässt mich den Atem des Universums einatmen. Die Stimme fordert mich auf:

Atme alles Schlechte aus. Atme alles Positive ein.

Während sich Fatalismus in mir ausbreitet, erfüllt mich plötzlich das Wissen, dass der Kern meines Seins unsterblich ist. Niemand geht so ganz.

*Leben ist das aneinanderreihen
von Möglichkeiten.*

12
Ankunft

Der Glaube zu sterben und endgültig zu verlöschen, wie die Flamme einer niedergebrannten Kerze, ist für einen kurzen Moment alles, woran ich denken kann.

Während ich bereit bin, loszulassen, mir wird einfach alles zu viel, kehren lebensbejahende Energien in meinen Körper zurück. Mein unsterblicher Kern, der Samen der Erneuerung, übernimmt die Kontrolle. Ich habe keine Ahnung, was genau passiert, aber von einem Moment auf den anderen verschmelze ich mit meinem materiellen Körper, ohne es steuern zu können.

Ausatmen. Einatmen.

Vorsichtig öffne ich die Augen und sehe mich aufmerksam um, erleichtert, die mir vertraute Umgebung wiederzuerkennen.

Dies ist der erste Schritt.

Der zweite Schritt folgt.

Bilder meiner Meditationsitzung schwingen in meinem Verstand nach, und bevor sie in den schwer zugänglichen Bereichen meines Geistes verschwinden, will ich sie festhalten.

Wasser, Feuer, Reinigung.

Waren dies die eigentliche Botschaft?

Der dritte Schritt folgt.

Es ist Zeit, aufzustehen. Ich spanne meine müden Muskeln an und lasse sie wieder los. Diesen Vorgang wiederhole ich mehrmals, bis ich mich schließlich bereit fühle, aufzustehen.

Wie lange hat meine Meditation gedauert?

Stunden?

Ein Blick auf meine Uhr bleibt erfolglos, sie ist stehengeblieben.

Während ich über das Warum nachdenke, schaffe ich es endlich, aufzustehen. Ich bin für die nächsten Schritte bereit, dachte ich.

Kaum setze ich zum nächsten Schritt an, verliere ich den Kontakt zum Boden, und die Umgebung versinkt im Nebel.

Halt suchend wanke ich auf eine der Kirchenbänke zu.

Zufall?

Ich setze mich auf eine harte Holzbank, halte mich an der Lehne fest, schließe die Augen und atme tief durch, bis das Schwindelgefühl endlich nachlässt. Langsam richte ich mich auf und schaue direkt in zwei granitfarbene Augen.

Meinem ersten Impuls nachgebend weiche ich zurück. Doch ich komme nicht weit, die Rückenlehne hält mich zurück.

Bemüht, Ruhe zu bewahren, realisiere ich allmählich, dass vor mir, auf Augenhöhe, ein schwer einzuordnendes Etwas aus Stein steht.

Ungläubig starre ich auf die graue, steinerne Figur, die sich direkt vor mir befindet. Nur langsam realisiere ich, dass das was ich sehe real ist. Ich erinnere mich, an die äußere Kirchenfassade, dort habe ich mehrere von ihnen gesehen. Obwohl sich ein großer Teil von mir sträubt es anzuerkennen, steht in geduckter Haltung ein Ghul.

Wie ist dies möglich, frage ich mich mehr erstaunt als ängstlich.

Plötzlich richtet sich, begleitet von knarrenden Geräuschen, der steinerne Ghul auf, bewegt sich auf mich zu. Er ist nicht besonders groß. Circa einmeterzwanzig Schulterhöhe. Weshalb ich mich nicht direkt bedroht fühle. Der Körper sieht aus, als wäre er aus einem marmorierten Felsen herausgeschlagen. Graue Augen bewegen sich lauernd, dies ist mein Eindruck, hin und her. Je näher der Ghul kommt, umso schwieriger fällt es mir psychische Distanz zu schaffen, die ich benötige, um meine aufsteigende Panik zu unterdrücken.

Als er dann jedoch auf seinem Rücken lederartige Flügel ausbreitet, ist es vorbei.

Es ist mir unmöglich, ruhig zu bleiben.

Ich will einfach nur noch fliehen, doch mein Körper gehorcht mir nicht. Jeder Schritt des Dschinns, begleitet von immer bizarreren Geräuschen, zermürbt meinen Willen. Starr verharre ich. Um wenigstens einen Rest meiner Kraft zurückzuerlangen, stelle ich mir vor, dass die Gelenke des Ghuls schon lange nicht mehr bewegt wurden. Es muss ein alter Dämon sein, müde und kaum noch fähig irgendwem ernsthaft weh zu tun.

»Na los, vergiss es!«, schreie ich in den hohen Kirchendom, »verschwinde solange du noch kannst!«

Das Hören meiner Stimme reißt mich aus meiner Starre. Inzwischen ist der Ghul allerdings nur noch wenige Zentimeter von mir entfernt. Mit einem Ausdruck des Erstaunens auf seinem Gesicht bleibt er stehen und mustert mich.

Hat meine Stimme ihn irritiert?

Nein!

Seine starren Augen taxieren mich aufmerksam und das Gefühl er betrachtet mich als sein Mittagsessen kann ich nicht verscheuchen.

Panik erfasst mich.

Mein Versuch aufzustehen und wegzurennen bleibt ein vergeblicher Versuch. Unfähig mich zu bewegen verharre ich weiter auf der Stelle. Der Ghul öffnet sein Maul, und ich kann auf eine Reihe Mahlzähne blicken. Ein schwefelhaltiger Atem erreicht meine Nase.

»Willst du mich verschlingen?«

Noch während ich mich dies frage, geschieht etwas Merkwürdiges. Den Ghul scheint etwas zu irritieren, denn er schließt sein mit blockartigen Zähnen bewaffnetes Mundwerk. Lähmende Stille breitet sich aus und wir starren uns an. Ohne, dass ich verstehe wie es möglich ist, bekommen die Gesichtszüge des Ghuls eine erstaunliche Zartheit.

Auf mystische Weise verändert er sich weiter. Immer mehr sieht er aus, wie ein Mensch aus Fleisch und Blut. Schließlich kommt die Metamorphose zum Stillstand.
Zweifelnd frage ich mich, lebe ich einen Traum oder geschieht dies in Wirklichkeit.
Befinde ich mich vielleicht in einer anderen Dimension?
Noch bevor ich diesen Gedanken weiterverfolgen kann, hebt der Ghul seine Arme, und obwohl sie zerbrechlich wirken, fühle ich mich bedroht. Eine seiner klauenartigen Pfoten berührt meine Stirn. Sie fühlt sich kalt und ungewöhnlich weich an. Deutlich nehme ich wahr, dass etwas mit mir geschieht. Ich fühle mich hilflos, doch in diesem Augenblick erinnere ich mich an Markus Aurelius, den Stoiker.
Er sagte:
»Du hast Macht über deinen Geist, allerdings nicht über äußere Ereignisse.«
Übergangslos konzentriere ich mich auf mein Denken und werde ruhig. Wie lange dieser Zustand anhält, kann ich nicht sagen. Irgendwann muss jedoch ein Teil von mir die Verantwortung übernommen haben. Szenen tauchen auf und erzählen von meinem ständigen Kampf gegen Windmühlen. Ich erinnere mich an Don Quijote, den ich in meiner Jugend las. Auch seine Kämpfe gegen innere und äußere Dämonen blieben erfolglos, ließen ihn wie einen Verlierer erscheinen.
Frust und Ärger steigen in mir auf.
Verhalte ich mich wie eine moderne Version von Don Quijote?
Vielleicht – doch wenn ich will, ich kann dies ändern!
Die Kraft positiver Gedanken strömt durch meinen Körper.
Ich möchte wachsen!
Ich will zwischen Traum und Realität unterscheiden können!
Ich möchte Wissen erlangen!
Ich will herausfinden, ob und wie ich selbstbestimmt handeln kann! Es fällt mir schwer zu glauben, dass wirklich alles vorbestimmt sein soll.

Offensichtlich hat sich etwas verändert, als der Ghul mich berührt – innerlich wie äußerlich.

In dem Augenblick als ich glaube klarer zu sehen, verschwindet der Ghul. Stattdessen taucht eine andere, übergroße Gestalt auf. Ohne lange darüber nachzudenken, wie dieser Wechsel möglich ist, betrachte ich sie neugierig.

Mein Blick wird von einer metallisch glänzenden Kugel angezogen. Die hochaufgerichtete Gestalt, ob Krieger, König oder Gott kann ich nicht zuordnen, hält sie in ihrer linken Hand.

Keine Ahnung weshalb, greife ich nach der Kugel. Überraschend einfach, obwohl sie schwer ist, kann ich sie aus der marmorartigen Hand lösen. Auf meine Handfläche legend betrachte ich sie genauer und blicke auf Schriftzeichen. Indem ich die Goldkugel drehe, versuche ich die Symbole zu entziffern. Es gelingt mir nicht.

Auf der Kuppel der Kugel befindet sich ein schlichtes Kreuz, wahrscheinlich aus Bronze. Irgendwie erinnert mich die Kugel an einen Reichsapfel, ein altes Symbol für Macht und Herrschaft.

Noch immer ahnungslos, warum ich hier bin, greift meine linke Hand wie von selbst nach dem Kreuz auf der Goldkugel. Ich drehe es gegen den Uhrzeigersinn und spüre einen schwachen Widerstand. Ein knirschendes Geräusch dringt an meine Ohren

Da sonst nichts geschieht, suche ich nach der Quelle des Geräusches. Meiner ersten Vermutung folgend schaue ich nach unten, und tatsächlich erkenne ich, dass sich die Steinplatte unter der Statue verschoben hat. Allerdings nur wenige Zentimeter.

Vermutlich ist der verborgene Mechanismus altersschwach, denke ich.

Wie dem auch sei, die Platte verharrt in ihrer Position. Meine Neugier ist erwacht. Bevor ich über den nächsten Schritt nachdenken kann, bewegt sich der Öffnungsmechanismus urplötzlich und gibt einen Zugang nach unten frei. Im Halbdunkel erkenne ich eine Treppe, die in die Tiefe führt. Doch da sich der Zugang nur halb geöffnet hat, ist ein Einstieg unmöglich. Gerade deswegen ist die Verlockung hinabzusteigen besonders groß. Während ich darüber nachdenke, auf welchem Weg ich doch hinunterkommen könnte, dringt ein Ächzen an meinen Verstand, gefolgt von einem tiefen Dröhnen. Mit etwas Fantasie könnte es wie ein verzweifeltes Aufstöhnen klingen.

Oder ist es vielleicht eine letzte Warnung?

Ohne richtig zu überlegen, trete ich heftig gegen die Steinplatte, wahrscheinlich ein Ausbruch meines nicht zu unterdrückenden Zorns. Ein stechender Schmerz durchzuckt meine Zehen, und ich frage mich, warum ich nicht vernünftiger reagiert habe.

Doch der Öffnungsmechanismus ist zum Leben erwacht, und der Zugang ist frei. Zufrieden betrachte ich mein Werk und meine Seele, Bewusstsein und Körper werden *Eins*. Mein Zorn verfliegt, und ich beginne über meine nächsten Schritte nachzudenken.

»Geh hinunter!«

Unkontrolliert zucke ich zusammen.

Will schon wieder jemand meinen Wegbestimmen?

Ist es mein Schicksal, welches sich einmischt?

»Nun wie auch immer, es soll so sein.«

Neugierig blicke ich in die Tiefe. Schließlich gebe ich meinem inneren Impuls nach und setze mich in Bewegung. Mit dem nötigen Respekt steige ich achtsam, Stufe für Stufe, die steile Treppe hinunter. Die mit Moos bewachsenen Stufen erweisen sich als tückisch, und nach einigen rutschigen Momenten erreiche ich endlich einen festen Lehmboden. Erleichtert stelle ich fest, dass ich in einem Gewölbe stehe.

Es misst etwa zehn Meter in der Länge und sechs Meter in der Breite. Das Atmen fällt mir in der abgestandenen Luft schwer. Nur langsam gewöhnen sich meine Augen und

Lungen an die Umgebung. Neugierig lasse ich meinen Blick im dämmerigen Licht umherschweifen. Zwischen Staunen und Entsetzen nehme ich Hunderte von Totenschädeln wahr, die an die Wände gelehnt sorgfältig übereinandergestapelt sind. Offenbar diente dieses Gewölbe einstmals als Friedhof. Warum bin ich hier?

Die Frage bringt mich zurück ins Hier.

Hoffnung!

Die Stoiker kommen mir erneut in den Sinn. Eine der wichtigsten ihrer philosophischen Thesen besagt, dass man eine unbekannte Situation aus der Distanz eines Dritten betrachten und sich eine Frage stellen sollte:

Was würde ich demjenigen raten, der sich in dieser Lage befindet?

Die aufeinandergestapelten Totenschädel sind Relikte aus einer längst vergangenen Zeit. Für das Heute, nicht mehr relevant. Kaum gedacht verschwinden meine negativen Gefühle. Deutlich entspannter entdecke ich in einer Nische einen quadratischen aus dem Felsen geschlagen Block. Darauf ruht ein Sarkophag, dessen Wände übersät mit unzähligen Symbolen sind. Diese leuchten geheimnisvoll im schwachen Licht. Ein silbernes Kreuz, mittig auf der Seitenwand des Sarges, erregt meine Aufmerksamkeit. Vorsichtig, so als geht eine Gefahr von dem Sarg aus, nähere ich mich der Nische, bis ich etwa einen Meter vor dem Sarkophag stehe.

Aus der Nähe wird mir bewusst, was mich an dem Kreuz irritiert, es steht auf dem Kopf. Sofort läuft meine Fantasie auf Hochtouren und erzeugt unwillkommene Vorstellungswelten.

Rechts neben dem Kreuz ist ein Frauenkopf in den Stein gemeißelt. Die Augen, der Mund, beide sind mit Gold ausgefüllt. Wahrscheinlich glaubte der Künstler Gold ist göttlich und überdauert die Zeiten. Links von dem Kreuz sehe ich eine Waage. Mein Versuch Frauenkopf und Waage einzuordnen schlägt fehl.

Am unteren und oberen Rand des Sarkophags sind nebeneinander Zeichen gemeißelt.

Bilden sie Worte?

Mehr als die Antwort darauf zu erhalten interessiert mich, wer liegt in dem Sarg?

König, Königin, Priester, Priesterin?

In meiner Fantasie ist alles möglich.

Um eine Antwort zu finden entschließe ich mich den Sarg zu öffnen. Der Sarkophag steht auf einem circa halben Meter hohen Sockel. Mit einem Sprung überwinde ich die Höhe und trete an den Sarg heran. Unsicher wie es weitergehen soll, bleibe ich vor der Todeslade stehen.

Schließlich streiche ich mit meinen Händen über den Sargdeckel, überlege ob es einen Öffnungsmechanismus gibt. Schließlich entscheide ich mich mit meinen Händen den Übergang zwischen Deckel und Korpus nach einem solchen abzusuchen. Aufmerksam nehme ich jedes Detail in mir auf. Immer wieder finde ich Stellen an denen der Abstand zwischen Deckel und Korpus größer ist. Als ich zwei solcher Vertiefungen nebeneinander finde, entschließe ich mich tiefer zu greifen. Mein Versuch den Deckel wegzuschieben. scheitert. Meine Finger beginnen zu schmerzen und ich gebe auf. Von irgendwoher taucht eine Frage auf.

Darf ich die Totenruhe des/der Verstobenen stören?

Mit aufsteigender Ehrfurcht vor dem was mich erwarten könnte, lege ich meine Hände auf den Deckel.

Allmählich lässt der Schmerz in den Fingern nach, und ich entschließe mich, einen zweiten Versuch zu wagen. Diesmal streiche ich mit meinen Händen über den Sargdeckel. Vielleicht finde ich so einen Öffnungsmechanismus. Sorgfältig bewege ich meine Hände auf der Oberfläche von links nach rechts und achte dabei auf Besonderheiten, Erhebungen und Vertiefungen. Erfolglos.

Da Aufgeben keine Option für mich ist, beginne ich nochmals von vorne. Diesmal erweitere ich den Suchradius.

Mit dieser Methode habe ich überraschend Erfolg. Meine Finger finden, warum jetzt, zwischen Truhe und Sargdeckel einen tiefen, schmalen Einschnitt auf der von mir abgewandten Seite. Ohne zu wissen, was geschehen wird, dringe ich in diese Aussparung ein. Ich will meine Finger schon zurückziehen, doch dann stoße ich auf eine Art Hebel. Euphorisiert drücke ich ihn kräftig nach links. Nichts geschieht. Also versuche ich es in die andere Richtung. Nach einem leichten Druck beginnt sich der Sargdeckel mit leisem Knirschen zur Seite zu bewegen. Eine Lücke entsteht. Kaum bekommt meine Zuversicht Nahrung, verstummt das Knirschen, und der Sargdeckel bewegt sich nicht mehr. Mein erster Impuls ist Enttäuschung. Doch dann wird mir bewusst, dass der Spalt groß genug ist, um unter den Sargdeckel zu greifen. Also greife ich mit beiden Händen hinein, und mit Muskelkraft versuche ich, den Deckel zu verschieben. Tatsächlich bewegt er sich, und ich verstärke meinen Einsatz. Eine Welle Optimismus durchströmt meinen Körper, und ich glaube, endlich auf dem richtigen Weg zu sein. Doch dieser Glaube erweist sich als Irrtum. Der Sarkophagdeckel bewegt sich keinen weiteren Millimeter. Natürlich will ich nicht aufgeben und fordere meine Armmuskeln auf, durchzuhalten.

Es dauert, bis ich akzeptiere, dass meine Kräfte überfordert sind. Irgendetwas hindert mich, die Steinplatte weiter zu verschieben, und ich akzeptiere schließlich, dass ich allein mit der Muskelkraft chancenlos bin. Während ich über mein weiteres Vorgehen nachdenke, kommt mir eine Idee.

Hat Archimedes nicht von einem Hebel gesprochen, mit dem er die Welt aus den Angeln heben könnte?

Ein Hebel, wo finde ich einen Hebel, um diesen Sarg zu öffnen?

Suchend schaue ich mich um, kann jedoch keinen geeigneten Hebel finden. Enttäuschung breitet sich in mir aus, bis ich ein kaum sichtbares Kreuz an der Wand entdecke. Im Laufe der Zeit hat es sich farblich dem Hintergrund angepasst.

»Es bleibt dir nicht mehr viel Zeit.«

»Nicht schon wieder, ich hab's ja begriffen«, schimpfe ich wütend über die Ablenkung, während ich zum Kreuz an der Wand gehe.

Erwartungsvoll greife ich nach dem Symbol der Christen und versuche es von der Wand zu lösen. Ein Versuch, der ins Leere läuft. Das Kreuz scheint eine Symbiose mit der Wand eingegangen zu sein.

Was nun?

Mir fallen die Lektionen meiner bisherigen Lehrer ein. Jeder von ihnen hat mir auf eine besondere Art beigebracht, welche Kraft, mein Ch'i, entfalten kann. Mein chinesischer Meister meinte einmal geheimnisvoll, es würde der Tag kommen, an dem mir dieses Wissen in einer scheinbar aussichtslosen Lage helfen würde.

Also konzentriere ich mich, wie oft geübt, auf meine Lebensenergie. Bedachtsam bringe ich meine Atmung unter Kontrolle, und es dauert nicht lange, bis die Schwingungen des Universums mich durchströmen und mein Herzchakra in meinen Körper pulsiert. Mein Selbstvertrauen verliert jeden Zweifel.

Zuversichtlich greife ich nach dem Kreuz. Diesmal gibt es nach und ich halte es in meiner Hand.

Ohne weiter nachzudenken schiebe ich es kraftvoll in die Öffnung. An einem bestimmten Punkt angekommen geht es überraschend leicht.

Zu schnell!

Für den Sargdeckel gibt es kein Halten mehr. Mit donnerndem Gepolter stürzt die massive Steinplatte auf den Boden und zerbricht in mehrere Teile. Das Dröhnen hallt durch das Gewölbe und dringt in meine gepeinigten Ohren, bevor es nur langsam verhallt. Als endlich Stille eintritt, trete ich, auf alles vorbereitet, an den Sarg heran.

Nach kurzem Zögern beuge ich mich über den neutral riechenden Sarg.

Ich hatte mit unangenehmem Verwesungsgeruch gerechnet, doch zu meiner Erleichterung bleibt er aus. Stattdessen starre ich auf eine ausgetrocknete, erstaunlich gut erhaltene Leiche. Forschend lasse ich meinen Blick über den Leichnam schweifen, suche nach Hinweisen, die mir Aufschluss darüber geben könnten, wie es weitergehen soll. Doch nichts deutet darauf hin, dass hier irgendein Geheimnis auf mich wartet. Mit der Zeit finde ich die Leiche in ihrer morbiden Stille beinahe faszinierend.

Ohne Eile und frei von überwältigenden Emotionen betrachte ich den Toten von Kopf bis Fuß. Mir fehlen zwar Vergleichsmöglichkeiten, aber ich bin sicher, dass an diesem Leichnam nichts Außergewöhnliches ist. Der Körper ist in Stoff gehüllt, der dem Verfall nur schwer widerstehen konnte. Die Arme ruhen überkreuzt auf der Brust, der Kopf besteht aus Haut und Knochen, die Zähne stehen lückenlos und makellos in Reih und Glied. Enttäuscht frage ich mich, was ich hier eigentlich finden oder suchen soll.

Weshalb bin ich hier?

Was habe ich übersehen?

Es muss einen Grund für meine Anwesenheit geben. Doch dieser Tote scheint nicht der Schlüssel zu sein.

Als ich mich gerade den Bruchstücken des Deckels zuwenden will, fällt mir im Augenwinkel ein schwaches Glänzen auf. Überrascht halte ich inne und richte meine Aufmerksamkeit erneut auf den Toten. Vorsichtig greife ich in den Sarg und schiebe den zerfallenen Stoff zur Seite. Trotz aller Behutsamkeit berühre ich eine Rippe ein wenig zu heftig. Eine Staubwolke aus verfallener Haut und Stoff erhebt sich, während der morsche Brustkorb knirschend zerfällt.

Als sich der Staub langsam legt, erheben sich mir, wie zum Schutz eines Geheimnisses, spitze Knochen entgegen. Meine Neugier überwiegt jedoch den Anflug von Unbehagen, und ich schiebe die Knochen behutsam beiseite. Unter dem zerfallenden Gewebe entdecke ich eine goldene Gliederkette.

Mein Atem stockt, als ich sie sehe. Zögerlich greife ich nach dem kühlen, schweren Metall. Eine seltsame Mischung aus Ehrfurcht und Aufregung überkommt mich, während ich versuche, die Kette an mich zu nehmen.

Doch sie lässt sich nicht lösen. Fest ist sie um die ausgedörrten Halswirbel geschlungen. Verunsichert suche ich nach einer Möglichkeit, sie zu befreien, ohne die Totenruhe weiter zu stören. Vorsichtig, um den Anschein von Respekt zu wahren, greife ich mit meiner zweiten Hand nach der Kette und schiebe sie behutsam unter den Totenschädel. Plötzlich spüre ich einen unerwarteten Widerstand.

Die Kette ist nicht frei.

Als ich genauer hinsehe, bemerke ich, dass knochige Finger am unteren Ende der Kette hängen. Sie umklammern einen Anhänger mit solch unerbittlicher Kraft, als wollten sie ihn für alle Zeiten bewahren.

Irritiert und zugleich fasziniert frage ich mich, welche Geschichte dieses Amulett birgt und warum der Tote, die Tote, die Kette lässt mich umdenken, nicht bereit ist, ihn freizugeben. Ein seltsames Gefühl macht sich in mir breit.

Bin ich willkommen hier, oder habe ich etwas geweckt, das besser ungestört geblieben wäre?

Es ist nicht rational, aber ich bin mir sicher, die Seele die dem Skelett innewohnt, will nicht loslassen.

Es dauert bis ich mich überwinden kann, nach den Skeletthänden zu greifen. Vorsichtig versuche ich, das Amulett den Knochenhänden zu entwinden. Meine Rücksichtnahme hilft allerdings nicht, Reste von Hautfetzen lösen sich von den ehemaligen Händen, und einer nach dem anderen fallen sie nach unten.

Doch ich nehme dies nur unbewusst wahr. Schließlich werde ich ungeduldig und entscheide mich, einen Finger nach dem anderen vom Schmuckstück zu lösen. Mit einem dumpfen Knall fallen Knöchelchen für Knöchelchen auf den Sargboden. Endlich habe ich das ungewöhnliche Kleinod befreit.

Indem ich die Kette über den Totenschädel schiebe, gehen Kette und Amulett in meinen Besitz über. Während dem misslungenen Versuch so wenig Schaden wie möglich anzurichten, habe ich mehrmals den Totenschädel berührt und jedes Mal lief ein Schauer über meine Haut. Bei jedem Kontakt fühlte ich für einen Moment, die Endgültigkeit des Lebens.

Um mich von solchen dunklen Gedanken abzulenken konzentriere ich mich auf die Goldkette in meiner Hand. Sie ist ziemlich schwer. Um das Amulett besser begutachten zu können, trenne ich es von der Kette. Nach einigen Versuchen halte ich das Schmuckstück in meiner Hand. Die Goldkette lege ich auf den Sarg-Rand. Neugierig betrachte ich den Anhänger. Er ist oval, etwa sechs mal vier Zentimeter groß.

Da das Amulett von Schmutz bedeckt ist, greife ich in meiner Hosentasche nach meinem Stofftaschentuch. Vorsichtig beginne ich, den Anhänger vom Schmutz zu befreien.

Zuerst bekommt ein Goldreif seinen alten Glanz zurück. Dieser fasst einen Schmuckstein ein. Danach befreie ich leuchtende, dunkelrote Rubine vom Staub der Zeit. Am Ende meiner Reinigungsarbeit entdecke ich eine Gemme. Sie ist strahlend weiß.

Fasziniert betrachte ich das Amulett auf meiner Handfläche. Ein Schmuckstück, das einst einer bedeutenden Persönlichkeit gehört haben muss, glänzt beinahe überirdisch. Verwundert frage ich mich.

Wie ist das möglich?

Doch die Frage rückt in den Hintergrund, als ich das in die Gemme geschnitzte Gesicht näher betrachte. Es ist das Gesicht einer Frau, schmal, anmutig, und doch von einer Aura umgeben, die von einer längst vergangenen Zeit zu erzählen scheint.

Zum zweiten Mal kommt mir der Gedanke, dass der Leichnam eine Frau gewesen sein könnte. Während ich über die Bedeutung dieses Fundes nachdenke, höre ich plötzlich eine Stimme. Sie scheint aus dem Nichts zu kommen.

»Bewahre das Schmuckstück und achte sorgfältig darauf!«
Ein seltsames Gefühl des Triumphes überkommt mich. War dieses Amulett der Grund meines Hierseins?
Die Zeit hat weder an der Kette noch am Amulett Spuren hinterlassen. Während meine Fingerspitzen über die Gesichtszüge der gravierten Frau gleiten, geschieht etwas Unerwartetes. Zuerst durchläuft ein Kribbeln meine Haut. Dann spüre ich, wie mich ein unsichtbarer Strudel erfasst und mit sich zieht. Obwohl ich kurz die Kontrolle verliere, bleibe ich ruhig. Inzwischen bin ich es gewohnt, fremdbestimmt zu werden.
Mein Bewusstsein beginnt eine Reise durch Raum und Zeit und plötzlich stehe ich in einem Rosengarten. Der Anblick ist überwältigend. Vielfarbige Rosen umgeben mich. Schwerer Duft umhüllt meine Sinne. Eine Frau in einem schneeweißen Gewand beugt sich über einen Rosenbusch. Ihr Gesicht bleibt verborgen, während sie sich über eine Rose beugt.
Wie immer lasse ich meinen Blick durch den Garten schweifen, um die unterschiedlichen Details in mich aufzunehmen. Ein schmaler Bach schlängelt sich durch das satte Grün des Bodens, glitzernd im Sonnenlicht. In der Mitte des Gartens erhebt sich ein Monolith. Wasser fließt sanft über die glatten Oberflächen. Angezogen vom Wasser gehe ich zum Bach hinüber. Der Anblick des Baches lässt mich erstarren. Erst nach dem zweiten Hinsehen kann ich akzeptieren, dass das Wasser Blut ist.
Ein Schauder läuft über meine Haut. In diesem Moment wird mir die unheimliche Stille bewusst, die den Garten erfüllt. Kein Laut, kein Rascheln, nur bedrückende Stille. Bevor ich meine Umgebung richtig begreife, beginnt der Garten zu verblassen, wie ein Traum, der sich auflöst.
Es wird Nacht, dann wieder Tag.
Meine Reise geht weiter.
Ohne Vorwarnung finde ich mich in der Gruft wieder.

Meine Finger streichen über das Gesicht der Gemme, gleiten zu den Rubinen, die um die Gravur herum verarbeitet sind. Plötzlich durchzieht eine kraftvolle Schwingung meine Hand und verbreitet eine wohlige Wärme. Mein Blick wird erneut von dem Gesicht der Frau in den Bann gezogen.

»Schau genau hin.«

Wohin wollte ich fragen, doch die Stimme hinterfrage ich schon lange nicht mehr.

»Präge dir das Gesicht ein.«

Einer Marionette gleich gehorche ich. Mein Blick vertieft sich, sorgfältig brenne ich jede Einzelheit in mein Gedächtnis. Die Einzigartigkeit der Arbeit fasziniert mich.

Der Kopf ist dreidimensional, die feinen Linien meisterhaft. Plötzlich wird meine Hand heiß. Erschrocken lasse ich das Amulett los.

Doch anstatt zu Boden zu fallen, beginnt es vor meinen Augen über meiner Handfläche zu schweben, getragen von einer unsichtbaren Kraft. Wie gebannt starre ich auf das mystische Schauspiel und warte, was als Nächstes geschehen wird.

Nach allem, was ich bisher erlebt habe, wundere ich mich nicht wirklich, als ein rätselhafter Auflösungsprozess beginnt. Zuerst verschwinden die Rubine. Anschließend lösen sich die von Meisterhand gefertigte Gemme und zu guter Letzt die Goldfassung auf. Dieser Vorgang dauert nur wenige Sekunden. Einem Impuls folgend, suche ich die Goldkette. Nicht wirklich überrascht stelle ich fest, auch diese ist verschwunden. Als ich das ganze Ausmaß des Geschehens verinnerliche, erinnere ich mich an die Worte meines heimlichen Begleiters.

Bewahre das Amulett gut, es soll dein Talisman sein.

Meine Augen werden feucht. Ein Zeichen meiner Hilflosigkeit. Die Gemme ist verschwunden, wer weiß, in welche Dimension.

Ein Geräusch reißt mich aus meinen trüben Gedanken.

Ich blicke mich um und sehe den von mir beinahe zerstörten Leichnam in einem halben Meter Höhe über dem Sarg schweben.

Was soll das bedeuten?

Wird auch er sich in Luft auflösen?

Bevor ich über die Frage nachdenken kann, ist das Totenskelett verschwunden. Verwirrt blicke ich auf die leere Stelle, und unkontrolliert überfällt mich Panik. Mein Herz schlägt schneller, als ich an den Sarkophag herantrete. Beide Hände lege ich auf die Sargkante. Sie fühlt sich real und kalt an. Und als wolle etwas sicherstellen, dass wirklich alles real ist, überzieht mich eine Gänsehaut. Etwas Kühles berührt meine Schulter.

Ich bin nicht mehr allein in der Gruft.

»Du hast versagt!«

Eine dunkle Stimme dringt an mein Ohr. Kopflos drehe ich mich um, will den erwischen, der versucht, mir Angst einzujagen. Tatsächlich glaube ich, einen Schatten vor mir zu erkennen. Als ich ihn ansprechen will, wird er transparent. Bevor sich der Schatten endgültig auflöst höre ein Schnippen. Kaum erreicht die davon ausgehende Schwingung meine Wahrnehmung, beginnt ein seltsames Kribbeln in meinen Beinen. Ich blicke an mir herunter und suche nach der Ursache. Vergeblich.

Vielleicht hat mein Blut aufgehört zu fließen?

In meinem Kopf herrscht wildes Durcheinander. Mein Atem geht unregelmäßig, und mein Geist ist nah am Chaos. Keine Panik, nur keine Panik. Finde deine Mitte. Ermahne ich mich und versuche Ordnung in deinen Verstand zu bringen.

Wo bin ich?

Während ich auf der Suche nach einer Antwort bin, finde ich langsam zurück in die Realität. Mein Körper ist kalt, meine Beine schmerzen, und allmählich kehrt die Erinnerung zurück.

Ich meditiere! Ich habe meditiert!

Um mich in Raum und Zeit zu orientieren, gebe ich meinem Gehirn den Befehl: Öffne die Augen.

Ich blicke auf das Enneagramm vor mir auf dem Boden. Noten einer Oktave fallen mir innerhalb des Kreises auf. Ohne nachzudenken, hebe ich den Kopf und sehe mich um. Meine Rückkehr in die Wirklichkeit beschleunigt sich, als mir bewusst wird, dass ich mich wieder an meinem Ausgangsort befinde. Die Schmerzen in meinen Beinen werden stärker. Es wird Zeit, etwas dagegen zu tun.

Gedacht, getan.

Ich stehe auf.

Während der Schmerz Stück für Stück aus meinem Körper weicht, überlege ich meine nächsten Schritte.

Es wird Zeit, die Kirche zu verlassen. Ich glaube zu wissen, was für meinen weiteren Weg wichtig ist. Entschlossen nähere ich mich dem Ausgang und drücke kräftig mit den flachen Händen gegen die Flügeltüren. Ohne größeren Widerstand schwingen diese weit auf, und ich trete hinaus ins Licht.

Erleichtert und dankbar nehme ich die Sonne wahr. Mein Herzschlag beruhigt sich, mein Kreislauf stabilisiert sich. Das strahlende Licht der untergehenden Sonne dringt in mein noch nicht ganz sortiertes Bewusstsein. Mit jedem Lichtstrahl, der mich durchdringt, kehre ich Stück für Stück in die Realität zurück. Doch bevor ich mich darüber freuen kann wird meine Welt erneut erschüttert.

Meine Freunde und meine Frau stehen direkt vor mir und starren mich ungläubig an. Ich sehe, wie es in ihnen arbeitet, und nach einer Weile beginnen sie alle gleichzeitig, mich mit Fragen zu bestürmen. Sie erwarten Antworten, die ich ihnen jedoch nicht geben kann.

Während ich versuche, passende Worte zu finden, spüre ich eine riesige Faust, die die Ereignisse der vergangenen Stunden fest umschließt. Obwohl ich es nicht will, kann ich nicht verhindern, was als Nächstes geschieht.

Die letzten Stunden verschwinden in irgendeinem Winkel meines Bewusstseins.

Leere!

»Für mich waren die letzten Stunden keine verlorene Zeit«, versuche ich ihren Fragen zuvorzukommen, »ich hoffe, für euch auch. Lasst uns morgen früh nach Hause fahren.«

Ohne eine Antwort abzuwarten, gehe ich an ihnen vorbei zu meinem Zelt.

*Es gibt Menschen die behaupten
es wäre sinnlos Gott zu suchen.
Dieselben Menschen glauben ---
an das Schicksal.*

13
Aufbruch

Nervös umrundet Boris, zum wiederholten Male, das fast verlöschte Lagerfeuer. Sein Nervenkostüm steht unübersehbar unter Dauerfeuer, denn es wird auf eine harte Probe gestellt. Es ist ihm deutlich anzusehen, seine sprichwörtliche Gelassenheit hat ihren Tiefpunkt erreicht.

Wie ein gefangener Tiger, der ruhelos seinen Käfig mit müden Schritten durchmisst, umkreist Boris die schwach glühende Glut. Hin und wieder wandert sein Blick sehnsüchtig zum Kirchgebäude hinüber, wie der eines Löwen, der durch rostige Gitterstäbe in die Ferne späht und sich nach Freiheit sehnt. Die Augen des Raubtieres erzählen von Träumen, von besseren Zeiten, von einer Zeit, in der seine Welt noch intakt war.

»Wann endlich kommt Dominik aus der Kirche?«, bricht Boris schließlich hervor, seine Stimme klingt scharf wie ein Messer.

»Lass ihm doch die Zeit, die er braucht«, entgegnet Sandra und wirft einen demonstrativen Blick auf ihre Armbanduhr, »wir haben es ihm versprochen. Es ist noch Nachmittag; der Tag hat also noch einige Stunden.«

Ihre Stimme bleibt ruhig, doch man spürt, dass sie ihren Mann zu beruhigen versucht.

»Wir werden morgen auf jeden Fall abreisen«, interveniert Jennifer entschieden.

»Auf jeden Fall! Jetzt ist endgültig Schluss«, gibt Boris seinem Frust lautstark Luft, »diese Idee mit dem Seelentor war doch nur Dominiks Versuch, uns umzustimmen. Und wie ich vorher schon wusste, war unsere Suche ein Reinfall. In diesem Turm gab's nichts, und es wird dort auch nie mehr etwas geben!«

Boris bleibt stehen, unterbricht seinen nervösen Rundgang und starrt die Frauen an. Sein Blick ist geladen mit einer Mischung aus Enttäuschung und Wut.

»Seelentor, Seelen auf Reisen in eine andere Dimension, was für ein Blödsinn. So etwas kann ja nur von Dominik kommen. Ich finde sowieso, dass er sich in letzter Zeit verändert hat!«

Die Frauen schweigen, und beobachten Boris mit wachsender Sorge.

»Habt ihr euch schon mal gefragt, was Dominik in dieser uns abweisenden Kirche eigentlich treibt?«, fragt Jennifer schließlich.

Sandra schaut von ihrer Uhr auf und begegnet Jennifers Blick.

»Das frage ich mich schon die ganze Zeit. Was kann nur so wichtig sein, dass er immer noch hierbleiben will?«

Boris bleibt plötzlich stehen, dreht sich zu den Frauen um und fuchtelt mit den Armen, so als wolle er den ganzen Wahnsinn dieser Situation eine bestimmte Qualität geben.

»Manchmal kommt es mir vor, als hätte er uns vergessen.«

Sandra schüttelt den Kopf.

»Vergessen ist etwas heftig, Boris. Allerdings hast du in einem Punkt recht. Er ist sehr einsilbig, wenn er über seine Erfahrungen in der Kirche sprechen soll. Er hat uns kaum in seine Abenteuer eingebunden.«

Jennifer nickt langsam, ihre Gedanken schweifen ab. Sie erinnert sich daran, wie Dominik in letzter Zeit immer wieder Stunden in der Kirche verbrachte, ohne eine Erklärung zu liefern.

Die Geheimnisse, die ihn umgaben, schienen plötzlich viel größer zu sein, als sie sich bisher vorgestellt hat.

»Stimmt. Auch bei mir stellte sich das Gefühl ein, dass er nicht wirklich darüber reden will. Doch wenn wir erst zu Hause sind, wird sich das ändern. Da bin ich mir sicher«, sagt Jennifer.

»Warum Dominik nicht von der Kirche abgewiesen wird, sondern nur wir, das bleibt mir ein Rätsel.«

Sandra schaut zu Jennifer, als wolle sie in ihrem Gesicht eine Antwort finden. Boris, der erneut begonnen hat, im Kreis zu gehen, bleibt plötzlich stehen.

»Ich habe keine Lust mehr zu warten! Es wird Zeit, dass wir Dominik aus diesem verfluchten Kirchenhaus herausholen. Ich frage mich ehrlich, weshalb und wozu er sich so lange dort herumtreibt«, sagt Boris und klingt gereizt.

»Und wie genau willst du das anstellen?«, fragt Sandra, eine Augenbraue skeptisch gehoben.

»Egal! Irgendwie wird es mir schon gelingen! Ich will einfach nur weg aus dieser trostlosen Gegend. Ich habe genug davon, meine Zeit am Arsch der Welt zu verschwenden.« Nachdem Boris seinem Ärger freien Lauf gelassen hat, geht er zu einem Gartenstuhl und lässt sich hineinfallen. In seinem Gesicht steht deutlich, genug ist genug.

Doch kaum hat er sich gesetzt, geht ein Ruck durch seinen Körper. Er richtet sich auf, als wolle er etwas sagen, und nach einem Moment des Innehaltens platzt es aus ihm heraus:

»Wie konnte ich mich von Dominik nur zu diesem Abenteuer überreden lassen? Klar, die Fahrt hierher hatte ihre Überraschungen, und wir hatten einige interessante Momente, aber jetzt zieht sich dieser Aufenthalt wie Kaugummi. Es muss endlich Schluss sein!«

Sandra, bemüht um Gelassenheit, antwortet leise:

»Wir brauchen einfach nur noch ein wenig Geduld. Morgen fahren wir nach Hause.«

Boris schnaubt: »Geduld, Geduld… davon habe ich genug.« Er steht abrupt auf und bleibt einen Moment stehen, als würde er einen Entschluss fassen. Mit einem kurzen Nicken setzt er sich in Bewegung, die Kirche im Blick. Nach wenigen Minuten erreicht er das Gotteshaus. Kurz zögert er, dann steigt er die knarrenden Steinstufen hinauf. Eigentlich hat er es erwartet, doch das dumpfe Grollen, das plötzlich laut und warnend seine Ohren füllt, lässt ihn zusammenzucken.

Verunsichert blickt er sich um und bemerkt, dass die Frauen ihm gefolgt sind. Schweigend beobachtet er sie, während er versucht, die Quelle des Geräuschs zu lokalisieren. Plötzlich verändert sich das Licht um ihn herum. Er dreht sich zu den Frauen, deren erschrockene Gesichter zum Himmel blicken.

»Der Himmel stürzt ein«, flüstert Sandra.

»Hoffentlich nicht«, murmelt Jennifer, obwohl ihre zitternde Stimme ein Lächeln zu verbergen sucht.

Boris folgt ihrem Blick. Über der Kirchturmspitze ziehen dunkle, schwere Nimbostratus-Wolken auf. Das diffuse Licht des Nachmittags schwindet, die Welt scheint in Dunkelheit getaucht.

»Sind dies Vorboten einer Windhose oder eines Tornados?«, murmelt Boris.

Er zögert, wendet sich mit Wut im Bauch dem Kirchentor zu. Doch bevor er es erreicht, durchschneidet ein spitzer Schrei die Stille. Instinktiv wirbelt er herum und sieht Sandra mit weit aufgerissenen Augen zum Himmel starren. Er folgt ihrem Blick.

Die Sonne verschwindet hinter einer Wand aus schwarzen Wolkentürmen. Finsternis breitet sich aus, wie ein Schleier, der die Welt verschluckt.

Das Schauspiel, das sich direkt über ihren Köpfen entfaltet, wird ihnen lange in Erinnerung bleiben. Später werden sie es als eine gewaltige Inszenierung beschreiben. Ein unvergessliches und beängstigendes Schauspiel. Ein Ton wie ein Paukenschlag, offensichtlich aus den Wolken kommend, breitet sich wellenartig über den Domplatz aus.

Eine düstere, Unheil versprechende Atmosphäre legt sich über den Platz. Dunkle Wolken hüllen den Dom immer schneller ein bis sie ihn völlig verhüllen. Dort verharren sie einen Moment, bevor erneut Bewegung in sie Wolken kommt. Schnell nähern sie sich den Frauen, bis auch sie verschwinden.

Das folgende ist schwer für ihre Psyche zu ertragen. Ein an- und abschwellender Ton hüllt Jennifer, Sandra und Boris ein, entwickelt eine suggestive Kraft, die jeden Winkel ihres Bewusstseins durchdringt. Panik erfasst Jennifer und Sandra, und auch Boris kann sich ihr nicht entziehen. Sie alle wollen nur noch weg, sich irgendwie in Sicherheit bringen. Doch sie können sich nicht bewegen. Obwohl jeder den sehnlichen Wunsch verspürt zu fliehen, bleibt dieser unerfüllt. Zu Salzsäulen erstarrt, verharren sie auf der Stelle.

»So muss es Lot ergangen sein«, durchzuckt Boris ein flüchtiger Gedanke.

Ohne Vorwarnung fängt es an zu regnen. Schwere Wassertropfen erreichen sie, und in Sekundenschnelle sind sie klatschnass. Hilflos müssen sie es geschehen lassen. Doch schließlich löst sich der Regen auf.

Die Finsternis beginnt sich zu lichten und synchron dazu fühlen sie, wie Fesseln von ihnen abfallen. Stück für Stück kehrt Bewegung in ihren Körper zurück. Ihre erste Reaktion zu fliehen können sie unterdrücken. Stattdessen schauen sie sich um, um zu sehen wie es dem Anderen geht.

Jeder kann im Gesicht seines Gegenübers deutlich den Schrecken ablesen, der sich in jedem Knochen festgesetzt hat. Dann blicken sie fast zeitgleich nach oben in den Himmel. Dieser beginnt sich zu lichten, die schwarzen Wolken verschwinden allmählich im Nichts. Die Sonnenstrahlen erreichen wieder ungehindert die Erde, senden eine wohltuende Wärmewelle durch ihre Körper und trocknen nebenbei in wenigen Minuten ihre Kleidung. Verblüfft schauen sie sich ungläubig an.

»Wie ist das möglich?«, durchbricht Jennifer leise die Stille.
»Was war das gerade«, fragt Sandra.

Dankbar schauen sie zur Sonne hinauf. Doch der Zustand der Entspannung hält nur kurz an. Urplötzlich materialisiert sich eine schwarze Wolke am sonst blauen Himmel. Woher sie so überraschend auftaucht, bleibt ein Rätsel. Während sie darüber nachdenken, nimmt die Wolke eine eigenwillige Form an. Mit etwas Fantasie sieht es aus, als würde sich in ihr ein riesiges Wesen aufhalten. Stück für Stück, noch etwas nebulös und unfertig, löst sich schließlich eine überlebensgroße Gestalt aus der Wolke.

Schwarzblitzende Augen blicken auf sie herab und fixieren sie. Jeder spürt fast körperlich, wie er durchleuchtet wird. Unruhe ergreift die drei. Doch als die Unruhe in Angst umzuschlagen droht, erscheint es ihnen, als würde sich das Wesen gar nicht für sie interessieren.

Die nebulöse, immer deutlicher werdende Gestalt löst sich endgültig aus dem Wolkengebilde und bewegt sich auf die Kirche zu. Für einen Moment scheint die Zeit stillzustehen, und bei jedem von ihnen tauchen Erinnerungen an alte Jugend- und Gruselgeschichten aus der Kindheit auf.

Als wir uns später über dieses Erlebnis unterhalten, meint Sandra, die Gestalt habe wie ein gewaltiger Dschinn ausgesehen. Aus der Mythologie wusste sie, dass ein Dschinn aus den vier Elementen erschaffen wird Welt.

Außerdem meinte sie, dass diese Zwischenwesen sowohl Tier- als auch Menschengestalt annehmen können. Ein weiterer faszinierender Aspekt eines Dschinns ist, dass er sowohl gute als auch böse Absichten haben kann. Dschinns sollen in der Luft, in Flammen, unter der Erde und in unbelebten Objekten wie Felsen, Bäumen und Ruinen existieren.

Boris erzählt später, als sie über diese Episode sprachen, dass er sich einen Riesen aus der nordischen Sagenwelt vorgestellt hat. Wie immer es auch sein mag, der Dschinn erreicht das Gotteshaus.

Spielerisch streichen die Finger seiner riesigen Hand über die Kirchenmauer, und er verschwindet spurlos.

Von den bisher allen Angriffen trotzenden Kirchenwänden rieselt feiner Sand. Kleine Steinbrocken brechen aus den jahrhundertealten Mauern. Einige der kleineren Figuren stürzen von ihren angestammten Plätzen und schlagen mit lautem Getöse auf dem Boden auf. Das Beben verebbt, und der von fremden Kräften zum Zittern gebrachte Kirchenbau beruhigt sich. Eine drückende Stille senkt sich über den Platz. Für einen Augenblick scheint die Zeit einzufrieren.

Von einem Moment zum anderen verlieren meine Freunde den Bezug zur Wirklichkeit, ihre Wahrnehmung verflüchtigt sich, bis nichts mehr bleibt. Sie nehmen nicht wahr, wie die Kirche in einem undurchdringlichen Nebel verschwindet.

Sie bemerken nicht, wie sich die Stille weiterentwickelt und zur Totenstille wird. Die Stille legt sich wie ein böses Omen über die verfallene Stadt.

Kein Wind, kein Vogellaut, nichts bricht die Lautlosigkeit. Schließlich zerfällt der Bann in seine Teile, und die Welt, scheint zu ihrem Normalzustand zurückzufinden.

Das Sonnenlicht tastet sich vorsichtig in die Straßen und berührt die Herzen von Jennifer, Sandra und Boris, die allmählich aus ihrer Starre erwachen.

Benommen blicken sie sich um. Erinnerungsfetzen tauchen wie Schatten in ihrem Bewusstsein auf. Instinktiv kontrollieren sie ihre Körper auf Verletzungen und versuchen das Geschehene einzuordnen.

»Was ist passiert?«, fragt Sandra heiser, die auf dem Boden sitzt.

Jennifer zuckt kurz zusammen und beginnt, mit zitternder Stimme, von ihrem Zustand zu berichten.

»Ich habe keine Ahnung. Ich glaube, mich an einen bedrohlichen Ton zu erinnern, einem schmerzhaften Sturz und plötzlich eintretende Dunkelheit. Das Ergebnis ist, meine Arme und Beine schmerzen.«

»Es fühlte sich an, als hätte sich ein schwarzes Loch aufgetan«, murmelt Boris, während er mit den Fingern seine geschwollene Nase abtastet, »ich kann mich kaum an etwas erinnern, alles ist wie ein zerrissener Film.«

Unzufrieden mit dem Ergebnis seines Tastens, wendet er sich Sandra zu, die inzwischen steht und auf den ersten Blick unverletzt erscheint.

»Sieht es schlimm aus? Muss ich sterben?«, fragt er sie auf seine Nase deutend, mit einem nervösen Unterton.

»Lass mal sehen.«

Mitfühlend mustert Sandra Boris' Nase und fährt mit den Fingerspitzen behutsam über den leicht geschwollenen, bläulichen Nasenrücken.

»Halb so schlimm. Es ist nichts gebrochen. Du wirst es überleben«, sagt sie mit einem leisen Lachen, »in ein paar Tagen ist nichts mehr zu sehen, und du kannst deine Adonisnase unbeschadet nach Hause tragen.«

Trotz dem Versuch von Sandra ihn aufzumuntern, bleibt seine Miene finster. Jennifer unterbricht die aufkommende negative Stimmung indem sie mit einem besorgten Ton in ihrer Stimme fragt: »Wo ist Dominik? Er muss doch auch mitbekommen haben, dass der Weltuntergang angekündigt wurde?«

Sandra spürt Jennifers Angst und versucht, sie zu beruhigen.

»Du hast recht, Jennifer. Ich bin mir sicher, Dominik wird gleich auftauchen.«

»Wahrscheinlich meditiert er immer noch«, knurrt Boris, dessen Unzufriedenheit mit sich und der Welt kaum verborgen bleibt.

Alle drei richten ihre Blicke zum Kirchenportal hinüber. Dumpfes Schweigen breitet sich aus. Es scheint, als halte die Welt den Atem an.

»Vielleicht sollten wir nach ihm sehen«, sagt Boris schließlich, und seine Worte bringen die anderen zurück in die Wirklichkeit.

Ohne Absprache setzen sie sich in Bewegung. Ihre Schritte führen sie, wie von unsichtbarer Hand geleitet, zum Dom.

Sie umrunden die herabgestürzten Figuren. Einige sind nur noch Staub. Bei diesem Anblick wird ihnen nicht sofort bewusst, dass sich etwas verändert in ihrer Umgebung hat.

Boris, wie so oft ein wenig schneller, steigt mit raumgreifenden Schritten die sieben Stufen hinauf. Er streckt die Arme nach vorne, um das Kirchentor zu öffnen. Genau in diesem Moment fliegen die schweren Kirchentüren, wie von selbst, mit einem heftigen Knall auseinander. Im letzten Augenblick kann Boris zur Seite springen.

Während ich langsam aus der Dunkelheit der Kirche, ins Licht heraustrete, glaube ich zu sehen, wie die Frauen erstarren. Ihre Blicke sind voller Schrecken, als wäre ich ein Geist, der gerade aus einer anderen Welt zurückkehrt. Für einen Moment halte ich inne und atme tief durch. Das strahlende Sonnenlicht legt sich wie eine Schutzhülle um meinen Körper. Die Sonnenstrahlen durchdringen mich bis in die tiefsten Winkel meiner Seele. Ich spüre, wie mein Geist geklärt und gereinigt wird, als wäre ich ein Gefäß, das von einer unheimlichen Dunkelheit befreit wird.

Haben die Frauen mich in diesem Zustand gesehen?

Unruhe die ich nicht einordnen kann, breitet sich in meinem Kopf aus. Es scheint, als wolle die Sonne nicht nur alles Negative vertreiben, sondern mich auch auf etwas Unerbittliches vorbereiten. Da ich weiß, dass solche Gedanken nutzlos sind, will ich das Hinter mir Liegende abschütteln indem ich mich auf das Jetzt konzentriere. Erstaunt blicke ich in ratlose Gesichter. Offenbar haben sie etwas erlebt, das sie an den Rand ihrer Fassung brachte.

Hat dies etwas mit dem Seelentor zu tun?

Bevor ich fragen kann, stürmt Jennifer ohne Vorwarnung auf mich zu, umschließt mich mit ihren Armen und zieht mich fest an ihren Körper. Ihr Griff ist fest, beinahe schmerzhaft, und ich spüre ihr Zittern.

Lange hält sie mich fest und drückt ihren Kopf an meine Schulter, als wollte sie sich vergewissern, dass ich wirklich da bin.

»Du lächelst«, sagt Jennifer mit bebender Stimme und zieht mich noch fester an sich heran, »das ist ein gutes Zeichen. Es ist vorbei. Lass uns diesen trostlosen und unheimlichen Ort und morgen früh verlassen.«

Langsam löst sich von mir.

»So soll es sein«, erwidere ich leise und schaue mich nach Sandra und Boris um.

Beide strahlen die gleiche nervöse Anspannung aus, die ich bei meiner Frau spüre.

Beunruhigt blicke ich zur Sonne, die wie eine stille Zeugin über uns wacht. Ich vermute, dass sie in etwa drei Stunden als rötlicher Ball, wie so oft in den letzten Tagen, hinter den Bergen verschwinden wird, um der Dunkelheit erneut die Herrschaft zu überlassen.

Wohl wissend, dass es zum letzten Mal sein wird, blicke ich hinüber zur Kirche. Ihr Anblick hat sich verändert. Die steinernen Mauern wirken dunkler, ein großer Teil der Figuren ist verschwunden.

Eine Erinnerung flackert auf, heute Morgen, da bin ich sicher, habe ich die Kirche betreten, um etwas Wichtiges zu erfahren. Deshalb wollte ich noch nicht abreisen. Ich sehe mich den Kirchenbau betreten, doch dann werden die Bilder unscharf, als würde jemand mit einem Radiergummi über meine Gedanken fahren.

Was ist nur in der Kirche geschehen?

Warum soll meine Erinnerung daran gelöscht werden?

Die Frage brennt in meinem Kopf wie eine offene Wunde.

»Habe Geduld«, höre ich eine Stimme flüstern.

Sie klingt vertraut, trotzdem läuft mir ein Schauer über den Rücken.

»Verdammt, was ist nur los mit mir? Warum kann ich mich nicht erinnern, was in der Kirche geschehen ist«, schimpfe ich vor mich hin

Ich blicke in die erstaunten Gesichter meiner Begleiter. Habe ich das laut gesagt?

»Freunde, ich weiß, dass ich Informationen erhalten habe, die wichtig für mich sind, und vielleicht auch für euch, aber irgendetwas blockiert meine Erinnerung an die letzten Stunden. Fragt mich also bitte nicht, ob es Sinn hatte, noch einen Tag hierzubleiben.«

Frustriert schaue ich auf den Boden.

»Du warst ziemlich lange in der Kirche«, höre ich meine Frau.

Sanft berührt sie meinen Arm. Ihr Blick ist mitfühlend.

»Boris wäre fast ausgerastet. Wir waren besorgt um dich und wollten dich, trotz unserer schlechten Erfahrungen, aus der Kirche holen.«

»Danke, Jennifer«, nachdenklich blicke ich ihr in die Augen. Ein Bild blitzt in meinem Verstand auf. Irritiert halte ich Jennifer am Arm fest, so als wollte ich, dass sie nicht wegläuft.

»In der Kirche bin ich jemandem oder etwas wichtigem begegnet. Leider sehe ich das Bild in meinem Kopf nur unscharf.«

Meine Worte lösen bei meiner Frau, das ist deutlich in ihrem Gesicht abzulesen, auch eine Erinnerung aus. Sie weicht ein Stück zurück.

Ich lasse los.

Aufmerksam schaue ich sie an und sehe wie sich plötzlich ihr Gesicht verdunkelt und Erstaunen auftaucht. Etwas scheint Jennifer aus dem Konzept gebracht zu haben.

»Diesmal hast nicht nur du Außergewöhnliches erlebt. Es war Mittagmittag, als wir dich dort«, sie zeigt Richtung Kirche, »herausholen wollten. Und als wir nicht mehr weit von der Kirche entfernt waren, wurden wir eindeutiger wie sonst zurückgewiesen.

215

Plötzlich verdunkelte sich um uns herum die Welt, und wir sehen einen Geist oder einen Dämon, der sich aus einer Wolke befreit und in die Kirche eindringt. Kurz darauf weiß ich nichts mehr. Als wir wieder in die Realität zurückfinden, konnten wir zur Kirche gehen, ohne jegliche Abwehr. Als Boris die Kirchentüren öffnen will, kamst du heraus.«

Wir sehen uns schweigend an und suchen in unseren Erinnerungen nach weiteren Hinweisen.

»Für einen Moment habe ich geglaubt wir sind dem Tod geweiht. Doch wie du siehst sind wir ihm gerade noch einmal von der Schippe gesprungen«, sagt Jennifer, ihre Stimme ist durchdrungen von Unsicherheit.

Bei dem Wort »Tod« zucke ich zusammen. Es dauert einen Moment, bis ich meine Fassung zurückgewinne.

Irgendetwas an diesem Wort löst etwas in mir aus.

Bin ich ihm im Dom begegnet?

»Bei dem Wort Tod überkommt mich ein beklemmendes Gefühl, Jennifer. Doch vergessen wir es erst einmal«, sage ich und winke meinen Freunden zu, »kommt, lasst uns ein letztes Mal an unseren Platz zurückgehen. Trinken wir zusammen Kaffee«, ich muss ein lächeln unterdrücken, »oder ein Glas Wein, um uns zu sortieren. Außerdem habe ich Hunger, wir sollten auch etwas essen.«

Da niemand widerspricht, gehe ich voran. Die anderen folgen mir, jeder in seine eigenen Gedanken verstrickt. Am Campingplatz angekommen, geht Boris gleich zum heruntergebrannten Feuer, stochert mit einem Stock in der Glut, legt Holz nach und kurze Zeit später erwacht das Feuer zu neuem Leben. Sandra bereitet den Kaffee vor, und Jennifer macht uns Sandwiches.

Schließlich ist alles fertig, und wir sitzen um den Tisch. Wortlos trinken wir Kaffee und essen unsere Sandwiches.

»Wollen wir nun über die seltsamen Ereignisse der letzten Stunden sprechen?«, fragt Sandra in die Runde.

»Sollten wir! Das war ja richtig abgefahren. Zum ersten Mal hatte ich den Eindruck, wir sind hier an einem Ort der mehr bietet, als nur Ruinen«, bringt es Boris auf den Punkt.

»Trotzdem möchte ich so etwas nicht noch einmal erleben«, sagt Jennifer und schaut mich an, »du stimmst mir doch zu Dominik, oder?«

Ich sehe Jennifer nachdenklich an, denn ihre Frage bringt einige unangenehme Seiten in mir zum Schwingen.

Tatsächlich drängt sich ein weiteres Puzzlestück auf und wird in Zeitlupe deutlicher.

»Ich weiß nicht, was euch genau passiert ist, doch wenn es Boris beeindruckt hat, war es außerordentlich. Allerdings, obwohl ich mich im Moment nur unterschwellig erinnern kann, möchte ich das Wissen, welches ich in dem Dom erhalten habe, nicht missen «, sage ich, vielleicht ein wenig zu ernsthaft, »ich spüre, es war faszinierend. Ich erinnere mich nicht an alles, aber ich habe den Eindruck, dass mein Bewusstsein in bisher ungeahnte Dimensionen hinabgetaucht ist. Vieles ist allerdings noch im Dunkeln.«

Ich halte kurz inne. Meine Gegenüber schweigen.

»Keine Ahnung wie, doch ich ahne, nein ich weiß, dass es von Bedeutung war. Zu gegebener Zeit werde ich mich bestimmt erinnern.«

Jennifer beugt sich vor und legt ihre Finger auf meine Lippen.

»Versuch es nicht zu erzwingen. Irgendwann kommt jede wichtige Erfahrung zurück.«

»Ihr habt recht, alles hat seine Zeit«, sagt Boris, während er aufsteht. »Lasst uns packen und danach schlafen gehen. Wir wollen morgen früh diesen Ort endgültig verlassen. Hier gibt es nichts mehr für uns zu tun«, er schaut mich direkt an, »oder bist du, Dominik, anderer Meinung?«

»Natürlich nicht, Boris«, stimme ich ihm lächelnd zu, »eine weitere Suche nach Antworten ist sinnlos. Lasst uns zusammenräumen, packen und schlafen gehen. Vielleicht können wir in unseren Träumen die Ereignisse verarbeiten und so einordnen. Ich jedenfalls habe das Gefühl, das Schicksal wollte mir etwas zeigen, um mir etwas zu verdeutlichen. Etwas, das mir helfen soll, zu verstehen. Ich bin sicher, das Schicksal war erfolgreich«, ich stehe auf, »morgen ist ein neuer Tag, und da sind wir uns ja alle einig, dann geht's endgültig nach Hause.«

»Na dann, müssen wir morgen ja nicht wieder diskutieren, Dominik. Also, lange Rede, kurzer Sinn, verstauen wir, bevor es dunkel wird, so viel wie möglich von unserem beweglichen Gut im Auto.«

Er geht zu seinem Zelt und beginnt, seine Worte in die Tat umzusetzen. Sandra steht auf und hilft ihm beim Verstauen. Jennifer und ich folgen seinem Beispiel. Schließlich ist die Arbeit erledigt.

Boris hat sich, ohne viel Worte, in das Zelt zurückgezogen. Offensichtlich will er nur noch schlafen und auf das Morgen warten.

Das Abenteuer in der Stadt der Magier, Dämonen und Priester ist beendet.

Mit der Hoffnung, dass die Zukunft uns zeigen wird, ob diese Reise ins vergessene Land unser Leben bereichert hat, falle ich in einen unruhigen Schlaf.

Ich träume von einem Skelett, einer goldenen Kette und einem Amulett.

Entweder bist du Licht oder Schatten
Es ist deine Wahl. Du entscheidest.
Jeden Tag - - nach dem Erwachen.

14
Kein Entschluss,
wenn du nicht lächeln kannst

Vier Jahre sind seit unserem Abenteuer in Russland ins Land gezogen. In dieser Zeit habe ich mich wieder in alte, längst überwunden geglaubte Muster verstrickt und meinen eigentlichen Weg verlassen.

Sylvester steht vor der Türe. Am Abend des vorletzten Tages bis zum neuen Jahr, sitze ich in meinem Sessel, umgeben von Stille. Mit einem Glas Rotwein in der Hand denke ich über das vergangene Jahr nach.

Meine Firma ist mittlerweile in der Wirtschaftswelt zufriedenstellend etabliert und läuft ohne großes Zutun meinerseits. Im vergangenen Jahr habe ich, einem unterschwelligen Gefühl folgend, begonnen, immer mehr Verantwortung zu delegieren.

Während ich die dreihundertvierundsechzig Tage passieren lasse, fällt mir eine Weihnachtskarte ein, auf der folgende Plattitüde zu lesen war.

»Begebe dich entspannt und ohne Umwege ins neue Jahr. Nimm alles Positive mit und lasse alles Negative zurück.«

Während ich nochmals darüber nachdenke, spüre ich unerwartet Leere in mir. Trübsinn umschließt mein Herz. Vehement drängt sich mein verdrängtes Leben in den Vordergrund. Die Erinnerung lässt mich unruhig werden.

Spontan beschließe ich, auf meinen einstmals für mich so wichtigen Lebenspfad zurückzukehren.

Meine Frau betritt das Wohnzimmer.

Mit vielen Worten, die ich nicht alle einordnen kann, nimmt sie mich mit, in ihre Vorbereitungen für Silvester.

219

>>>>>

Im neuen Jahr beginne ich, ernsthafter als bisher, mit der Suche nach einer geeigneten Person, die meine Aufgaben übernehmen kann. Schließlich finde ich die richtige Persönlichkeit.

Wenige Wochen später weiß ich, meine Anwesenheit in der Firma ist nicht mehr notwendig, und ich kann ohne ein ungutes Gefühl, auf meinem fast verlorenen Pfad zurückkehren.

In der Silvesternacht ist allerdings ein anderes Thema in unser Leben getreten und darüber diskutieren meine Frau und ich in den letzten Tagen. Es geht um unsere Zukunft als Familie. Wir denken darüber nach, ob wir unsere Zweisamkeit zugunsten einer Familie aufgeben sollten.

Kinder – dieses Thema wird in den kommenden Wochen zur zentralen Überschrift vieler Gespräche. Immer wieder sprechen wir darüber, auch mit Freunden, und stellen uns die Frage, wie die Zukunft unserer Gesellschaft aussehen würde, wenn immer weniger Kinder geboren werden.

Viele Politiker und Sozialwissenschaftler warnen vor den langfristigen Folgen einer zu niedrigen Geburtenrate. Für eine lebenswerte Zukunft der Menschheit werden Kinder benötigt; ohne Kinder gibt es kein erfülltes Morgen.

Dies ist sollte unser gemeinsames Fazit am Ende vieler Diskussionen sein. Doch dann wurde das Thema zunehmend penetranter von Verwandten, Freunden und Bekannten angesprochen.

Wenn selbst Paare wie wir, die Verantwortung für eine gesicherten Zukunft nicht übernehmen wollen – wer dann?

Sind nicht wir, in unserer gut situierten Position, geeignet, einen Beitrag für die nächste Generation zu leisten?

Warum genau, erklären sie nicht.

»Weshalb sollte unsere zukünftige Welt durch ein Kind von uns besser werden oder stabiler?«, frage ich in diesen Momenten zurück.

Wie so häufig, wir erinnern uns an das Prinzip der Werbung, wenn sich Einflüsterungen wiederholen, prägen sie sich irgendwann in unser Bewusstsein ein.

Jennifer lässt sich nicht dadurch beeindrucken, sie weist darauf hin, dass es keine leichte Aufgabe sei, neun Monate mit einem Kind schwanger zu sein. An die Veränderungen unserer Lebensumstände und die Notwendigkeit, eigene Wünsche und Vorstellungen zurückzustellen, will sie gar nicht erst denken. Außerdem glaubt sie nicht an das Aussterben der menschlichen Rasse.

Weder insgesamt, noch speziell der Deutschen.

»Soll doch ein anderes Volk die Verantwortung für die Zukunft übernehmen«, meint sie, wenn sie besonders genervt ist.

Außerdem, argumentiert sie, lamentieren Politiker und sogenannte Wirtschaftsweisen seit Jahrzehnten über die schwache Geburtenrate, doch vernünftige Vorschläge, um dies zu ändern, blieben aus.

Stattdessen gewinnen Schlagworte wie Klimakrise, Überforderung der Natur und Kriege, immer mehr an Bedeutung.

Jennifer ist deutlich anzusehen, dass sie genug hat und nichts mehr vom Kinderkriegen hören will.

Warum wir uns in dieser Phase unseres Lebens so vehement gegen den Gedanken gewehrt haben, ein Kind in die Welt zu setzen, bleibt mir lange unklar.

Wahrscheinlich hat alles seine Zeit.

(Inzwischen haben wir einer wundervollen Tochter und einem prächtigen Sohn das Leben geschenkt und sind eine glückliche Familie.)

Das ist für mich im Übrigen ein Beweis, dass es für alles im Leben den richtigen Zeitpunkt gibt. Damals, als wir uns gegen ein Kind aussprachen, wunderten sich unsere Freunde über diese Entscheidung. Sie erinnerten meine Frau, und besonders mich, an einen Spruch eines Theologen aus grauer Vorzeit:

»Ein Mann muss ein Haus bauen, einen Baum pflanzen, ein oder zwei Kinder in die Welt setzen und schließlich ein Buch schreiben. Nur dann kann er von einem erfüllten Leben sprechen.«

Seltsame Vorstellung!

Die Tage fließen dahin, als wäre die Zeit eine sanfte Strömung, die mich mit sich trägt. In ruhigen Momenten denke ich über mein Leben nach – bis es geschieht. Obwohl ich mich noch nicht reif genug fühle, noch zu jung bin, da ich mindestens hundert Jahre alt werden will, gebe ich diesem unbestimmten Drängen in mir nach.

Woher dieses Gefühl kommt, dass eine Entscheidung getroffen werden muss, kann ich heute nicht mehr nachvollziehen. Es ist plötzlich da, ein stiller, aber drängender Ruf. Hätte ich nicht auf meine innere Stimme gehört, wäre mein Leben anders verlaufen.

Doch so ist es ja oft: Wir stehen an einer Weggabelung und wissen, dass der nächste Schritt alles verändern könnte.

Wie so oft, sitzen Jennifer und ich bei einem Glas Wein zusammen. Das Licht der Kerzen flackert sanft.

Woher es kommt weiß ich nicht, doch ich höre mich sagen:

»Warum eigentlich nicht, Liebling? Lass uns ernsthaft über ein Kind nachdenken. Vielleicht ist die Zeit wirklich reif für diesen Schritt.«

Ich erwarte Widerstand, vielleicht ein Stirnrunzeln oder einen ungläubigen Blick. Doch Jennifer bleibt ruhig, fast zu ruhig.

Hat sie meine Gedanken gelesen?

Ich suche in ihren Augen vergeblich nach einer Antwort.

»Vielleicht hast du recht«, sagt sie schließlich mit einer Stimme, die weich ist, aber gleichzeitig einen Hauch von Ernst vermittelt, »seit einiger Zeit, ich glaube, seit meinem letzten Geburtstag, höre ich meine biologische Uhr ticken. Und sie wird jeden Tag ein wenig lauter,« sie hält inne, sieht mich an und mit einem zarten Lächeln fügt hinzu, »allerdings glaube ich, dass wir uns nicht allzu sehr beeilen müssen. Wir haben sicher noch ein bisschen Zeit.«

Ihre Worte treffen mich auf eine Art, die ich nicht erwartet habe.

Während sie spricht, stelle ich mir eine merkwürdige Frage; kann man die Zeit tatsächlich verrinnen hören?

Jennifer scheint es zu können.

Ich sehe in ihr nicht nur meine Frau, sondern eine Frau, die sich in einer stillen, aber tiefen Weise mit der Vergänglichkeit auseinandersetzt – mit ihrer, meiner, unserer.

»Ich denke, das wird ein längerer Abend«, sage ich und erhebe mich, »ich hole eine Flasche Wein aus dem Keller. Hast du einen besonderen Wunsch?«

»Nein«, antwortet sie mit einem verschmitzten Lächeln, »noch bin ich nicht schwanger. Also überlasse ich dir die Wahl.«

Als ich im Keller stehe, umgeben von Flaschen, von Geschichten vergangener Abende, von Momenten, die wir geteilt haben, wird mir bewusst, dass wir uns an einem Punkt befinden, an dem unser Leben für immer anders werden könnte. Gezielt entnehme ich eine Flasche aus dem Regal. Sie bedeutet uns beiden viel. Nachdenklich kehre zu meiner Frau zurück. Öffne mit Sorgfalt die Weinflasche und fülle unsere Gläser und setzte mich neben sie aufs Sofa.

»Auf uns«, proste ich Jennifer lächelnd zu.

Vielleicht ist es dem Wein zu verdanken, vielleicht der Magie dieses Augenblicks, aber in dieser Nacht nimmt unser Leben eine entscheidende Wende.

»Sollten wir uns entschließen, eine Familie zu werden«, sage ich schließlich, «müssen wir uns der Verantwortung bewusst sein. Ein Kind wird unser Leben komplett verändern.« Jennifer nickt.

»Ich glaube, wir sind in unseren besten Jahren, um einem kleinen Menschen all die Liebe, die Fürsorge und die Sicherheit zu geben, die er braucht.«

Ihre Worte tragen eine Zuversicht, die mich berührt, aber auch eine Schwere, die mir die Größe dieses Schrittes bewusst macht. Lange sehe ich sie an, und frage:

»Meinst du wirklich? Wenn wir die Verantwortung übernehmen, bleibt wenig Raum für unser eigenes Leben.«

Jennifer legt ihre Hand auf meine. Ihre Berührung ist sanft, doch ihre Worte sind stark.

»Wir haben schon andere Herausforderungen gemeistert. Und du weißt doch, wir wachsen mit unseren Aufgaben.«

Lächelnd gebe ich ihr recht.

»Vielleicht sollten wir die ganze Nacht über das Für und Wider reden.«

»Vielleicht«, sagt sie und lacht, »aber vielleicht sollten wir die ganze Nacht auch einfach genießen.«

Mittlerweile ist es fast Mitternacht und wir sind ziemlich entspannt. Ich schaue Jennifer an und in ihrem Gesichtsausdruck erkenne ich, sie möchte ein Fazit ziehen.

»Lass mich zum Abschluss unseres Gesprächs kurz zusammenfassen. Wenn ich dich richtig verstehe, wäre das Wichtigste an einem Kind, außer dem Kind, dass wir uns neu erfinden müssten.«

Jennifers Augen werden feucht. Da ich diese Reaktion nicht recht einordnen kann, übernehme ich den Faden.

»Dass ein Kind unsere bisherigen Unternehmungen und die folgenden, die wir geplant haben womöglich nicht mehr zulässt, ist klar. Allerdings hätte ein Erbe, sowohl materiellen als auch immateriellen Wert«, ich lasse die Worte einen

Moment wirken, »und schließlich blieben unsere Gene dem Genpool erhalten.«

»Genau. Und meine biologische Uhr käme zur Ruhe, und wir könnten unsere Elternrolle ausleben. Die ganze Welt um uns herum wäre zufrieden,« ergänzt Jennifer.

Plötzlich erscheint mir die Idee eines gemeinsamen Kindes nicht mehr so bedrohlich. Als ich einen positiven Schlusspunkt unter das Thema setzen möchte, erinnert mich Jennifer mit einem kleinen Umweg an einen fast vergessenen Vorschlag von mir.

»Ein Kind wird uns, da sind wir uns einig, die nächsten zwanzig Jahre in Atem halten.«

Sie sieht mich an, und da ich schweige, fährt sie nach einer kurzen Pause fort.

»Deshalb möchte ich vorschlagen, dass wir, bevor ein Kind unser Leben vollständig dominiert, noch eine letzte große Reise unternehmen. Ich hatte dir damals, als wir aus Russland zurückgekommen sind, zugesagt,« sie hält kurz inne, scheint zu grübeln, »zumindest glaube ich das. Es sind mittlerweile vier Jahre vergangen. Ich hatte dir versprochen, dass wir die Worte des Eremiten ernst nehmen und verfolgen würden.«

Sie lächelt, als sei sie erleichtert, sich an ihr Versprechen erinnert und es ausgesprochen zu haben.

Mir ist dieses Versprechen nicht wirklich präsent. Also erwidere ich zunächst nichts. Der Grund dafür ist sind zwei bestimmte Worte, Russland und Eremit.

Plötzlich tauchen in meinem durch den Alkohol leicht umnebelten Gehirn längst verdrängte Erinnerungen auf. Ich sehe mich auf einem ungewöhnlichen neunspitzigen esoterischen Symbol sitzen. Ich meditiere. Über mir eine hohe Kuppel. Hinter einem Altar erscheint urplötzlich eine dunkle Gestalt. Sie hält ein zerfallenes Skelett in den Armen und hebt es gen Himmel.

Szenenwechsel.

Ich blicke in ein wettergegerbtes Gesicht und höre eine Stimme. Die Worte sind undeutlich, doch ich meine eine gewisse Dringlichkeit wahrzunehmen.

Eine weitere verschwommene Erinnerung steigt in mir auf. Plötzlich habe ich das Gefühl, der gesamte Abend habe nur darauf abgezielt, mich an diesen besonderen Teil meiner Vergangenheit zu erinnern.

Warum nur habe ich diesen Abschnitt meines Lebens verdrängt?

Jennifer sieht mich gespannt an und wartet ungeduldig auf meine Antwort.

»Du überraschst mich immer wieder, Liebling. Nach all den Argumenten für ein Kind schlägst du jetzt eine Reise vor«, ich hebe leicht meinen Arm, um einen möglichen Einwand von ihr abzuwehren, »manchmal geht das Schicksal wirklich seltsame Wege. Ich erinnere mich wieder. Es wartet noch eine wichtige Reise auf uns!«

Der Gedanke an eine Reise gibt mir einen starken Impuls. Aufmunternd klatsche ich in die Hände. Im Überschwang meiner Gefühle öffne ich eine dritte Flasche Wein und schenke uns nach.

»Bist du sicher, dass wir noch Wein trinken sollten«, versucht mich Jennifer zurück auf den Boden der Tatsachen zu holen.

»Da du mich an etwas fast Vergessenes erinnert hast, Liebling. Erscheint es mir unmöglich, ins Bett zu gehen. Vielleicht können wir unsere Reisepläne gleich ein wenig verifizieren?«

Während Jennifer tief durchatmet und sich offenbar ihrem Schicksal ergibt, gehe ich zum Bücherregal. Nach kurzem Suchen greife ich nach dem Atlas und kehre zur Couch zurück. Ich lege ihn auf den Tisch. Eine Weile starre ich ihn einfach nur an. Schließlich schlage ich den Atlas auf. Eine feine Staubwolke steigt Richtung Decke, und ich spüre, wie sich etwas in mir entfaltet, eine verschüttete Sehnsucht.

Amerika breitet sich vor uns aus. Jennifer wirft einen Blick darauf und schüttelt den Kopf.

Also blätterte ich im Atlas auf die nächsten Seiten. Als ich Asien erreiche fühle ich eine starke Schwingung in mir. Jennifer die mich beobachtet hat schlägt vor, ich solle die Augen schließen und mit dem Finger über die Karte kreisen.

Irritiert folge ich ihrem Vorschlag und nach wenigen Sekunden ruft sie Stopp. Ich senke den Finger nach unten und zeige auf einen Teil von Vorderasien. Dort scheint also unser Ziel zu liegen. Das Schicksal hat entschieden und meine Frau signalisiert mir, auch für sie fühlt es sich gut an.

Es ist Syrien.

Mein Bauchgefühl sagt mir hier könnte der Ort sein, den der Eremit beschrieben hatte.

Natürlich ist, bei diesem Maßstab der Karte, unsere Suche vergebens. Schließlich verliere ich die Geduld.

»So kommen wir nicht weiter. Ich frage mich kann unser Ziel irgendwo in Amerika oder Südamerika liegen? Dort gibt oder gab es viele Hochkulturen.«

»Keine Frage. Du hast Recht. in Südamerika gab es die Mayas und Azteken. Auch in Afrika mit seiner Vielfalt an Kulturen ist eine Möglichkeit.«

Während wir immer planloser unsere Optionen diskutieren, regt sich eine unbestimmte Ahnung in mir. Sie bereitet mir Unbehagen. Mit einem tiefen Schluck aus dem Weinglas versuche ich, sie wegzuspülen, doch sie bleibt.

Eine seit Langem nicht mehr gehörte Stimme erobert meinen Verstand und flüstert mir zu:

»Du bist auf dem Weg.«

Kopfschüttelnd frage ich mich: Auf welchem Weg?

Ist es der Weg mich auf Reisen zu begeben, um mein persönliches Lebensziel zu erreichen?

Oder die Idee, ein Kind in die Welt zu setzen?

Wollen, wagen, wissen, diese Worte kommen mir in den Sinn.

»Sollten wir uns nicht noch einmal über ein Kind unterhalten?«

Jennifer schaut mich leicht irritiert an. Sie greift nach ihrem Weinglas und trinkt einen Schluck und wartet auf meine Reaktion.

»Mir kam vorhin der Gedanke, dass das Schicksal am Werk sein könnte«, sage ich, »eine nicht ganz unwichtige Tatsache an die wir denken sollten«.

»Schicksal? Warum nicht, Dominik. Ich habe auch das starke Gefühl, wir stehen an einem Scheideweg. Ich glaube, wir sollten und zwischen den zwei Möglichkeiten entscheiden. Welchen Weg wollen wir gehen. Eine Fahrt in eine möglicherweise unbekannte Welt oder ein Kind, welches auch eine unbekannte Welt verspricht. Keine Frage, beides würde uns weiterbringen.«

Indem ich nach meinem Glas greife, bemühe ich mich, Klarheit in meinem alkoholisierten Kopf zu schaffen.

Wie nicht anders zu erwarten, bewirkt der zusätzliche Alkohol das Gegenteil. Ich verfalle in operative Hektik. Unkontrolliert greife ich nach dem Atlas und blättere ziellos darin herum. Irgendwie hoffe ich auf Hilfe. Tatsächlich glaube ich, eine Stimme zu hören, die eindeutig ist. Stopp.

Augenblicklich folge ich dem Impuls und halte inne. Japan breitet sich vor mir aus. Nachdenklich betrachte ich das Land.

Gab es im alten Japan nicht eine besondere Verbindung zur Spiritualität?

Werde ich vielleicht dort Antworten auf meiner langen Suche finden?

»Könnte Japan nicht eine Alternative sein? Es wäre bestimmt interessant, eine japanische Himeji-Burg zu besuchen.«

»Was ist denn eine Himeji-Burg?«

»Siehst du, Japan zu bereisen wäre eine echte Option. In diesen Burgen könnten wir die Kultur des alten Japans kennenlernen. Zum Beispiel die Geschichte der Samurai, der Weg des Schwertes.«

Jennifer schweigt. Offensichtlich hat sie Mühe, mir zuzuhören. Auch sie hat viel Wein getrunken.

»Ich denke, Jennifer, es wird Zeit, dass wir schlafen gehen.« Jennifer steht ohne ein Wort auf, und räumt den Tisch ab, während ich den Atlas zuklappe und zurück ins Regal stelle. Eine halbe Stunde später liegen wir im Bett.

Wie so oft in letzter Zeit kann ich nicht einschlafen. Während ich dem leisen Atmen meiner Frau lausche, steigen verdrängte Sorgen in mir auf.

Um sie loszuwerden, konzentriere ich mich auf meinen Atem. Doch es ist nicht einfach; immer wieder drängen sich Alltagsprobleme in den Vordergrund. Schließlich lasse ich sie zu. Ein erster Gedanke nimmt Form an, ohne ihm Bedeutung zu geben, lasse ich ihn ziehen. Weitere Gedanken tauchen auf und verschwinden in der Dunkelheit.

Unmerklich gleite ich in einen tiefen Schlaf.

Irgendwann in der Nacht fange ich an zu Träumen. Vor mir schwebt ein aufgeschlagener Atlas, frei in der Luft.

Sind es die Umrisse Japans die ich sehe?

Soll Japan unser Ziel sein?

Hat das Schicksal eine Wahl getroffen und die Würfel sind bereits gefallen?

Eine Erinnerung drängt sich in den Vordergrund: Eindrücke meiner Reise in das ferne Russland. Unterschiedlichste Gefühle durchströmen mich, Freude, Unsicherheit, Staunen. Nach diesem Traum begann meine Suche nach dem Sinn des Lebens.

Sonnenstrahlen berühren mein Gesicht und fordern mich auf, aufzustehen. Leicht verkatert nehme ich die Einladung der Sonne an und setze mich langsam auf den Bettrand.

229

Neben mir ist Jennifer bereits wach. Sie steht auf und geht ins Badezimmer. Ich bleibe kurz sitzen, um meinem Kreislauf Zeit zu geben, sich zu stabilisieren, bevor ich ihr ins Badezimmer folge. Gemeinsam duschen wir und bereiten uns auf den Tag vor.

Nach einem ausgiebigen Frühstück lassen wir uns auf unseren Terrassenliegen nieder und genießen schweigend die warme Morgensonne.

»Und, hast du schon ein Reiseziel gewählt?«, durchbricht Jennifer die Stille.

»Natürlich doch nicht ohne dich«, antworte ich schmunzelnd.

»Schön. Dann habe ich einige wichtige Bedingungen. Das Land soll aufregend sein, eine reiche Geschichte haben und kulturell interessant sein.«

»Und welches Land erfüllt das alles,« frage ich.

Jennifer denkt kurz nach und sagt dann.

»Letzte Nacht hatte ich ein paar Ideen. Am Ende kam ich zu dem Schluss, dass Japan genau das Richtige sein könnte.«

Ich drehe mich zu ihr um und sehe sie an, während sie weiterspricht.

»Ich glaube, dort könnten wir nicht nur eine spannende Zeit verbringen, sondern auch viel lernen.«

»Gut«, sage ich, »dann werde ich gleich ein paar Informationen über Japan einholen.«

Ohne Hast stehe ich auf, hole meinen Laptop und finde schnell eine Vielzahl an Informationen. Während ich lese, teile ich die spannendsten Details mit Jennifer.

»Für dieses Land würde sich der Aufwand lohnen«, sagt sie schließlich und lehnt sich entspannt zurück. »Es passt perfekt zu unseren Vorstellungen.«

»Da stimme ich dir zu«, erwidere ich, »Japan ist eine Reise wert.«

Jennifer nickt.

»Schön, Dominik. Dann lass uns Vorbereitungen treffen.«

»Alles klar, Liebling. Morgen werde ich mich um die Reisevorbereitungen kümmern. Jetzt genießen wir erst einmal die Sonne.«

Mit einem zufriedenen Lächeln räkelt sich Jennifer auf der Sonnenliege und genießt die Sonne. Lächelnd betrachte ich eine Weile ihren schlanken Körper und folge dann ihrem Beispiel.

>>>>>

Am Dienstag, einem grauen und regnerischen Tag, frage ich mich für einen Augenblick, ob das Wetter ein Omen ist.

An diesem Tag haben wir alle wichtigen Dokumente und Reiseunterlagen beisammen. Alles andere ist ebenfalls erledigt. Jennifer und ich sind bereit, die Reise in wenigen Wochen anzutreten. Zufrieden gehe ich früh ins Bett.

Doch als ich versuche einzuschlafen, drängt sich eine unerwünschte Erinnerung in meine Traumwelt. Sie ist zunächst vage, gefüllt mit unbestimmten Gefühlen, die mein inneres Gleichgewicht stören.

Eine diffuse Unruhe breitet sich aus. Woher sie kommt, ob aus unverarbeiteten Erwartungen oder unreflektierten Ängsten, kann ich nicht sagen.

Am nächsten Morgen stehe ich gerädert auf und gehe ins Badezimmer. Der Traum verfolgt mich bis zum Waschbecken. Erst als ich mein Gesicht im Spiegel sehe, kehre ich ins Hier und Jetzt zurück.

In den folgenden Nächten taucht der Traum hartnäckig in meinem Verstand auf. Mit der Zeit nehmen die diffusen Gefühle Form an, einzelne Bilder bekommen stärkeren Kontrast. Schließlich wird der Traum zum Albtraum, und ich beschließe, etwas zu unternehmen.

Am nächsten Morgen danach beginne ich, meine Träume aufzuschreiben, soweit ich mich erinnere. Zwei Nächte später erkenne ich erste Muster, zuerst bruchstückhaft, wie ein angefangenes Puzzle. Nach einer weiteren Nacht, in der ich vor dem Schlafengehen meine Notizen gelesen habe, wird der Traum klarer. Eine fast vergessene Begegnung tritt hervor.

Ich stehe auf einem Marktplatz, und mir gegenüber steht ein schmaler, alter Mann. Sein wahres Alter ist schwer einzuschätzen, aber das scheint unwichtig. Ich bin sicher, dass ich ihn kenne. Plötzlich erinnere ich mich. Es ist der Eremit aus Ragnarök, jener seltsamen Stadt die wir, meine Freunde und Jennifer, vor über vier Jahre aufgesucht haben.

Sind tatsächlich schon vier Jahre vergangen, seit ich ihn getroffen habe?

Dunkel steigt die Erinnerung an diese Reise in mir auf, eine Reise, die ich erfolgreich verdrängt hatte. Zu viel Neues und Wichtigeres ist seitdem in meinem Leben geschehen.

Der alte Mann gehörte zu einem kleinen, aber bedeutsamen Abschnitt meines Lebens, an den ich aus verschiedenen Gründen nur ungern zurückdenke.

Jetzt steht er vor mir wie ein Denkmal. Offensichtlich nicht bereit einen Schritt zurückzuweichen. Ohne seine Lippen zu bewegen, spricht er zu mir. Seine Stimme hallt in meinem Verstand, klar und eindringlich. Schon nach den ersten Worten weiß ich, dass ich verstehen muss, was er mir zu sagen hat.

»Liebling, was ist los mit dir? Du sprichst im Schlaf.«

Jennifers Stimme reißt mich, zu meinem Ärger, unerwartet aus dem Traum.

Noch halb in der Traumwelt verhaftet, frage ich aufgeregt.

»Was habe ich gesagt? Hast du etwas verstanden?«

»Es tut mir leid, ich konnte nichts verstehen. Es klang … seltsam«, antwortet sie leise.

232

Am Dienstag, einem besonders grauen und regnerischen Tag, frage ich mich im Laufe des Tages, warum ist mir nicht deutlich, ob das Wetter ein Omen sein könnte.

Genau heute haben wir alle wichtigen Dokumente und Reiseunterlagen beisammen. Alles andere ist ebenfalls erledigt. Jennifer und ich sind bereit, die Reise in wenigen Wochen anzutreten.

Trotz dieses seltsamen Gefühls am Tag, gehe ich zufrieden, früher wie sonst ins Bett. Doch als ich versuche einzuschlafen, drängt sich eine unerwünschte Erinnerung in meinen Geist. Zunächst ist sie vage, gefüllt mit unbestimmten Gefühlen, die mein inneres Gleichgewicht stören.

Tief in mir spüre ich eine dunkle Unruhe, deren Ursprung ich nicht einordnen kann.

Vielleicht alte, unverarbeitete Erwartungen oder unbewusste Ängste?

Um sechs Uhr morgens wache ich auf.

Gerädert stehe ich auf und gehe ins Badezimmer. Der Traum verfolgt mich bis zum Waschbecken. Erst als ich mein Gesicht im Spiegel sehe, kehre ich ins Hier und Jetzt zurück und verdränge die Nacht.

In der darauffolgenden Nacht kehrt der bizarre Traum zurück. Dieses Mal sind es nicht nur Gefühle, sondern auch einzelne Bilder, die einem Albtraum Nahrung geben.

Schließlich beschließe ich, etwas zu unternehmen.

Am nächsten Tag beginne ich, meine Träume aufzuschreiben, soweit ich mich erinnere. Zwei Nächte später erkenne ich erste Muster, bruchstückhaft wie ein angefangenes Mosaik. Nach einer weiteren Nacht, ich hatte vor dem Schlafengehen meine Notizen intensiv gelesen, werden die Traumszenen klarer, und eine fast vergessene Begegnung tritt hervor.

Ich befinde mich auf einem Marktplatz, und mir gegenüber steht ein schmaler, alter Mann. Sein wahres Alter ist schwer zu schätzen, aber das spielt eigentlich auch keine Rolle.

Ich bin sicher, dass ich ihn kenne. Plötzlich erinnere ich mich. Es ist der Eremit aus Ragnarök, der allein in dieser seltsamen Stadt lebt.

Sind wirklich über vier Jahre vergangen, seit ich ihn traf?

Dunkel steigen die Erinnerungen an diese längst verdrängte Reise in mir auf. Zu viel Neues und Wichtigeres ist seitdem geschehen.

Der alte Mann gehörte zu einem kleinen, aber bedeutenden Abschnitt meines Lebens, den ich aus welchen Gründen auch immer, selten zurückrufe. Jetzt steht er vor mir wie ein Fels und weicht keinen Schritt zurück. Ohne seine Lippen zu bewegen, spricht er zu mir.

Seine Stimme klingt in meinem Verstand, klar und eindringlich. Schon nach den ersten Worten weiß ich, dass ich verstehen muss, was er mir zu sagen hat.

»Liebling, was ist los mit dir? Du sprichst im Schlaf.«

Jennifers Stimme reißt mich unerwartet aus meinem Traum. Noch halb in der Traumwelt gefangen, frage ich.

»Was habe ich gesagt? Konntest du etwas verstehen?«

»Nicht wirklich, doch es klang irgendwie fremdartig«, antwortet sie leise.

>>>>>

Drei Nächte später.

Wie gewohnt liege ich um Mitternacht im Bett, in die Decke gekuschelt. Irgendwann gleite ich aus dem Tiefschlaf in eine unruhige Phase. In meinem Kopf erscheint eine Leinwand. Darauf erkenne ich sofort den alten, weisen Mann aus Ragnarök. Er blickt sich suchend um, bleibt dann stehen und schaut mich direkt an. Nach einer schweigenden Pause beginnt er zu sprechen. Seine Worte fordern mich auf, umzukehren. Er sagt, ich hätte meinen Pfad verloren. Bevor ich etwas erwidern kann, beschreibt er mir einen Weg, der mir seltsam vertraut vorkommt.

Es ist der Weg, den ich längst kenne, aber verdrängt habe. In diesem Moment wird mir klar, dass ich ihn wieder gehen muss, wollte ich mein Leben und dessen Sinn verstehen.

Mit einem eindringlichen Blick verstummt der alte Mann.

Fragen schießen mir durch den Kopf, lenken mich ab und verstärken gleichzeitig die Unruhe in mir.

Warum habe ich all dies vergessen?

Wie konnte es geschehen, dass ich mich so weit vom Weg entfernt habe?

Warum habe ich nicht bemerkt, wie weit ich mich, auf meinem Weg, verirrt habe?

Übergangslos erwache ich.

Noch bevor ich meine Augen ganz öffne, fühle ich eine schmerzhafte Leere, das Fehlen meines inneren Gleichgewichts. Zorn auf mich selbst überwältigt mich. Indem ich meinem Atem folge, verraucht der Zorn langsam.

Dieser Zorn oder besser, dieser "heilige Zorn", wie ich ihn empfinde, trägt eine unerwartete Kraft in sich. Eine Welle positiver Energie durchströmt meinen Körper. Ich fühle mich bereit, in die Welt der Suche zurückzukehren.

Jetzt bleibt nur noch eine Hürde -- Jennifer.

Wie konnte ich sie davon überzeugen, dass unsere geplante Reise nicht mehr stattfinden wird?

Da ich allerdings entschlossen bin, diesen Weg zu gehen, muss ich sie irgendwie überzeugen. Denn selbst wenn sie nicht mitkommen will, werde ich meinen Weg allein gehen.

Mit diesen Gedanken, begleitet vom Nachhall meines Zorns und der schmerzhaften Erkenntnis, wie viel Zeit ich verschwendet habe (so kam es mir damals vor), finde ich schließlich zurück in den Schlaf.

Ein Ruck geht durch meinen Körper, und übergangslos befinde ich mich im Halbschlaf.

Der entschwindende Traum zieht durch mein Bewusstsein, und ich glaube er hätte eine Botschaft für mich hinterlassen. Alles hat seinen Sinn, nichts geschieht ohne Grund, denke ich.

Mit diesem Gedanken wächst meine Entschlossenheit, mich jeder Hürde und jedem Stolperstein zu stellen. Sobald ich mein Ziel gefunden habe, werde ich die Erfahrungen auf dem Weg annehmen, die das Leben für mich bereithält.

Einen ruhigen Tag erwartend, stehe ich auf.

Doch manchmal, so habe ich gelernt, verdient auch ein "Aber" unsere volle Aufmerksamkeit. Vielleicht bin ich noch immer nicht so weit, wie ich gerne wäre.

Heute weiß ich, dass ich damals blind war – ein Narr, der glaubte, alles zu verstehen.

Doch in diesem Moment, scheint alles nach meinen Vorstellungen zu laufen.

Es gibt Menschen die behaupten,
es wäre sinnlos Fragen zu stellen.
Wahrscheinlich glauben diese Menschen,
alles zu wissen.

16

Keine Entscheidung ohne
Verantwortung

Ohne besondere Eile, ohne Erwartungen, ziehe ich das Rollo hoch. Wie immer gleitet mein erster Blick über die Dächer der Stadt. Ruhig und friedlich liegt sie unter mir, überstrahlt von einem makellos blauen Himmel. Endlich ist der Regen vorüber. Eine leuchtend gelbe Halbkugel steht am Horizont über den Dächern und taucht die Häuser in ein mildes, sanftes Licht.

Als das Rollo mit einem lauten Geräusch am Jalousiekasten anschlägt, weiß ich, heute ist der Tag, auf den ich lange gewartet habe. Mit dieser Gewissheit öffne ich das Fenster. Frischer, warmer Wind streift meine nackte Haut, und tief in mir werden weitere Glückshormone freigesetzt.

Langsam schließe ich die Augen und richte mein Gesicht zur Sonne. Ohne zu zögern, durchdringt ihr stärkendes Licht meine Haut und erfüllt meinen Körper mit einer unbändigen Kraft. Nichts kann mir jetzt etwas anhaben.

Die Strahlen der Sonne schlängeln sich an mir vorbei, tauchen unser Schlafzimmer in eine besondere Atmosphäre und erreichen Jennifer. Die milde Brise nutzt ungefragt ihre Chance und zwängt sich zwischen den Sonnenstrahlen ins Zimmer. Nebenbei tauscht sie die verbrauchte Luft aus. Ich lasse zu und von einem Moment zum nächsten liegt eine spürbare Aufbruchsstimmung, über der Stadt.

Geräusche von der Straße, dringen an mein Ohr.

Bald würde die Stille der Nacht dem menschlichen Lärm weichen – selbst an einem Tag wie diesem.

Wie würde sich das Heute entwickeln?

Ich frage mich leise, ob er nach meinen Vorstellungen verlaufen würde.

»Liebling, ich glaube, heute wird ein schöner Tag.«

Unvermittelt trennen Jennifers Worte mich von meinen Gedanken. Ohne Eile drehe ich mich um und sehe sie, wie sie sich der Sonne entgegenstreckt. Sie liegt auf dem Satinlaken, die Bettdecke zur Seite geschoben, wie Gott sie schuf.

Unwillkürlich lenkt sie meine Gedanken in andere Bahnen. Mit zusammengekniffenen Augen und keck erhobener Nase blinzelt sie ins Licht. Dieser Anblick fesselt mich endgültig. Doch kaum will ich mich ihm hingeben, drängt sich der Traum der Nacht in den Vordergrund.

»Da stimme ich dir zu. Was könnten wir an so einem Sonnentag unternehmen?«

Den Traum, der einen neuen Plan heraufbeschworen hat, und die Auseinandersetzung mit ihr schiebe ich lieber auf.

»Wie wäre es mit einem Picknick im Grünen?«

»Eine reizvolle Idee«, erwidere ich lachend.

Ohne Vorwarnung springt Jennifer aus dem Bett, tritt an mich heran und gibt mir einen zärtlichen Kuss.

»Oder vielleicht lieber ein gemütliches Picknick auf unserer Terrasse? Das hatten wir auch schon lange nicht mehr.«

Jennifer lacht, lässt keinen Einspruch zu..

Alsogehe ich zum Kleiderschrank und greife nach meiner Jogginghose. Ungeschickt kämpfe ich mit dem Stoff, bevor sie endlich sitzt. Während ich mich meiner morgendlichen Gymnastik widme, ist Jennifer im Badezimmer verschwunden. Nach etwa dreißig Minuten habe ich meine sechs Tibeter und drei Kilometer auf dem Fahrrad abgeschlossen.

Meine Frau kommt aus dem Badezimmer zurück, nur mit ihrem Lieblingsparfüm bekleidet.

Sie betrachtet meinen verschwitzten Körper, überwindet die zwei Meter Distanz zwischen uns und gibt mir einen ihrer besonderen Küsse. Ein perfekter Start in den Tag. Offensichtlich ist Jennifer in gehobener Stimmung.

Hoffentlich bleibt es so, denke ich.

Als wir uns voneinander lösen, verschwinde ich mit einem geflüsterten "Wow" ins Badezimmer. Unter der Dusche beginne ich, die Gedanken der Nacht zu ordnen.

Wie wird sie reagieren, wenn ich ihr sage, dass wir unsere Reisepläne ändern müssen?

»Erst mal fertig duschen«, rufe ich mir aufmunternd zu, »sie liebt mich, sie wird es verstehen.«

Nach Dusche und Rasur fühle ich mich ganz im Hier und Jetzt. Optimistisch gehe ich zurück ins Schlafzimmer. Jennifer sitzt in ihrem Satinmorgenmantel am Schminktisch und bereitet sich auf den Tag vor. Mein Blick fällt auf unser Bett. Wie immer liegt meine Kleidung bereits bereit. Ich greife danach und ziehe sie an.

Währenddessen erzähle ich Jennifer einige Details meines nächtlichen Traums, um das Thema anzuschneiden. Sie dreht sich zu mir und schaut mich aufmerksam an.

Ahnt sie was kommt?

Nach einigem Drum herumreden deute ich schließlich an, dass wir unsere Reisepläne ändern müssen.

Jennifer legt schweigend die Schminkutensilien zur Seite. Lange schaut sie mir in die Augen. Ihr stiller, durchdringender Blick bringt mich aus der Fassung. Um das Schweigen zu überbrücken, beginne ich einen Monolog. Ich rede, sie hört geduldig zu.

»Liebling, ich weiß, ich mute dir viel zu. Aber du hast es ja gemerkt, in letzter Zeit war ich nicht ganz im Gleichgewicht. Heute Nacht wurde mir der Grund dafür klar. Vor Jahren habe ich einen anderen Weg eingeschlagen, aus Gründen, die du kennst. Als wir zurückkamen habe ich, wegen Boris, Sandra und dir, versucht das Erlebte zu verdrängten.«

»Ja, ich weiß«, bleibt Jennifer ruhig, »doch ich glaube, der Weg, den du jetzt gehst, ist auch ein guter.«
Ihre Gelassenheit überrascht mich.
»Schon, aber der Weg, den ich jetzt gegangen bin, war wieder auf die materielle Welt ausgerichtet. Dabei wollte ich eigentlich einen spirituellen Weg einschlagen.«
Ich setze mich auf die Bettkante.
»Dann wird es wohl erstmal nichts mit unserem Picknick?«
»Nicht unbedingt. Wir können den Tag doch auch in unserem Garten genießen. Aber ich denke, wir sollten diese Unterhaltung jetzt führen und nicht länger aufschieben«, ich atme tief durch, »mir ist klar, dass es nicht einfach ist, von heute auf morgen eine große Reise wie nach Japan abzusagen. Aber ich spüre tief in mir...«, ich mache eine Pause, bevor ich weiterspreche. »dass es für meine Entwicklung wirklich wichtig ist. Vielleicht profitierst du ja auch davon. Ich würde mir wünschen, dass du mich auf dem Weg begleitest.«
Jennifer steht auf, geht hinaus auf den Balkon und setzt sich auf einen Stuhl. Sie winkt mir zu, ihr zu folgen. Mit ein paar Schritten bin ich bei ihr und lasse mich an ihrer Seite nieder. Schweigend genießen wir die wärmende Sonne.
»Welchen Weg willst du also gehen?" unterbricht Jennifer die Stille.
»Den Weg, den mein Schicksal mir vorgibt? Oder den, den ich mir mit meinem Karma geschaffen habe? Vielleicht habe ich auch keine Wahl«, ich halte inne, »obwohl, am liebsten würde ich meinen eigenen Weg gehen. Vor allem möchte ich verstehen, warum ich tue, was ich tue, und ob ich auch ohne Hilfe des Schicksals mich entwickeln kann.«
Jennifer schaut mich nachdenklich an.
»Wow, du hast dir wirklich gründlich Gedanken gemacht!«
»Stimmt, aber vielleicht nicht gründlich genug«, antworte ich leise lachend.
Ihre Worte und das Sonnenlicht heben meine Stimmung spürbar.

240

»Zum Glück haben wir noch einiges an Leben vor uns und können die Reise nach Japan später nachholen.«

Jennifer lächelt, und ich spüre, dass mein Versuch, die Situation zu entspannen, angekommen ist. Am liebsten würde ich aufstehen und sie in den Arm nehmen, aber ich unterdrücke diesen Impuls.

»Und weißt du schon, wohin die Reise gehen soll«, fragt sie.

»Nun, die meisten Kriterien kennst du ja schon. Allerdings habe ich weitere Informationen erhalten – von unserem gemeinsamen Eremiten.«

»Und wann soll es so los gehen?«

»So bald wie möglich.«

»Und wo beginnt unser Weg?«

Ihre Frage überrascht mich. In diesem Moment weiß ich, wir sind *Eins*.

»Immer dort, wo wir im Moment stehen, jede Reise beginnt genau hier.«

Ich deute auf unseren Garten.

»Schon klar, aber das meinte ich nicht«, sagt sie und schaut mich direkt an.

Ich bemerke, dass sie ungeduldig wird.

»Wir können doch nicht einfach so, ohne festes Ziel, losziehen.«

»Nun vor Japan sollten wie nach Syrien«, erwidere ich, »deshalb sollten wir uns heute Abend gemeinsam, vielleicht mit dem im Internet, die Informationen aus meinem Traum ansehen. Doch jetzt sollten wir erstmal diesen sonnigen Tag genießen. Wie heißt es so schön? *Carpe diem.*«

»Nutze den Tag«, antwortet Jennifer und lächelt, dieses Mal entspannter und intensiver, »oder eigentlich bedeutet es, ‚Pflücke den Tag.‘ Genau das sollten wir tun. Lass uns frühstücken und dann einfach ins Grüne fahren.«

»So soll es sein«, stimme ich locker zu.

Erleichtert, dieses Gespräch hinter mir zu haben, gehe ich in die Küche, um das Frühstück vorzubereiten. Während ich

Brot und Kaffee zubereite, merke ich, wie eine Last von meinen Schultern fällt.
Der Tag scheint tatsächlich voller Möglichkeiten.

>>>>>

Am frühen Abend, nach einem wundervollen und harmonischen Tag, sitzen wir auf der Terrasse und beobachten die langsam untergehende Sonne. Ihre Strahlen spenden immer noch eine angenehme Wärme, während die Farben des Himmels von Gold über Rosa zu einem tiefen Orange wechseln.
»Also, wie sieht es jetzt mit deinem, unserem, Plan aus? Wollen wir nun deinen vorherbestimmten Weg herausfinden?«
Ein leises Knarren der Liege reißt mich aus meiner entspannten Stimmung.
»Wollen wir nicht lieber noch eine Weile die Sonne und die Stille genießen«, frage ich und schaue zu Jennifer, die demonstrativ neben dem Liegestuhl steht.
»Lass und reingehen. Mir wirds allmählich kühl. Im Wohnzimmer können wir einen guten Wein trinken und währenddessen die gefundenen Informationen sortieren«, schlägt sie vor.
Ihre Stimme klingt ruhig, aber bestimmt.
Ich blicke noch einmal auf den in bunten Farben getauchten Horizont, seufze leise und nehme innerlich Abschied von diesem Moment. Erste Wolken ziehen auf.
»Du hast recht. Lass uns reingehen,«
Während ich rede, ist Jennifer schon ins Wohnzimmer verschwunden. Ich folge ihr.
»Ich gehe in den Keller und hole uns einen Wein«, sage ich im Wohnzimmer angekommen, und begebe mich auf den Weg.
»Mach das«, ruft sie mir nach, während sie sich entspannt auf die Couch fallen lässt.

Wenig später sitzen wir zusammen. Auf dem Tisch stehen der Wein, die Weingläser und ein paar Snacks. Ich schenke langsam Wein in unsere Gläser. Der erste Schluck ist kräftig und weich zugleich. Es beruhigt mich, Jennifer an meiner Seite zu wissen.

»Also«, beginne ich, »ich erzähle dir alles, was ich von dem Traumgespräch mit dem weisen Mann aus Russland noch erinnere.«

»Bevor du das tust Dominik, geh doch bitte zum Schrank und hol aus der obersten Schublade einen Schreibblock«, fordert mich Jennifer auf.

Sie wirkt konzentriert, ihre Augen glitzern in der Abendbeleuchtung.

»Ich denke wir sollten alles aufschreiben und dann nach und nach abarbeiten. Sonst verzetteln wir uns nur.«

Ich nicke, nehme einen weiteren Schluck Wein und mache mich auf den Weg zum Schrank.

»Klasse Idee!«

Schwungvoll stehe ich auf, gehe zur Kommode, öffne die Schublade und wühle ein wenig darin herum, bis ich den Schreibblock finde. Bevor ich mich abwende, fällt mein Blick auf die Buddha-Figur auf der Kommode.

Auf einer Reise durch Thailand hatte sie mich "gefunden". Ruhig, gelassen und mit einem inneren Lächeln sitzt er schlank auf seinem Sockel.

Ich lächle zurück und denke; du hast deinen Seelenfrieden gefunden, also werde ich ihn auch finden. Nachdenklich geworden kehre ich zurück zum Sessel und setze mich hinein.

»Setz dich besser zu mir, Liebling. Ich glaube, wenn wir nebeneinandersitzen, können wir effektiver an unserem Projekt arbeiten.«

»Guter Vorschlag.«

Ich verlasse meinen Sessel, und setze mich neben sie auf die Couch. Anschließend lege ich den Schreibblock vor uns hin.

»Wie wollen wir nun vorgehen«, frage ich Jennifer.

Jennifer zieht die Stirn kraus, als würde sie nachdenken. »Lass uns alles, was du erinnerst, aufschreiben«, schlägt sie vor.

Ich nehme den mitgebrachten Bleistift und den Block zur Hand und lehne mich zurück.

»Gut und jetzt ziehe in der Mitte des Blattes ein Linie nach unten«, fordert Jennifer mich auf, »jetzt schreib auf die linke Seite alle bekannten Fakten die dir einfallen, und auf der rechten Seite notieren wir dann unsere Gedanken und Überlegungen dazu.«

Nach einigem Hin und Her steht schließlich alles, was mir einfiel auf dem Papier.

Ich lese die erste Zeile vor.

»Hauptstadt der Habsburger. Das kann nur Wien.«

»Da stimme ich dir zu, Dominik. Also schreib auf die rechte Seite – Wien.«

»Wir sollen einige Tage nach Südosten reisen, ich glaube soweit ich mich erinnere sind es sieben Tage,« ich denke kurz nach, »doch mit welchem Transportmittel?«

Da wir im Moment ratlos sind, lese ich den nächsten Eintrag vor.

»Das Land, in das wir reisen sollen war einmal das Zentrum der Welt.«

»Das kann eigentlich nur der Vordere Orient sein. Dort ist kulturell gesehen in der Vergangenheit viel geschehen. Ich sage nur der Turmbau zu Babel oder die hängenden Gärten von Semiramis und vieles mehr.«

Jennifers Verstand beginnt langsam warmzulaufen.

»Fünf große Religionen«, lese ich weiter.

»Islam, Christentum, Judentum, Buddhismus«, zählt Jennifer ohne groß nachzudenken an ihren Fingern ab, »aber was könnte die fünfte sein?«

»Spontan würde ich sagen, es ist die Philosophie der Griechen. Diese können wir auch als Religion bezeichnen, hatten sie doch viele Götter in ihrem Gedankenuniversum.«

»Wie geht es weiter«, fragt Jennifer gespannt auf die nächste Erinnerung und nippt an ihrem Weinglas.

»Als nächstes kommt, es soll ein kleines Dorf am Rand eines Gebirges und eines Flusses, der in Meer ein mündet.«

»Um herauszufinden, wo das sein soll, brauchen wir wohl etwas anderes als einen Atlas. Wir brauchen eine Landkarte.«

»Darum können wir uns später kümmern. Als nächstes steht hier, in der Nähe des Ziels soll ein Märchenhaus stehen. Wenn ich, wenn wir, dort sind sollen wir vertrauen und es betreten.«

»Klingt mysteriös.«

»Stimmt. Doch dies wars auch schon.«

»Okay, Dominik, lass uns überlegen, wie weit wir in etwa sieben Tagen reisen könnten.«

«Nun ich glaube es kommt auf das Transportmittel an. Der Eremit wird kaum ein Auto gemeint haben. Wahrscheinlich kommt da nur die Eisenbahn oder eine Kutsche infrage.“

Bei diesem Gedanken muss ich lachen.

»Mit der Bahn würden wir in sieben Tagen ziemlich weit kommen«, sagt Jennifer lächelnd.

»Die Zahl Sieben spielt in Religionen und der Philosophie eine bedeutsame Rolle«, kommt mir plötzlich in den Sinn.

»In einer Woche könnten wir mit der Eisenbahn unter günstigen Umständen sicher nach Syrien kommen«, Jennifer geht nicht auf meine Bemerkung ein, »zumindest kann ich mir das vorstellen.«

Unsere Blicke treffen sich, und wir greifen gleichzeitig nach unseren Weingläsern. Als das Klingen der Gläser verstummt, verliere ich mich in meinen Gedanken.

„Hätte der alte Mann tatsächlich die Pferdekutsche gemeint, wäre unser Ziel wohl nicht allzu weit von Wien entfernt. Aber das passt nicht zu den anderen Hinweisen.“

Eine Weile sitzen wir schweigend da, jeder in seine Gedanken versunken.

»Jennifer, ich sollte nach einer Landkarte suchen. Vielleicht haben wir zufällig eine.«

»Warum nehmen wir nicht den Computer?«

»Ja, warum eigentlich nicht. Am Computer können wir besser die Details finden. Welche Fakten haben wir. Unser Ziel ist nahe eines Berges oder einer Gebirgskette. Ein Fluss sollte in der Nähe sein und das Ziel ist sieben Tage von Wien entfernt.«

»Na das ist doch schon einiges!«

»Außerdem erinnere ich mich jetzt, dass der alte Mann etwas über eine Sandwüste gesagt hat. In ihr soll der Zielort sein.«

Beinahe hätte ich die Wüste außer Acht gelassen.

»Stimmt, Jennifer. Jetzt gilt es also den wahrscheinlichsten Zielort herausfiltern, mit all den Informationen die wir bisher haben.«

Mein Blick fällt auf unsere Wanduhr.

Eine Stunde nach Mitternacht.

Ziemlich spät, und plötzlich spüre ich auch die Wirkung des Weines.

»Liebling«, sage ich und schaue in die müden Augen meiner Frau, »ich denke, wir sind schon ziemlich weit vorangekommen, allerdings auch müde. Lass uns abbrechen und morgen weitermachen.«

Mit einem dankbaren Blick steht Jennifer auf und geht ohne ein weiteres Wort ins Schlafzimmer.

Ein neuer Tag, ein leeres Blatt. Meine Gedanken beginnen zu fließen, und erste Worte formen sich. Vor mir liegt eine wichtige Reise, für die ich noch viele Informationen sammeln muss. In Büchern, mit Sandra und Boris und recherchieren in Reisebüros. Meine Freunde sollten wissen, dass ich mal wieder an einer entscheidenden Weggabelung meines Lebens stehe. Vielleicht möchten sie mich begleiten.

Das Geräusch eines sich öffnenden Fensters reißt mich aus meinen Gedanken.

Langsam öffne ich die Augen, drehe mich zur Seite und sehe meine Frau, die mich mit einem sanften Lächeln ansieht.

»Komm Liebling, es wird Zeit aufzustehen. Du hast verschlafen.«

»Tatsächlich«, ich schaue auf die Uhr, »es ist tatsächlich an der Zeit aufzustehen«, antworte ich mit rauer Stimme und reibe mir die Augen, »gestern hatten wir wohl zu viel Wein.«

»Das stimmt. Also raus aus den Federn! Wir haben noch einiges vor.«

Mit Schwung stehe ich auf, um zu zeigen, dass ich bereit bin. Der Tag kann beginnen.

Stunden später durchstöbern wir gemeinsam unsere über Jahre gesammelten Bücher, vor allem jene, die von Religion, Philosophie oder Reisen handeln.

Wir lassen uns Zeit, in dem Wissen, in der Ruhe liegt die Kraft.

Von nun an gehe ich jeden Abend mit neuen Erkenntnissen ins Bett. Immer häufiger tauchen Bilder auf, die sich zu einem klareren Mosaik zusammenfügen. Manchmal schieben sich Szenen dazwischen, von denen ich glaube, sie zeigen meine Zukunft. Mit der Zeit wächst in mir die Überzeugung, dass ich nicht allein bin. Irgendwo gibt es einen geheimen Helfer, eine unsichtbare Kraft, die nur für mich da ist. Der Gedanke fasziniert mich, dass da jemand oder etwas ist, dass mich aus einer höheren Dimension unterstützt.

Irgendwann stoßen unsere Recherchen an ihre natürlichen Grenzen. Also wird es Zeit für den Weg nach draußen. Wir besuchen Reisebüros und stöbern in der Stadtbibliothek. Vielleicht finden wir die nötigen Hinweise, die uns auf unserer Suche irgendwie voranbringen.

Zwei Wochen später hat sich bei uns so viel Material angesammelt, dass wir beschließen, unsere Freunde Boris und Sandra einzuladen. Ein Grund, warum wir Boris und Sandra jetzt einweihen möchten, ist, dass wir sie gerne dabeihätten. Der zweite Grund ist, dass sie uns beim Sichten der inzwischen unübersichtlichen Unterlagen sicher helfen können. Wie immer, wenn wir sie um Unterstützung bitten, zögern sie nicht lange. Ohne großes Nachfragen fragen sie direkt, wie sie uns helfen können.

Anstatt einer Antwort verabreden wir uns für den nächsten Samstagabend. Drei Tage später sitzen Boris, Sandra und wir zusammen am Wohnzimmertisch.

Nach dem üblichen Smalltalk lenke ich das Gespräch auf unser eigentliches Anliegen. Ich erinnere an die Reise, die wir vor fünf Jahren gemeinsam unternommen haben.

»Erinnert ihr euch noch an Ragnarök« frage ich schließlich. Wie sich zeigt, haben sie diese Erfahrung nicht vergessen. Also erzähle ich ihnen von meinen Träumen. In denen ich daran erinnert wurde, dass ich kurz vor unserer Abreise aus Ragnarök wichtige Informationen von dem Einsiedler erhalten habe. Die mir helfen sollten, den Sinn des Lebens zu suchen. In den Träumen tauchte eine Ortsangabe auf, die unser nächstes Ziel sein könnte. Mein – vielleicht auch unser – Weg sollte dort weitergehen.

Es bedarf keiner langen Erklärung. Boris und Sandra finden sich spontan bereit, uns bei der Suche zu unterstützen.

Ich bin leicht irritiert von ihrer schnellen Zustimmung, doch vielleicht liegt es auch am guten Wein, den wir genießen. Schließlich beschließen sie nicht nur, uns zu helfen, sondern auch mitzureisen. So sind wir nun also zu viert, auf der Suche nach dem geheimnisvollen Zielort.

Dieser soll folgende Bedingungen erfüllen; ein Dorf, möglicherweise vom Untergang bedroht, umgeben von Bergen, einem Fluss und einer Wüste. Nach intensiver Recherche wird Boris, der im Internet fündig.

»Nach meiner Suche im World Wide Web, gibt nur ein Land, das alle Kriterien erfüllt. Dieses Land ist ohne Frage Syrien.« Boris lächelt zufrieden, sagt nichts.

Ich überlege kurz, bevor ich antworte.

»Glaubst du auch, dass Philosophie eine Weltreligion ist? Irgendwie denke ich, dass eine Weltreligion nur einen Gott haben sollte."

Mit einem breiten Grinsen versuche ich, ihn ein wenig zu reizen.

»Dies ist nur bedingt richtig für die damalige Zeit«, erwidert Boris und hebt eine Augenbraue, »was, glaubst du, benötigt eine Religion?«

»Nun, zum Beispiel Kirchen, in denen die Gläubigen zusammenkommen, um zu beten.«

»Richtig! Zweifellos hatten auch die Griechen jede Menge Kirchen, nur nannten sie ihre Kirchen damals…«, Boris legt eine Pause ein, »Tempel.«

»Okay, du hast recht. Das philosophierende Volk der Griechen hatte Götter, sie hatten Tempel, und sie beteten ihre Götter an. Aber eine richtige Weltreligion ist die griechische Philosophie heute nicht mehr!«

»Ich wäre mir da nicht so sicher. Ihre Götter mögen heute tot sein und ihre Tempel verfallen, aber«, Boris hält inne, »ihre Philosophie lebt noch heute in vielen Menschen weiter. Ich finde, das ist ein wichtiges Qualitätsmerkmal für eine Religion.«

»Auch wenn das weit hergeholt klingt,« hörbar atme ich durch. »lasse ich das mal so stehen. Hast du weitere Argumente, um deine Theorie einer philosophischen Weltreligion zu untermauern?«

»Nun, vor Christi Geburt war das griechische Reich gewaltig. Es erstreckte sich im Süden bis über Ägypten hinaus, schloss Persien ein und dehnte sich im Nordwesten bis zum heutigen Indien aus. Da können wir ohne Übertreibung von einem Weltreich sprechen.«

»Ein Reich, dass Alexander der Große mit seinen Eroberungskriegen geschaffen hat, richtig!«

»Und wer war der Lehrer von Alexander?«

»Wenn ich mich recht erinnere, spielst du auf Aristoteles an.«

»Genau! Er war einer der großen Vordenker der griechischen Philosophie. Also gut, fassen wir alles noch einmal kurz zusammen. Wir haben ein Weltreich, eine Religion – die Philosophie«, meinen Versuch, ihn zu unterbrechen, wischt er mit einer Handbewegung weg, »und in Zeus haben wir sogar einen Gott. Schließlich möchte ich noch anführen, dass unter der Herrschaft Alexanders Kunst und Kultur im gesamten Reich aufblühten. Ist das nicht auch ein Zeichen einer erfolgreichen Religion?«

Obwohl ich inzwischen bereit bin, das Handtuch zu werfen, ist Boris noch lange nicht fertig mit mir. Heute ist er so, wie sonst ich es bin. Diese Diskussion wird wohl noch eine Weile dauern.

»Vielleicht noch ein Gedanke. Das Judentum, der Islam und das Christentum wären nicht das, was sie heute sind, ohne die großen Philosophen dieser Welt. Ohne Philosophie hätten alle Religionen einen schwachen Unterbau. Außerdem wird in allen Religionen philosophiert. Und, bevor ich es vergesse; damals gab es viele Götter in vielen Religionen.«

Boris schweigt kurz.

»Ist es nicht erstaunlich, dass sich die Griechen letztlich ebenfalls auf einen Gott einigten? Auf Zeus! In gewisser Weise wurde durch den Gott Zeus, der über alles herrschte, die Philosophie zu einer monotheistischen Religion.«

Ich hebe abwehrend die Hände.

»Schon gut, ich gebe mich geschlagen! Können wir jetzt zu meiner zweiten Idee kommen?«

Boris grinst zufrieden.

»Du meintest, die Dampfmaschine. Könnte sie unser mögliches Transportmittel sein?«

»Genau, eine Lokomotive"«, präzisiere ich.

»Jetzt müssen wir nur noch herausfinden, gibt es eine Bahnlinie von Wien nach Syrien,« meldet sich Sandra zu Wort.

»Zusätzlich sollten wir klären, wie schnell die Züge fahren«, ergänzt Jennifer, »wegen der sieben Tage.«

»Genau«, sagt Sandra.

»Also gut Freunde, dann hol ich mal die Informationen aus dem Internet«, sagt Boris.

Während ich Boris zunicke, greife ich nach meinem Glas und trinke einen Schluck Wein.

»Okay Boris während du im Internet suchst, gehe ich den analogen Weg.«

Ich stelle mein Glas zurück, stehe auf und gehe in mein Arbeitszimmer. Dort finde ich bestimmt ein Buch über Lokomotiven. Im Zimmer angekommen, durchsuche ich das Wandregal mit Sachbüchern. Wie nebenbei finde ich eine Karte genau von dem Stück Erde welches wir aufsuchen wollen.

Ist dies Zufall?

Nicht darüber nachdenkend, finde ich auf meiner weiteren Suche das Buch über die Geschichte der Eisenbahnen, der letzten hundert Jahre. Mit Karte und Buch unter dem Arm kehre ich ins Wohnzimmer zurück.

Boris ist noch immer dabei, konzentriert auf der Tastatur zu tippen. Offenbar sucht er weiterhin nach der passenden Information.

das Buch auf den Tisch legend, stelle ich fest die Karte ist zu groß für den Tisch. Also setze ich mich auf den Boden und breite die übergroße Karte der Türkei und Syrien aus.

Jennifer kommt neugierig geworden, was ich da tue, zu mir und lässt sich neben mir nieder. Gemeinsam schauen wir schweigend auf die topografische Karte, wartend auf eine Eingebung. Plötzlich fällt uns fast zeitgleich eine bestimmte Stelle ins Auge. Jennifer legt ihren Zeigefinger fast genau in die Mitte der Karte.

»Liegt dort unser Ziel?«

Fast gleichzeitig beugen wir uns über die Karte und stoßen dabei beinahe mit den Köpfen zusammen. Ein leises Lachen durchbricht die Stille. Sorgfältig mustere ich die Karte und suche nach hervorstechenden Details.

Eine Bergkette, eine Wüste und ein Fluss, der in ein großes Meer mündet.

Zu meiner Überraschung erfüllt die Umgebung von Jennifers bezauberndem Zeigefinger, all diese Kriterien.

Mit einem Fingerschnippen triumphiere ich. Für mich war alles klar, wir hatten unseren Ort, unser Ziel gefunden.

»Heureka! Wir haben unser Ziel gefunden!«, rufe ich Jennifer erleichtert zu.

Mit einem Filzstift markiere ich den Zielort auf der Karte.

»Seid ihr sicher oder vielleicht doch ein bisschen zu voreilig?«, meldet sich Boris aus der zweiten Reihe, »im Moment habe ich noch nicht unseren Zielort gefunden. Doch ich denke, es könnte möglicherweise weitere Orte geben, der die Kriterien erfüllt. Karten sind für mich doch zu analog.«

Hatte er recht?

Boris klappt den Laptop zu.

»Es ist spät. Für heute solls genug sein. Einen ersten Weg haben wir jetzt erst einmal gefunden. Was meinst du Sandra, fahren wir nach Hause.«

»Wäre schön, ich würde gerne in mein Bett.«

In der Stimme meiner Freundin ist deutlich Erleichterung herauszuhören. Eine halbe Stunde später verabschieden sich unsere Freunde und treten ihren Heimweg an. Als sie mit dem Auto wegfahren, winken wir ihnen zum Abschied nach. Jennifer und ich gehen zurück ins Wohnzimmer. Auf dem Boden liegt die ausgebreitete Karte. Ich bücke mich zu ihr hinunter, falte sie zusammen und lege sie auf den Tisch.

»Liebling, lass uns morgen aufräumen. Ich möchte auch ins Bett.«

»In Ordnung, Schatz.«

Zwanzig Minuten später liegen wir im Bett, kuscheln uns aneinander, bis wir schließlich in Harmonie einschlafen.

In dieser Nacht habe ich einen ungewöhnlichen Traum. In dem mir ein weiterer Fakt offenbart wird. Am Zielort soll sich eine christliche Kirche befinden.

Warum mich diese wichtige Botschaft erst jetzt erreicht, nachdem die Suche fast vorüber ist, bleibt mir ein Rätsel. Aber so war es.

Vielleicht wäre die Suche leichter gewesen, wenn wir gleich davon gewusst hätten.

So viele christliche Kirchen, so glaube ich, gibt es in Syrien nicht. Allerdings bin ich mir nicht sicher. Syrien außerhalb der Hauptstadt ist mir kaum bekannt. Während ich über diese Dinge nachdenke, macht sich ein drückender Kopfschmerz breit. Die Schmerzen werden heftiger.

Ich erwache und gehe ins Badezimmer. Dort angekommen suche ich im Medizinschrank nach Aspirin. Finde die Schachtel und entnehme eine Tablette. Mit einem Glas Wasser und schlucke ich sie hinunter. Danach kehre ich ins Schlafzimmer zurück und lege mich hin.

Wie ich es oft geübt habe, versuche ich, mich von meinem Schmerz zu trennen, indem ich mich auf das Nichts konzentriere. Plötzlich legt sich ein Nebel auf mein Bewusstsein. Es ist, als würde jemand nach meinem Verstand greifen. Will mich von meinem Schmerz befreien.

Danke.

Ich weiß nicht mehr, wie lange ich meine Gedanken ziehen lasse, bevor sich meine Wahrnehmung verändert. Ein vertrautes Gefühl bringt mich an einen seltsamen Ort.

Ein großer Raum, lichtdurchflutet, die dominante Farbe ist braun. Boden, Decke und Wände sind alle mit Holz verkleidet.

Mitten im Raum sitzt ein Mann auf einem Stuhl. Das einzige Möbelstück im Raum. Ein kobaltblauer Umhang verbirgt seinen Körper. Damit ich einen Fixpunkt bekomme, konzentriere ich mich auf seinen Kopf und sein Gesicht. Sein Haar ist schwarz, streng nach hinten gekämmt. Seine Augen, die mich belustigt mustern, sind braun mit gut sichtbaren gelben Punkten.

Findet er mich lustig?

Wieso sitzt er hier?

Wieso bin ich hier?

»Du bist auf der Suche?«

Seine Stimme klingt warm und kraftvoll.

»Woher willst du das wissen?«, versuche ich, mit so ruhiger Stimme, wie es mir in dieser Situation möglich ist, meine Unsicherheit und Nervosität zu überspielen.

»Nun, sagen wir, ich interessiere mich seit einiger Zeit für dich.«

»Ach ja? Wieso? Ich bin nichts Besonderes und bisher habe dich noch nie gesehen.«

Das Lächeln auf dem Gesicht meines Gegenübers vertieft sich.

»Noch nicht einmal in meinen Träumen«, ergänze ich.

»Ist die Welt der Träume nicht seltsam? Manchmal erinnern wir uns, und manchmal nicht.«

Liebevolle Schwingungen erreichen mich. Ein unangenehmes Gefühl, vor einem Gericht zu stehen, breitet sich trotzdem in mir aus. Bevor ich jedoch diesem Gefühl weiter nachhängen kann, materialisiert aus dem Nichts heraus ein Sessel. Mit einem freundlichen Wink signalisiert mir mein Gegenüber, dass ich mich setzen soll. Ich lasse mich nicht lange bitten und setze mich. Nachdem ich ein wenig hin und her gerutscht bin, finde ich eine bequeme Sitzposition und fühle mich übergangslos wohler.

Stille.

»Bist du hier, um mir zu helfen?«

Indem ich meiner Stimme einen entschlossenen Klang verleihe, versuche ich, die Initiative zu ergreifen.

»Soweit es mir möglich ist«, erreicht mich eine orakelhafte Antwort.

Die feinen Falten in seinem bronzefarbenen Gesicht vertiefen sich, und er schaut mich durchdringend an.

»Schließe deine Augen und sage mir, was du siehst.«

Zögernd folge ich seinen mysteriös klingenden Worten, lasse los, schließe die Augen und es wird dunkel. Zuerst bin ich nicht überrascht, doch dann verändert sich etwas. Ein Bild taucht auf. Zuerst schemenhaft, doch dann entwickelt es sich und wird allmählich deutlich.

»Was siehst du?«

Die Frage erreicht mich aus der Ferne.

»Ich sehe eine endlose, karge Landschaft.«

»Gut«, sagt er, »schaue genauer hin!«

Ich folge seiner Aufforderung.

»Jetzt sehe ich einen riesigen Baum, er muss bestimmt fünfzig bis sechzig Meter hoch sein.«

»Beschreibe den Baum genauer!«

Seine Stimme nimmt einen fordernden Unterton an.

Ohne nachzudenken beschreibe ich, was ich sehe.

»Er reckt sich nach oben, als wolle er den blauen Himmel berühren.«

Tiefes, angenehmes Lachen erfüllt mein Gedankenuniversum. Irgendetwas scheint ihn zu belustigen.

»Weiter«, erreicht flüsternd mein Bewusstsein.

Kurz denke ich darüber nach, ob ich wach bin oder tatsächlich träume.

»Die Äste sind ausladend. Der Baum duftet. Es ist ein starker Baum, fest mit der Erde verwurzelt.«

»Gut so. Du wirst ihn erkennen. An deinem Ziel wächst dieser Baum, und nur dort. Er wird der Baum der Götter genannt. Du kennst ihn vielleicht als Zeder. Finde ihn. Dann weißt du genau, wohin du reisen musst.«

Bevor ich eine weitere Frage stellen kann, lichtet sich der Nebel. Ein warmes Licht durchflutet meinen Geist, und vertraute Klänge dringen an meine Ohren. Die Kopfschmerzen sind verschwunden.

Noch einmal lasse ich meine Gedanken über das Erlebte oder Geträumte schweifen. Das Gefühl Gelassenheit lässt mich erwachen. Tiefenentspannt stehe ich auf und gehe ins Badezimmer. Eine halbe Stunde später begebe ich mich auf den Weg ins Wohnzimmer.

Jennifer sitzt auf dem Sofa und ist in ein Buch vertieft. Ohne groß darauf Rücksicht zu nehmen, platze ich mit meinem neuen Wissen heraus.

»Weißt du, welcher Baum, Baum der Götter genannt wird?« Jennifer schreckt hoch und schaut mich erstaunt an. Während sie versucht, sich von ihrem Buch zu lösen, klingelt es an der Haustür.

»Erwartest du Besuch«, frage ich überrascht.

»Eigentlich nicht.«

Es klingelt ein zweites Mal. Ich gehe zur Tür und öffne sie. Sandra und Boris stehen davor. Überrascht und froh, sie zu sehen, nehme ich sie in die Arme und bitte sie herein. Die beiden ziehen ihre Jacken und Schuhe aus und gehen ins Wohnzimmer. Jennifer steht inzwischen im Türrahmen und wiederholt die Begrüßung.

»Setzt euch doch. Möchtet ihr etwas trinken?«

»Einen Kaffee.«

Jennifer steht auf und geht in die Küche und kocht Kaffee.

»Braucht ihr mich und Zucker?«

»Ja«, rufen Sandra und Boris synchron.

»Und Kekse? Kuchen ist leider keiner da.«

»Kekse sind okay«, ruft Boris.

Einige Zeit später sitzen wir zusammen. Der Smalltalk ist beendet, und endlich kann ich die Frage stellen, die mir auf der Seele brennt.

»Kennt einer von euch den Baum der Götter?«

»Ich glaube, ich habe davon gehört«, sagt Boris nachdenklich, »es ist sogar noch nicht lange her. Im Moment fällt mir allerdings nicht ein, wo.«

Er wendet sich an Sandra, und es ist ihm anzusehen, wie er angestrengt nachdenkt. Schließlich hellt sich Boris' Gesicht auf.

»Liebling, hast du nicht vor Kurzem darüber gesprochen?«

Sandras Stirn legt sich in Falten. Der Anblick bringt mich zum Schmunzeln, und ich stelle mir vor, wie sie in ihrer "Bibliothek der Erinnerungen" nach einer Antwort sucht. Als sie meinen Blick bemerkt, verschwinden die Falten und sie lächelt leicht.

»Ja, ich erinnere mich«, sagt Sandra schließlich zu Boris, »vor einigen Wochen haben wir darüber gesprochen, als es um die Gestaltung unseres Gartens ging. Ich meinte, so eine Zeder wäre ein echter Glanzpunkt. Aber dann stellte sich heraus, dass er in unserem Klima nicht gedeiht. Neugierig geworden, habe ich im Internet nach ihm gesucht. Dabei bin ich auf seinen Namen im Sanskrit gestoßen: *Devadaru*. Das bedeutet Baum der Götter.«

Jennifer wendet sich fragend an mich.

»Warum fragst du überhaupt nach dem Baum der Götter?«

Ich zögere kurz, bevor ich antworte.

»Während meines Schlafs hatte ich plötzlich Kopfschmerzen und einen seltsamen Traum. Darin begegnete ich jemandem, der mir sagte, dass ein Götterbaum an unserem Ziel steht – und nur dort. Wenn wir diesen Baum finden, wissen wir, dass wir angekommen sind.«

Boris runzelt die Stirn und fragt.

»Was ist das überhaupt, ein Baum der Götter? Und gibt es überhaupt Götter?«

Sein Ton klingt gereizt, als würde ihm das Gespräch allmählich zu lang werden. Sandra lacht leise und wendet sich ihm zu.

»Ach Boris, das ist doch nur ein Name! Der Baum der Götter ist eigentlich die Zeder. Sie wird so genannt, weil sie in vielen alten Kulturen als heilig galt.«

Ich nicke dankbar und nachdenklich.

»Also müssen wir nur herausfinden, wo eine solche Zeder steht.«

Ich sehe Boris fragend an.

Er zuckt mit den Schultern.

»Eigentlich sind wir nicht gekommen, um über die Reise oder Bäume zu reden. Ich dachte, wir verbringen einfach mal einen entspannten Tag. Wie in alten Zeiten.«

Jennifer lächelt und erhebt sich.

»Das ist eine gute Idee. Wie wäre es, wenn wir etwas essen?«

Nach einem wunderbaren Mittagessen, das Jennifer liebevoll zubereitet hat, verabschieden wir uns.

Allerdings nicht ohne einen neuen Termin zu verabreden, um unsere Gespräche über die Suche fortzusetzen.

Ende Teil 2

Möchtest du Kontakt aufnehmen,
dann wäre dies ein Weg,
die E-Mail-Adresse.

wq.wernerdoris@gmx.de